向世界敞开心扉

鲁先圣 著

清華大學出版社
北京

内容简介

本书是一部随笔集，作者采撷了道家的飘逸，佛家的空灵，以释家与道家的出世精神看人生，更由于受儒家思想影响，作者依托儒家的热情把文学当作至爱的事业，努力重建对未来的信心和憧憬，引导着读者去倾听大自然美妙独特的声音，在精神的顿悟里感受智者的幸福。本书语句凝练、思想深邃、情感真挚、禅意浓郁，是一部不可多得的心灵读本。

图书在版编目（CIP）数据

向世界敞开心扉／鲁先圣著. —北京：清华大学出版社，2019
ISBN 978-7-302-52329-1

Ⅰ. ①向…　Ⅱ. ①鲁…　Ⅲ. ①随笔－作品集－中国－当代　Ⅳ. ①I267.1

中国版本图书馆CIP数据核字（2019）第029085号

责任编辑：杜春杰
封面设计：刘　超
版式设计：魏　远
责任校对：马子杰
责任印制：丛怀宇

出版发行：清华大学出版社
网　　址：http://www.tup.com.cn，http://www.wqbook.com
地　　址：北京清华大学学研大厦A座　**邮　　编：**100084
社 总 机：010-62770175　**邮　　购：**010-62786544
投稿与读者服务：010-62776969，c-service@tup.tsinghua.edu.cn
质量反馈：010-62772015，zhiliang@tup.tsinghua.edu.cn
印 装 者：三河市金元印装有限公司
经　　销：全国新华书店
开　　本：170mm×240mm　**印　　张：**15　**字　　数：**196千字
版　　次：2019年9月第1版　**印　　次：**2019年9月第1次印刷
定　　价：49.80元

产品编号：080010-01

自序

堂堂溪水出前村

最喜欢南宋诗人杨万里的《桂源铺》:“万山不许一溪奔，拦得溪声日夜喧。到得前头山脚尽，堂堂溪水出前村。”

我常常面对一条小溪沉思，因为，不论怎么阻挡，不论经历多少曲折，它最终一定会找到出路，汇入江河，并走向壮阔的海洋。

明白了这一点，还畏惧什么艰难困苦?

一个人如果有清晰的人生规划并为之努力，再遥远的目标也不遥远。如果人生没有规划，再辛苦也是枉然。远方，对于朝秦暮楚、浅尝辄止的人，永远遥不可及。

有一位朋友问我:你有不能原谅的事情吗?我说:我什么都可以原谅，但是，绝不原谅自己的懒惰与平庸!

只要有音乐回响，就会有人驻足聆听。

我常常写“千江有水千江月，万里无云万里天”这句话。在我看来，人生的幸福和快乐，就是你心灵深处的那一份禅意，就是你面对各种境遇时的那份超然。

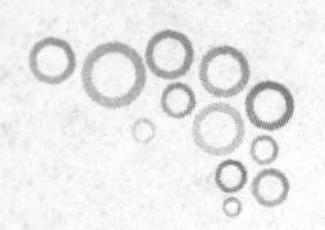

健康的人生态度，就是热爱当下你身边的一切，不羡慕鼎盛时期的大唐，也不羡慕当今的世界之都，为生活在脚下这片土地上而倍感幸运，努力让自己的人生更加精彩。

坚持，是一个人意志力的表达。就是你要实现一个目标，这种方法失败了，就用另外的方法重新再来；或者，要实现的目标非常宏大，需要日积月累才能逐渐完成，你必须每天朝着一个方向持续发力。

这就是我们通常所说的坚持。

有人问陈忠实：怎么面对和化解困难？

他说：像水一样流淌。

这是深刻的智慧。是啊，很多时候，困难是无法克服的，那就像水一样慢慢流淌，在曲折中不断调整方向，探索出路，寻找突破口，最终，必定会突出重围，走向辽阔的海洋。

不论你的生活多么忙碌或糟糕，你一定要沉静下来，挤出一点时间读书，这不仅会让你保持教养和风度，还会让你找到重新再来的信心。

每当遇到穷困潦倒、失魂落魄、痛不欲生的人，我都这样坚定地说：这个世界的末日，就是另一个世界的入口，柳暗花明，你的好日子就要来了！

一个人不管多么喜欢旅行，也不可能游遍地球上所有的美景；不管你多聪明，嗅觉多灵敏，也不可能把所有的机遇都抓在手里；作家也不可能对每一种体裁都驾轻就熟。所以，对于人生来说，学会取舍，永远是一门最紧要的学问。

经历过人生最暗淡的日子的人，无论对于多么恶毒的攻击和无中生有的诽谤，都会不以为意、置若罔闻，这样的冷静，我们谓之成熟。

当然，如果内心荒芜，那么无论播下什么种子，都不会开出人生的繁花，更不会结出丰硕的生命之果。

2019年6月1日

目录

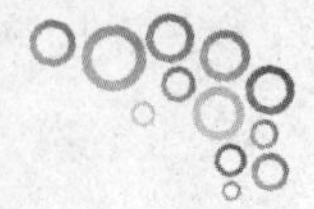

吹灭读书灯，一身都是月　/ 051

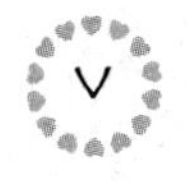

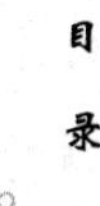

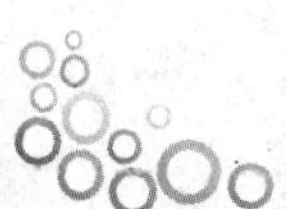

VIII

岁月的每一处皱褶里都自有深意　/ 183

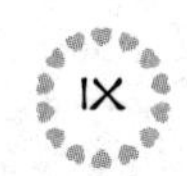

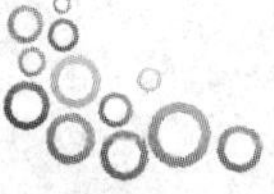

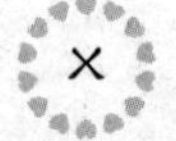

美丽的驿站

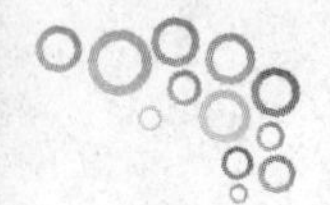

童　话

有人说，童话都是骗人的。不对，我们每一个人都可以把自己的日子过成童话。如果一个人相信自己生活在童话的世界里，他的人生就会充满希望，也就永远不会陷入绝境。

如果认为童话都不过是欺骗小孩的把戏，可以确信的是，这样的人遭受了生活的重创，而且已经一蹶不振，心如死灰。

童话的魅力就在这里，世界要靠我们的双手去创造，但是，童话却让我们始终保持着美好的憧憬。

我常常想，如果我的内心深处是广袤无边的森林，那么，我每一天都是在神秘的密林中探险，猎奇，寻找自己的秘密。生活中也许有人认为我是成功的，也许有人认为我还不够，但是，这些重要吗？我在自己的森林里快乐地漫游着，哪里还顾得上别人是赞美还是叹息！

有人因自己没有成功而痛苦。我说：这不是最大的痛苦，最大的痛苦是到了最后发现，自己的落后是因为没有倾尽全力。你本来可以的，你有那个机会，你也有那个能力，只要再努力一把，你就可以抵达。但是，最关键的一步，你松懈了，你错过了。

还有什么是比意识到这一点更令人痛苦的？

你看那些杰出的人物，他们在成功之前都在做什么？他们对于外在的世界充耳不闻，他们也不在意别人的眼光和议论，他们只是安静地埋首在自己的世界里，把自己的人生当成雕琢一块璞玉，每一天都在精雕细琢。

他们都是人生的精工巧匠，把自己的每一分钟都打磨得“玲珑剔透”。他们的面容安静祥和，说话从容缓慢，似乎对什么都不着急。

但是，突然有一天，你发现，似乎在不经意间，他们已经把自己打磨成了一块绝世美玉。

任何一个广阔的世界都需要从容不迫，急功近利是没有未来的。

每看到那些拿着刀枪、匕首、棍棒搏杀的人，我都投以不屑。

生命当然是需要武器的，武器是生命安全的保障。但是，一定要用那些可置人于死地的武器来防身吗?

不，我记得一句话：对敌人最深的报复是原谅。当你变得十分强大，能不费吹灰之力就把敌人打垮时，而你却选择了饶恕和谅解，这会让你的敌人无地自容的。

崇高的声望、善良的美德、博大的胸怀，这些无疑是生命最重要的“武器”，它们不仅可以用来保护我们自己，而且能够庇佑我们的世界。

当一个人狂妄到不可一世，骄傲到目空一切，以为凭一己之力就可以翻手为云、覆手为雨的时候，你告诉他：请你做一件最简单的事，这件事除了你之外，任何一个人都可以做到——把你自己扛到自己的肩上!

这句话会让任何一个人警醒。世界上，有很多事情是不可为的。我们每个人都有不可逾越的局限。

明白了这一点后，我们就应该做一个懂得分寸、懂得尊重的人，凡事知道设身处地，留有余地。因为，我们自己的能力是有限的，我们是世界的一员。能够做好自己，就已经很了不起了。

常常听到有人说：我的负担很重，老人、孩子、工作、生活，哪一样都不轻松。说这话的时候，我们可以品味出他沉重的心情和深深的忧虑，当然还有对未来的惶恐。

试问谁在生活中没有负担? 只不过有的人把负担当成了不可逾越的大山，而有的人则把所有的负担都抗在了自己那副能担当一切的双肩上。

只要有一副能够担当一切的双肩，负担就不是阻碍前行的大山，而会变成人生之路上一个个美丽的驿站。

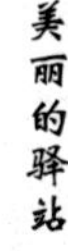

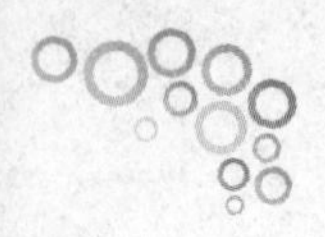

离自己最近的地方，常常路途最远。我们走遍千山万水，漂泊天涯，为的是去敲成功的门扉。可是最后，我们却惊奇地发现，那扇门就在我们的隔壁，甚至，就在自己的心灵深处。

这一刻，我们已经超越了尘世所有的繁华，面对苍茫世界，我们会发出由衷的感叹："原来，你在这里！"

我们一直都在渴望一次轰轰烈烈的相会。不论相会的时刻何时来临，只要愿望一直存在，相会本身就不再重要。

多少人连渴望相会的希望都不曾有过，那样的人生是苍白的！

牢　笼

在这个世界上，有的人从出生的那一天起，就在不停地构筑着用自己的名字囚禁起来的牢笼，不断地削弱自己的个性，不断地浇灭自己的激情，不断地放弃自己的理想，努力把自己囚禁得越来越深，努力让自己成为一个人人都看不见的黑洞。

最后，人过中年，突然发现，自己一生精心打造的牢笼，不过是用来囚禁自己的——自己做了自己一辈子的囚徒。

如果你想让自己变得简单，那么就向他人敞开心扉，如此一来，你的周围就没有了陌生人，世界上也就没有了对你紧闭的窗口。

世界就是这么简单，你简单的时候，它就不再复杂；而且你会发现，你简单了，那些艰难的思索、困惑的迷局、人世的沧桑就会离你越来越远。

有人总是千方百计地使用各种漂亮的言辞，希望以此打动别人，赢得信任。其实这大错特错了，越是这样，越会增加别人的防备和戒心。

赢得信任的唯一方法是你的真诚，而表达真诚的唯一方法是设身处地，是放下自我，为他人着想。

实际上，当你为他人着想时，别人也在为你着想，你的世界因此而左右逢源，春光明媚。

年轻人总认为光阴无限，虚度了还会再有，所以从来不知珍惜。

人到中年，我庆幸自己没有浪费过一刻光阴，我坚持把每一天的时光握在掌心，细心地打理着自己光阴的园圃。现在，我的园圃里果实累累。

所以，当我看到很多同龄人每一天都在叹息时，我知道，他们做了光阴的奴仆。

齐白石的人生信条是“每天画五张画，不能一日闲过”。他每天坚持创作五幅以上，所以一生留下了四万多幅作品。他过九十大寿时一天没有时间画，次日晨起没有吃饭就走进了画室，完成了五幅画后才吃饭。饭后又如往常一样再进画室画了五幅，然后欣慰地对家人说：“把昨天的闲过补上了！”

没有什么比光阴更加公正！你荒废、慢待了它，就一定会得到它的惩罚；你掌握了它，它一定会让你有所收获。

很多人一生都在自己的心灵深处“流浪”。虽然他们哪里都没有去过，看上去也有自己的家园，但是，事实上，他们一辈子都魂无所依。他们不过是尘世海洋的浮萍，居无定所。

当我还处在青年期的时候，有一天突然领悟到：应该避免高谈阔论，要把每一天都变得充实而有价值；当夜深人静的时候，反思自己的一天，应该有所得。

于是我就开始这样要求自己，看到别人在那里滔滔不绝地空谈的时候，我就悄悄地回到自己的一隅或者自己的内心，扎实地继续自己的行程。

我习惯于把自己的痛苦说得轻描淡写，因为我知道，说得再重也无济于事，也许会暂时获得别人的同情，最终一切还是要靠自己。

春天走了还会再来，月亮亏了还会再满，花儿谢了还会再开，只要梦想在，一切都会再来。

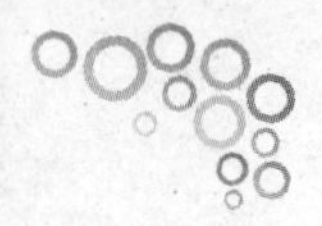

我一直都认为我们的生活中充满了美好，即使在艰难的时代，依然有美好的瞬间、美好的故事、美好的人值得我们回忆。

我把一切都撇在了后面，只把目光投向远方；我翻山越岭一味前行，因为我知道：走在时代的前方，才会有大好的前程。

定　力

人常常为外物所左右，使自己的本领大打折扣，这也就是我们说的缺乏定力。做什么事情，都要有自己的定力，不能受环境和他人的影响。庄子说的“物物而不物于物”，就是这个道理。他的意思是说：一个人只有能够驾驭外物而又不为外物所左右、所奴役，才会“尽其所受于天”，把自己的天资和才能完全发挥出来。

这样的定力，需要经过长期的历练。围棋、射击和射箭选手是最需要这种定力的，所以我们看比赛中这些选手，几乎都是脸上没有什么表情变化的人，这是因为他们早已经具有“每临大事有静气”的定力了。

人们习惯于追逐昂贵和奢侈、华屋美食，习惯于追求很高的职位和财富，但是到头来却发现不仅没有得到，而且还给自己带来了无穷的烦恼。因为愿望实现不了，目的达不到。

其实，人生中最重要的是“合适”，是一种凭借自己的能力能够达到的合适——你所希望的一切，都可以经过努力实现。这个时候，你会感觉世界的一切都是为你而设，你遇见的所有的人都是朋友和同道，你所处的环境和谐而美好。

世界依然如故

人生最大的悲哀，莫过于发现自己的生命竟然毫无意义，每一天都在毫无价值地重复昨天的自己，人过中年，一事无成！

而更大的悲哀还在于：你发现原来不屑一顾的同伴，还有被你轻易击败的对手，却都紧紧握着自己命运的纤绳，早已经闯荡出一片灿烂的世界。

生活中有一种神奇的现象：你生命中遇见的每一个人，将来都有可能会重逢。因此，一个智者会把每一个生命中的遇见，都看作是世界给自己的暗示，并加倍地珍惜。但是，有的人却相反，要么轻易地错过，要么熟视无睹。

无论是对这个世界充满火一样的热情，还是对生活万念俱灰，其实都是真实的人生。你喜欢，世界依然；你愤恨，世界也依然。更进一步来说，你活在世上，或者你决绝地离开世界，世界依然如故。

很多本来已经取得很大成就的人，因为自己的固执己见，因为自己以为高洁的不同流合污，采取极端的方式愤然离世。人们议论了几天，有不平，有惋惜，但是，过不了多久，其周围的世界就恢复了本来的节奏，其决绝没有丝毫意义，而且很快就被人们彻底忘记。

所以，不要把自己看得那么重要；对于世界来说，谁都微不足道。

太阳每一天都会落下，也一定会在第二天升起！

大地无言，世界寂静无声。我们静下来时，就能够从这寂静中聆听到巨人的足音。

生活在一刻不停地前行。最重要的，是不要让自己成为世界的一个过客，而要成为自己的主宰。

一个人越高尚，越谦卑、含蓄、虚怀若谷。

秋天的黄叶飘飘洒洒地落下，它完成了自己一个季节的华美。如果我们每一个人都能够坚信自己的生命是世界的一个奇迹，那么我们就一定会成为世界的一片风景。

很多人抱怨世界缺乏公正，抱怨生活欺骗了自己。其实，是他自己把世界看错了，自己被眼前的私利遮蔽了眼睛。世界没有变，浩浩荡荡，一往无前。

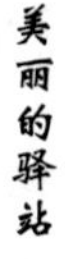

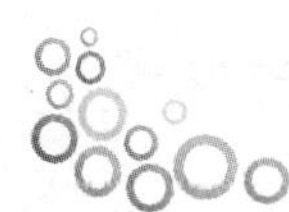

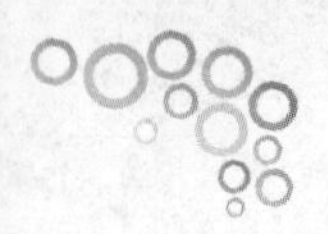

世界没有什么不可能，只有目光短浅者的浅尝辄止，只有弱者的无能为力。

人最可怕的是为自己建立起牢固的堤坝，其实这是把自己与世界隔离开来，是为自己筑了一个坚固的囚笼，把自己囚禁起来了。

胸怀坦荡，敞开心扉，世界自会扑面而来。

聆听自己的足音

我们总渴望有一双炯炯有神的眼睛注视着自己的行程，总渴望有一双有力的双手拉着自己前行，总渴望有一股巨大的力量在身后推动自己。实际上，这样的人是不存在的，一生中推动着我们的，只有我们自己。

奔向哪里，只能问自己的眼睛；能走多远，只能问自己的双脚。

有谁能够静下心来聆听自己的足音?

山川无语，大地无言，自己的脚步声宛如天籁，从故乡走向远方。这样的声响，让你激动不已，也让你心潮澎湃。

有一个伟大的定律，它总是耐心地等待着那些失败的人、走了弯路的人，甚至犯下了不可饶恕罪行的人，等待他们最后归于正途，与胜利者同赴凯旋的盛宴。

所以，失败了不可怕，犯罪也不可怕，只要你幡然悔悟，总是会得到从头再来的机会。一旦你的人生步入了正途，世界的另一个定律——后来者居上——就会显现！用不了多久，你就能迅速地超越那些曾经的先行者，甚至会成为领军人物。

当你处在这样的境地，你会发现，自己原来那么在意、担心的他人的成见、世人的非议，都已烟消云散，自己所有的挫折和污点，都成了值得颂扬的经验。

世界上有很多人，总以为很多事情今天错过了，明天还能继续做；也总以为今天错过的人，明天还会遇见。

实际上，今天错过的事情，很多时候，明天再见时已经面目全非。今天错过的那个人，也许你再也难以遇见。

这就是我们的世界，明天的太阳与今天的全然不同，明天的你与昨天的你截然不同，明天的那个人，也已经不是昨天的那个了。

日子不是一天一天的复制和叠加，而是一个个不同台阶的累积。

所以，把握当下，抓住眼前的这一刻，是所有成功者的信条。昨天走了，不论是昨天的时间还是昨天的人和事，就已经与你诀别，永不再来。

许多人的记忆深处，都会有一条外婆家的泛着粼粼波光的小河、外婆家的歪脖子枣树、外婆家的堆满了草垛的园子。它们一遍一遍地在记忆里重现，在午后的暖阳里，在细雨的氤氲中。即便我们走向了远方，在莱茵河畔散步，在秦淮河中徜徉，在密西西比河边眺望……也比不上外婆家的小河让自己留恋和神往。

那旧日的故事是你心灵的陪伴，那亲爱的故人是永远的思念，即使走遍天涯，心也在归去的路上。

可是，我们的孩子，我们在都市中长大的孩子，再也没有了故乡可以思念，再也没有了外婆家的小河，他们的心灵往何处安放?

珍惜自己

我常常告诫青年朋友们要珍惜自己，珍惜自己的责任，珍惜自己的担当，珍惜有限的时间，珍惜来之不易的友谊，更要珍惜已经取得的成绩。

一个人来到世间，在社会和家庭中有责任，这不是负担，而是一种崇高的荣誉。试想，如果谁都不需要你，还有什么比这更无奈？一个社会中没有你的位置，一个家庭中有你没你无关紧要，眼看着身边的生活热气腾腾却只

能袖手旁观，眼看着自己的家庭蒸蒸日上却与你无关，还有什么比这更令人失落呢?

你给社会做出了巨大的贡献，社会给你的褒奖只是荣誉的一种。更大的荣誉，是你承担着重大的责任!

有了这样的认识，我们就应该常常以自己承担的责任为荣，为自己有担当而骄傲，因自己对社会有贡献、对他人有作用而倍感荣耀。

有时候，对社会的贡献，或者自己的担当，不一定就是那种重大的具有影响力的，即使是一个小小的贡献，也足以让我们欣慰。

比如这样一个故事：一位音乐家在晚年的时候写回忆录。他回忆了自己一生中创作的几百首歌曲，感觉没有什么是值得骄傲的。但是，有一件事却让他很欣慰。有一天他在大街上正准备过马路，这时候一个小女孩走到他身边，用很信任的语调对他说："爷爷，你带我过马路可以吗？"

音乐家很高兴，当时站在一起等着过马路的人有很多，这个小女孩选择了让自己带她，说明自己的气质和形象让这个小女孩信赖，这是一种巨大的信任。

音乐家在回忆录中详细记述了这件事发生的过程、细节和当时的心理活动，他说：回忆自己的一生，感觉只有这件事令自己刻骨铭心。人生中，没有什么比获得信任更令人自豪的!

我认识一位铁路道口管理员。城市的边缘有一条运煤炭的专用铁路线，每天傍晚六点运煤炭的火车经过一次。他的工作就是在火车开来的前五分钟放下隔离杆，火车过去之后再抬起来。每天如此，月月如此，他已经干了十几年了。

有一次我与他聊天，问他是否感到自己的工作枯燥无味。

他立刻反驳我，而且明显带着一种"你怎么问这样的问题"的情绪。他说："我一直都感觉自己的责任重大，自己的工作关系到很多人的生命，我为此自豪。”

我立刻为自己的认识感到羞愧，是啊，还有什么比人命关天更重要？

所以，不论我们处于什么位置，不论事情是否重要，只要我们做的事情是有意义的，就是崇高的。

也许有人认为这是一种自负或者自怜。自负是自以为是的刚愎自用，自怜是无所事事的孤芳自赏，这两种态度都不会赢得任何人的信任。

我们每一天都在成长，而伴随着成长的，第一就是责任与担当。担当重任，经受其历练，不仅会让我们走向成熟，获得信任，更会让我们获得荣誉。

宁作我

《世说新语》中有一个故事：东晋名士殷浩与桓温齐名，桓温常有竞心，每每要与殷浩比较高下，殷浩曰：“我与我周旋久，宁作我。”

这个故事说的是：东晋时的桓温与殷浩自幼就是好友，但是两个人又各不服气，成人以后各有建树。桓温战功赫赫，升任到大将军，而相比之下，以清谈家闻名的殷浩就差了不少。桓温是强悍的实权派，靠武力建功立业，而殷浩是颇有名士风度的清谈一流，言辞过人，属于文人从政。但是，当时人们都把他俩比作管仲与诸葛亮。桓温总想压倒殷浩，后趁着殷浩北伐失败的契机，上疏将殷浩贬为庶人。桓温甚为得意，就问殷浩：“现在与我相比，你不行了吧？来学习我，努力向我看齐，做我这样的人吧。”

殷浩听了桓温的话之后，平心静气地说：“我和我自己来往已经很久了，我还是宁可做我自己。”

汪曾祺很欣赏这句话，晚年的时候说：“我与我周旋久，宁做我。我与我比，我第一。”

汪曾祺在一篇文章中对此的论述更加精彩：“杜甫不能为李白的飘逸，李

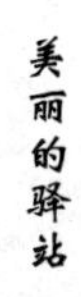

白也不能为杜甫之沉郁。苏东坡的词宜关西大汉执铁绰板唱‘大江东去’。柳耆卿的词，宜十三四女郎持红牙板唱‘今宵酒醒何处，杨柳岸晓风残月’。”

“我与我周旋久，宁作我”这样振聋发聩的文字，足以让任何一个思考者凭栏沉思。我们有多少人在做自己喜欢做的事？有谁能够沿着自己认定的路一直往前走？有谁能够不羡慕他人，不仰人鼻息，不刻意模仿别人？

每个人都有自己的长处，你羡慕他人，顺着他人的路走，就是放弃了自己的长处。

古希腊的哲学家苏格拉底曾有著名的发问——“我是谁”，他也一定是在做这样的思考。

在这个世界上，每一片树叶都不相同，每一个人都是独特的自己，珍惜自己，把自己做好了，我们就一定会成为世界的“独一无二”。

静　思

我们常常说到静思。“临大事必有静气”，才会正确抉择，避免错误。

其实，静思就是不断省察自己。佛陀经过6年的修行而悟道，开始了他的传教生涯。但是，他并没有忘乎所以，而是每一年都会在雨季的3个月中隐居静思，在9个月的传道时间中，每一天又必定有3次静思的时间。他说：一个人一天没有三次的自我省察，是不可能保持理智和清醒的。

这与曾子的“吾日三省吾身”有异曲同工之处。曾子的意思是，每一天都要从三个方面省察自己：与友交是否诚信，为人谋是否忠诚，老师讲的知识是否牢记了。其实，这样做的目的也是让自己在静思中保持清醒的头脑。

我有一个日本朋友叫大竹，他是一家公司的高级职员，在下关的郊外有一套乡间别墅。别墅里有一个200平方米的游泳池和一个很大的花园。他每天下了班以后，都会开车到乡间别墅去。他先到自己的花园中赏花、浇水、施肥，在很短的时间内使自己从一个现代社会职员变成一个大自然中的人。然后他到游泳池里游泳，洗热水澡，让自己的身心彻底放松。

接下来他会穿上棉质的衣服，到一个什么摆设也没有、十分简洁的房间去，坐在榻榻米上，静静地倾听风铃的声响，凝视风铃的坠穗在风中摇曳的样子。而后，他会沏一杯茶，严格按照日本茶道的步骤，慢慢啜饮品尝茶的芳香和韵味，慢慢琢磨茶道的深邃和悠远，从中领略人生的真谛。

在这整个过程中，他几乎不与人交谈，一切都在宁静中进行。他说，他感觉自己从进了别墅的那一刻起，就暂时与世俗的生活告别了。在洗浴、游泳、听风铃和品茶的过程中，自己渐渐进入了沉静的状态，心胸开阔起来，视野一片明朗，不论多么困难的问题，都有了清晰的思路。

我随他到他的别墅去的时候，他告诉我，他正有一个重大的问题要做决断。我问：为什么不找朋友一起商量拿拿主意呢？他说：争论是争论不出什么答案来的，只有把一切杂念都丢掉，端起这杯茶来，在茶香中顿悟，才能获得清晰的思路，并找到解决问题的办法。

我问：每一个日本人都是这样吗？他说：是的，这是我们解决问题的方式。

古人说过“宁静致远”。意思是在宁静中思路才可以到达更远的地方。但是，我们中国人没有很好地把这些智慧的精髓应用到自己的生活之中。我们现在选择的决策方式，多是无休无止的争论，很多人在一起激烈地进行辩论甚至争吵。无数时间和机会，就在不知不觉中失去了。

选择静思吧，在静思中，聆听自然的天籁，寻找生命的真谛。

善　良

一位慈善家的话很值得深思，他说：今天世界任何地方的灾区，不会因为你捐出的一点点钱发生变化。关键是，你捐出了钱，你自己发生了变化，

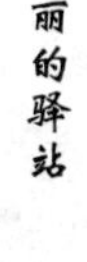

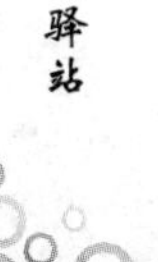

世界才有可能发生变化。

托尔斯泰曾说：除了善良，我不知道世界上还有什么美好的品格。

是的，如果世界上的每一个人，都变成了一个善良的人、一个有德行的人、一个有操守的人、一个乐于为他人着想的人，我们的世界还会有邪恶、丑陋和灾难吗?

公益不应该仅仅是富人的秀场，而应该成为所有人参与的善行。

一些年轻人刚刚进入社会，往往很看重社交的作用，认为多认识一些人，就会在事业和生活中左右逢源，所以，一天到晚忙着在社交场合转，对于自己的学识和专长，反而并不看重。

这是错误的认识。你如果有价值，有专长，有才华，不需要刻意社交也会有人愿意与你交往。如果你没有什么专长，认识再多的人也是枉然，不会有人把机会给你，因为他们知道，你并不能胜任。

人生路上，我们都是孤独的旅客，不要抱怨没有人关注你，不要责怪别人不帮助你，谁也没有那个责任和义务。只有明白了这一点，学会了独自面对和担当，冷暖自知，你才能成为一个宠辱不惊的人。

这也就是古人说的“不以物喜，不以己悲”。

很多艺术家都是对国家民族有着深深忧患意识的人。这是一个艺术家必需的情怀，一个人如果没有家国情怀，只是一味地躲在象牙塔里自娱自乐，即便有再高的艺术造诣，也不会成为人人景仰的艺术大师。

心理学家们说，21世纪的关键词是“抑郁”。现在看来，这个说法并非空穴来风，很多领域的顶尖人物都患有“抑郁症”，甚至以自杀了断。这些年来，我们不断从媒体上看到那些精英人物自杀的消息。

我认为，患有“抑郁症”的人，根本的问题是自己人生的方向迷失了。因为人生没有了方向，所以生命的天空才会被阴云遮蔽。

迷失了方向，就像旷野里迷途的羔羊，只会在野草中打转而寻不见归途。

想从抑郁中走出来，最好的办法就是忘却过去的一切，以坦荡的胸怀面对未来。

站在朝霞满天的晨风中，面对冉冉升起的太阳，眺望着大自然的山川美景，哪里还会有抑郁？

我们都知道雷厉风行，但是，真正一辈子都雷厉风行的人是极少的。

成功的人一定都是雷厉风行的人。说做就做，想到就做，绝不拖延，绝不把现在就能做的事情拖到明天。

其实，在我们的生活中，很多事情，如果现在不做，第二天就已经完全不同，甚至永远都没有了做的机会。

抓住生活中的每一个机会，把每一件来到自己身边的事情都做好，每一天都满面春风，成功的大厦里，一定有你的位置。

不做导师

我们常常会谈到导师。我觉得，当下导师已经沦为一个虚妄的假设。现在年轻人做的事情，我们能完全明白吗？他们做的很多事情、他们的思想，我们已经不懂。他们不再认真聆听我们的劝告，而且，当我们在不厌其烦地详细阐述自己的观点时，也多半会被他们视为古董、老脑筋。

意识到了这一点之后，我们要做的，是完成自我救赎，完善自己的人格，也许这才是最明智、也最受年轻人尊敬的做法。

我们要理智地让开自己的位置，也要礼貌地把路让给年轻人，我们不要再为世界可能会发生的事情而紧张，而是要以期待的心情看着年轻人大显身手。这个时候，我们会发现，世界阳光明媚，所有的担忧不过是我们的庸人自扰和无病呻吟。

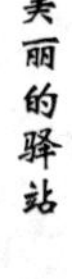

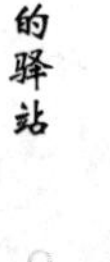

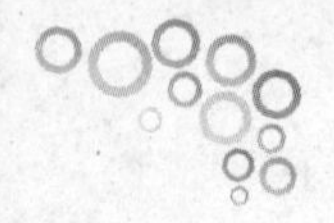

机　缘

我们常常提到“遇见”“机缘”，古人也有“近朱者赤，近墨者黑”的观点，它们所要表达的是：人生中的相遇很重要。

散文家徐迟以《哥德巴赫猜想》《地质之光》《祁连山下》《生命之树常绿》等名篇享誉文坛，他讲过自己青年时代的一段经历。1932 年 1 月，刚刚 20 岁的徐迟入燕京大学借读，而此时，已经以诗集《繁星》、小说集《超人》在文坛声誉鹊起的冰心恰好任教于燕京大学。

徐迟动情地回忆说，那时候，冰心先生开了一门叫作“诗”的课，一周上一个小时，讲英国的浪漫主义诗人雪莱和拜伦，也讲湖畔诗人华兹华斯和柯勒律治。当时，漂亮年轻的冰心先生刚刚生下第一个孩子，她每次上课，都推着一辆婴儿车，腋下夹着一本精装的英文诗选集，在燕京大学的校园小路上，在未名湖畔的林荫下，哼着儿歌，轻轻地从宿舍走向教室。

徐迟说，这景象，毫无疑问，是当时燕京大学最美丽的风景，比她给学生讲的诗还要浪漫。

每一次上课，冰心先生都会推着婴儿车走进教室，把婴儿车放在讲台一侧，接着走上讲台，打开诗集，为大家读一首诗，然后开始讲解和分析。徐迟多年以后还这样回忆：“这是一门多么美丽的课程啊！听着冰心老师的这门诗歌课，我们中的不少人后来都成了诗人或诗歌研究者……”

人生中，这样的相遇是不多的，更可以说是一种机缘，一种幸运。有这样美丽的际遇，真的如徐迟所说：你想不成为诗人都难。

生活中亦然。每天与一个朝气蓬勃的人在一起，人生就不会颓废、懈怠；每天与一个正能量的人在一起，你就不会消沉、怨恨；每天与一个拥有善良情怀的人在一起，人生中就自然会充满良知和善行；每天与读书人为伍，人生中自然书香弥漫。

相反，如果每天与一个怨天尤人的人在一起，你必然也会渐渐沦为一个愤愤不平的人；每天与一个不求上进的人在一起，你必然也会渐渐丢掉一个年轻人最珍贵的进取之心。

创　作

一提起创作这个词，大家似乎就认为这是艺术家们的专属，作家创作文学作品，音乐家创作乐曲，书画家创作美术作品，篆刻雕塑家创作篆刻雕塑作品。

其实，我们每一个人，都应该把自己当作艺术家，而且，我们也都完全可以成为自己生活的艺术家。

比如，一名家庭妇女为自己的孩子精心做一件小肚兜，缝一件小花棉袄，绣一双小虎头鞋，或者，展示自己的厨艺做一顿可口的饭菜……这些都是生活的创作。

比如，一位农民，精心种植一块菜园，经过自己的打理，收获了很多蔬菜和粮食……这是一位农民的创作。

比如，一位父亲，为孩子精心做了一把小玩具木枪，一位母亲为女儿扎了两个好看的小辫子，这也是生活的创作。

比如，一名教师，精心准备了一堂课，学生们听得津津有味，学到了新的知识，这是一名教师的创作。

创作不是艺术家们的专利，人人皆可创作。我们每一个人都要把自己当作创作的主人翁。

试想，如果我们每一个人，每一天清晨醒来都首先去为自己即将要进行的创作行为做规划，那么，我们的世界会是什么情景？我们每一个人又会是

什么样的心情?

那样的话，我们的世界就是一个艺术的世界；我们的生活就是艺术的生活；我们每一个人就是生活的艺术家。

是的，我们每一个人，都可以成为生活的艺术家!

世界的法则

常常会遇见一些落魄的人，他们或者生意失败，血本无归；或者官场不顺，心灰意冷；或者情场失意，低落消沉；或者名落孙山，前途迷惘。

这样的时候，我总是告诉来到我面前的朋友：你依然与所有人一样可以欣赏灿烂的晚霞，一样拥有每一个日出，一样可以欣赏苍穹明月、江上清风。

更重要的是，你健康的体魄仍在，你的精神意志仍在，你的朋友仍在，而这恰恰是你东山再起的基础。

想到这一层，你会豁然开朗：与世界上的其他人相比，自己什么也没有缺少。

你会发现，你只是做出了一次错误的选择，你只是失去了一次成功的机会，你只是走了一段弯路，你完全可以从头再来!

这就是世界的法则：假如我无法改变结果，那么我完全可以改变自己对结果的态度——当我没有能力避开时，我就坦然接受。

事实上，在我们的世界上，没有人是一帆风顺的，只不过你不了解别人的经历和痛苦罢了。人们不会总把痛苦写在脸上，你认为自己暗无天日的时候，你的朋友正经受的苦难，可能比你严重得多。

英　雄

英雄一定是成功者吗？不对，历史上很多英雄都是失败者，比如项羽。

秦王朝被推翻后，项羽和刘邦为争夺天下，进行了长达数年的楚汉争霸战。在这个过程中，项羽由强大逐渐转为弱小，最后中了韩信的十面埋伏，被刘邦的军队围在垓下，他只带着几十人突围，逃到乌江边。乌江亭长本来准备好了一条小船，可以渡他过江返回故乡，而且告诉他，故乡的人在等着他回来称王东山再起。但是，他长叹说："天之亡我，我何渡为！且籍与江东子弟八千人渡江而西，今无一人还。纵江东父兄怜而王我，我何面目见之？纵彼不言，籍独不愧于心乎？"

他对乌江亭长说："吾知公长者。吾骑此马五岁，所当无敌，尝一日行千里，不忍杀之，以赐公。"让骑兵皆下马步行，持短兵接战。项羽一个人杀汉军数百人，最后自刎而亡。

项羽最后这几句悲叹，可以说是英雄末路最悲壮的写照。在他眼里，当年带着八千故乡子弟过江逐鹿中原，现在仅仅剩下自己，已经没有脸面见家乡父老了。词人李清照的"生当作人杰，死亦为鬼雄。至今思项羽，不肯过江东"更是使一个失败的英雄名传千古。

成功了的刘邦，后来做了皇帝；失败了的项羽，自刎而死。两个人都尘封在了历史的烟尘之中。今天，在人们心目中，项羽比刘邦更担得起"英雄"这一称号。因为皇帝有几百个，而项羽这样的英雄却不多见。

深　刻

有人问我：怎么才能深刻？

我说：你学会孤独了吗？你有没有常常独处，躲开世人的目光，与自己的心灵交谈，听自己内心的声音，让自己陷入沉思？还有，你是否学会了不再急于表白什么，不再急于证明什么，不再努力渴求他人的理解与认同？如果你总是渴望自己做的事情能够得到别人的理解与赞同，把自己的价值建立

在别人的价值观上，那么你还是浅薄的。如果你这样想：我就是我，一路前行，矢志不渝，整个世界都在脚下。那么，你就是一个深刻而大无畏的人了。

常常有朋友问我：你是怎么度过长期寂寞的时光的？

我告诉朋友们：寂寞是一个成功者必须经历的阶段，正是在这个过程中，一个人的意志品质与学养得到了淬炼。有的人忍受不住寂寞和孤独，去寻求俗世的热闹，而沦为一个庸俗之人；有的人把寂寞作为一个个通向未来圣殿的阶梯，享受着那份舍我其谁的孤独，一步一个脚印地走过一寸寸光阴，最终敲开了成功之门。

我一直有一个绝不妥协的原则：每天凌晨 4 点起床，到早晨 8 点，这 4 个小时只属于我自己。在这段时间里，读我喜欢的书，思考我愿意思考的问题，写我愿意写的文章，临我喜欢的书法名帖。我绝不在这个时段中应付差事，更不在这个时段里做违心的事。几十年一直如此。今天，我可以欣慰地告诉我的朋友们：一个人，如果每天有几个小时做自己喜欢的同一件事，这个人将毫无疑问地会站在这个领域的制高点上。

一个人，生活在世上，如果没有能够独居的处所，是可悲的。这个处所，不一定是华屋广厦，也可以是山间茅屋、乡野土房、小城陋室，重要的是当你走进这个处所，就不会有人来打扰，就与世界暂时有了距离，就可以走进自己的内心，静静聆听来自心灵深处的声音。

沉默的力量是可怕的。当一个人从喧嚣的生活中消失，当一个人坐在世界的对面，当一个人完全沉静下来，他就慢慢穿过了世界的一道道屏障，抵达了心灵的最深处，也抵达了真理的门前。沉默下来，这是走向深刻、走向彼岸的唯一的道路，但是可悲的是，大多数人选择了浮躁和热闹。

真正的痛苦，来自惨痛逆境的顿悟，一旦化为人生的智慧，就会变成坚不可摧的力量。所以，真正懂得痛苦价值的人，是不会视痛苦为不幸的，而是会加倍珍惜那份经历，在未来时刻提醒自己。

质　朴

我崇尚质朴，我认为质朴是一种博大的简洁，是一种丰富的平淡，是一种深刻的从容，更是一种没有丝毫矫饰的谦逊，是真正的虚怀若谷、大道至简。

我追求文学作品的质朴，拒绝所谓的华丽与浓艳，我认为这样的文字，才能够确切地表达我对世界的思考。我也追求书法作品的质朴，拒绝怪异和花里胡哨的取巧，我认为只有质朴的作品，才能够最直接地展现笔墨的意趣之美。

夸夸其谈或者故作高深，甚至狂妄得不可一世，并不是真正的深刻，只会更加暴露你的无知和浮浅，只会贻笑大方。

大多数人都陷入过难以自拔的矛盾，都有过难以决断的纠结，更有过犹豫与彷徨。我常常说，生活中的很多问题，是永远也解决不了的，很多矛盾，是没有办法厘清的。人到中年以后，我们就会发现，那些难以解决的问题、难以抉择的矛盾，都消失在了时间的河流之中——不存在了。所以，这些年来，当我遇到解决不了的困难时，我就把它交给时间，自己以轻松的心情，再另辟蹊径。

一个写诗的人，如果没有哲学家的清醒和深度，诗句就必然流于肤浅和空泛，不过是一些分行的故作深奥的文字。诗，必须有哲学的深刻，文字才能抵达世界的彼岸，抵达读者的心灵，听到历史的回声。

哲学是对人生终极意义的思考，是对世界根本问题的“拷问”，所以，写作者首先应该具有哲学的素养，只有这样，才能写出深刻洞察世界和人生、启迪心智的文字。

稻盛和夫说：真正的善良有三层，最低层是让自己快乐幸福，不成为社会问题，也不成为别人的问题；第二层是行有余力，成为一个解决问题的人，

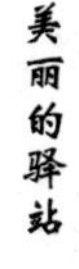

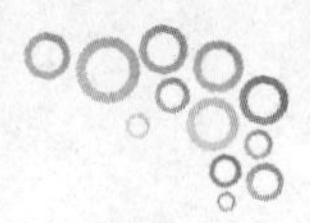

能帮助别人成长，并在这个过程中获得快乐；最高层次是只为自己而活，而他人则在你的成就中自然获益。

我常常参加一些公益活动，也常常做一些力所能及的捐助。我这样认为：我的公益和捐助，对于被捐助者和社会也许改变不了什么，但是，却可以改变我自己，重要的是我成了一个有益于别人、有益于社会的人。我常常想，这也许是慈善和义举、公益活动最重要的价值所在。如果我们身边每一个人都这样做，那我们的世界哪里还会有邪恶？

幽　默

郑板桥是康熙秀才、雍正举人、乾隆元年进士，为“扬州八怪”之一，其诗、书、画世称“三绝”，其诗情、才情都占据了一定的位置。

他最著名的对联是“室雅何须大，花香不在多”“删繁就简三秋树，领异标新二月花”。

最著名的警句，自然首推那句妇孺皆知的“难得糊涂”。他本是个聪明绝顶、博古通今的一代文豪，却写出了“吃亏是福”“难得糊涂”，再加上他的“聪明难，糊涂难，由聪明而转入糊涂更难”，可见他人生领悟的大智慧、大境界。

有一个他与小偷之间的故事，可以见出他不凡的才情：

郑板桥辞官回家，“一肩明月，两袖清风”，唯携黄狗一条，兰花一盆。

有一天深夜，天冷，月黑，风大，雨密，郑板桥辗转不眠，适有小偷光顾。他想：如高声呼喊，万一小偷动手，自己无力对付，佯装熟睡，任他拿取，又不甘心。

略一思考，翻身朝里，低声吟道：“细雨蒙蒙夜沉沉，梁上君子进我门。”

此时，小偷已近床边，闻声暗惊。

继又闻：“腹内诗书存千卷，床头金银无半文。”

小偷心想：不偷也罢。

转身出门，又听里面说：“出门休惊黄尾犬。”

小偷想，既有恶犬，何不逾墙而出。

正欲上墙，又闻：“越墙莫损兰花盆。”

小偷一看，墙头果有兰花一盆，乃细心避开，足方着地，屋里又传出：“天寒不及披衣送，趁着月黑赶豪门。”

郑板桥一生画竹，尤以咏竹的诗见长。其一《题竹石》流传极广：“咬定青山不放松，立根原在破岩中，千磨万击还坚劲，任尔东西南北风。”这首诗既点出了竹的处境，更直接说出了竹的贞定，经得起各种磨难考验，俨然是个顶天立地、坚贞不屈的烈士，令人望之生“敬”。

另一首《题画竹》也别开生面：“画竹插天盖地来，翻云覆雨笔头栽；我今不肯从人法，写出龙须凤尾排。”前两句写画竹的气势，后两句则描写人与竹的“择善固执”及不从俗流、不为俗物的个性。

郑板桥辞官之后回到扬州，书画大名已成，世人趋之若鹜。郑板桥自定润格，规定凡求其书画者，应先付定金，并作润例，颇为风趣：“大幅六两，中幅四两，小幅二两，书条对联一两，扇子斗方五钱。凡送礼物、食物，总不如白银为妙。公之所送，未必弟之所好也。送现银则中心喜乐，书画皆佳。礼物既属纠缠，赊欠尤为赖账。年老神倦，不能陪诸君子作无益语言也。”

本来是不便明言的事，但到了郑板桥先生这里，变得分外可爱，足见他的率真。

悲　剧

有读者问我：为什么哲学家说人生是一个悲剧？

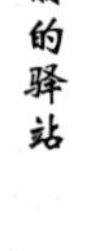

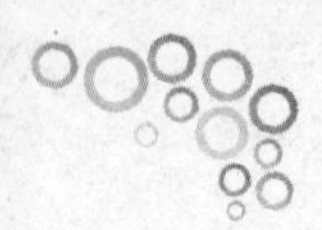

我说：人类的历史不是一个悲剧，因为一个时代走错了道路，下一个时代往往会吸取前车之鉴，引以为戒，接受教训，避免犯同样的错误，灾难往往也就不会重演了。

可是，人却不同，人生没有假设，也没有改正的机会，选择错了道路，犯了错误，往往就不可收拾，岁月不会给你从头再来的机会。所以，人生，就注定是一个悲剧。

有人说：不对，谁都有机会重新开始。

我说：那不是重新开始，仅仅是亡羊补牢。你经过了惨痛的失败之后，可以再重新开始，但是，你失去的岁月，永不会再来了。

所以，对于每一个人来说，需要时刻警惕的是不要犯大错，不要走错了路。因为一旦踏上了人生之路，时光就不可逆转。

很多人一生一事无成，那是因为他选择了一条不适合自己的道路。在一条不适合自己的道路上，纵然付出百倍的努力，也是枉然。

有的人最终成为杰出的人物，虽然是因为他付出了艰辛的努力，但更重要的是他选择了正确的道路。

完　美

很多时候，我们往往会产生困惑：人是重感情的动物，如果一个人不讲感情，则会被人视为冷血动物；可是，如果一切从情感出发，则会让自己陷入被动。

人们喜欢追求完美，可是，完美的人与事都是不存在的，过于追求完美难免会生出烦恼。

因此，我们必须学会接纳缺憾。世界上没有完美的人和事，但是，可以有完美的心态。

不论是初出茅庐的年轻人，还是没有什么成就的中年人，都常常谈论命运。出师不利，说自己命运不济；人生失意，说自己命运不好。

命运是什么？命运是一个人的人生借口，或者人生托词。自己看错了方向，选错了道路，努力不够，所以才没有成功，人生才失意。但是，一句命运不好，就把这些本来属于自己的过错都掩盖了。

这是一个失败者冠冕堂皇的理由、虚伪的台阶，也是其一步步走向颓废甚至堕落的向导。

这个时候，这些人往往是渴望一份理解，一份同情，一份尊重，甚至是一份援手。

其实，很多人生失意的人不知道，当自己一败涂地之后，这种心态只会让他的痛苦更深。他完全可以用另一种态度，让自己赢得尊严：勇敢面对和承认自己一手造成的后果，不推诿过错，不怨天尤人，理直气壮地承担自己的责任。

一旦有了这样的胸襟，困境往往就会发生戏剧性的转变，自己的人生因而有了另一个出口。

而一个强者，或者一个取得了杰出成就的人，从来不会谈论命运。因为，他们始终把自己的人生握在掌心，始终是自己人生道路的舵手。一帆风顺，他们会认为是自己的努力换来了回报；遇到了挫折，他们会审时度势，寻找自己的不足，亡羊补牢，重新再来。

中年以后，笑傲世界的，一定是做事严肃、认真、扎实，对人生和世界充满敬畏的人。而失败的人，一定是投机钻营、总妄想不劳而获之辈。

潜　能

常常想到“潜能”这个词。

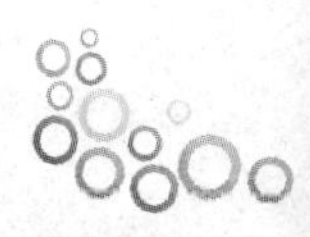

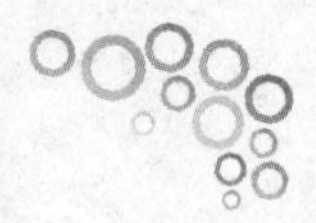

当走过了大半人生路程，有了丰富的人生阅历之后，我们会发现，其实我们自己很多做事的能力、忍受苦难和屈辱的耐力、处于灾难时的精神意志，是连自己也不敢想象的。

事情过后才会感到后怕，自己当初竟然陷于那样恶劣危难的处境，一旦挺不住就会万劫不复，可是，自己却幸运地坚持住并挺过来了。

还有，做一项几乎不可能完成的任务，自己竟然就凭着一己之力很圆满地完成了。

其实，道理很简单——困难没有你想象得那样大；你的潜能，只有做了之后你才能知道。

我常常想，那些伟大杰出的人物都是这样的一些人：他们临危不惧，意志坚定，相信自己。他们一旦选定了目标，就会一往无前，把自己的潜能都挖掘出来，所有的困难，都被他自信地踩在了脚下。

我想，古人是早就发现了这个秘密的，所以有“置之死地而后生”“大难不死，必有后福”的断语。司马迁在《报任安书》中说：“盖西伯拘而演《周易》；仲尼厄而作《春秋》；屈原放逐，乃赋《离骚》；左丘失明，厥有《国语》；孙子膑脚，《兵法》修列；不韦迁蜀，世传《吕览》；韩非囚秦，《说难》《孤愤》；《诗》三百篇，大抵贤圣发愤之所为作也。”正是对一个人潜能的最精彩的描述。

人适应环境的能力和忍耐苦难的力量是异常惊人的，一旦把自己置于那样的处境，爆发出来的力量不可限量。

每个人都有不可知的潜能，它隐藏在生命最深的地方，只有当生命几乎要陷于绝境之时，它才会被激活、被唤醒，然后爆发出不可遏止的能量。

在生活中，有很多人常常遇到这样的情况，多年不见，当初的同学、同事甚至是儿时的玩伴，人家已经功成名就，而自己依然故我。面临此境，自己大发感慨：他怎么取得了这样的成就？想当初，他各方面都不如我啊！

很简单，人家一定是把自己的潜能都发掘出来了，而你却相反。

旅　　行

一个朋友说，他已经几年没有去旅行了。

我说：不对，你说的旅行仅仅是指到风景名胜去看风景。其实，旅行的方式有很多种，去看风景名胜是一种一般人都能做到的旅行：去没有去过的地方，了解那些奇异别样的风景。

旅行的方式还有很多种，其中最重要的，是心灵的旅行。能够到自己的心灵深处，探究自己心灵的秘密，了解自己心灵家园里那些连自己都没有看到过的风景。

到书中进行阅读的旅行也是旅行方式中的一种。那些经典的名著，那些影响了无数人的名篇佳作，都是作家留给人类的宝贵财富。阅读就是到他们的书中旅行，就等于让自己走进了他们的精神家园，走进了他们的客厅书房，去聆听他们的智慧。

还有一种重要的旅行方式，是找一些闲暇的时光，去自己的故乡。故乡是人生的来路，是我们一步步成长的地方，循着成长的轨迹，去那些早年摸爬滚打的村头小巷、沟沟坎坎、林下塘边，探访那些经历了各种酸甜苦辣的故旧，你会收获到难以言说的温暖。

旅行，并不仅仅是看风物，我们还有阅读，还有心灵，还有家乡。

公　　平

大多数人认为这个世界缺乏公平，尤其是成年以后，当面临生活中的诸多机会和困难时，更会意识到世界对有些人偏爱有加，而对自己则吝啬无

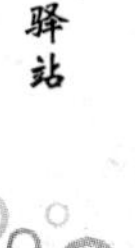

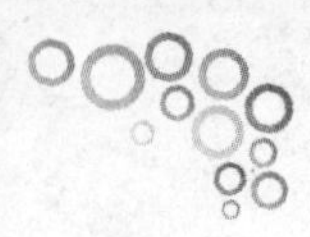

比。其实，没有什么可抱怨的，世界就是不公平的，从我们一来到这个世界，不公平就已经注定。有人出生在富贵之家，有人出生在贫寒之家，这样的不公平随处可见。

但是，正因为有了这样的不公平，我们的世界才充满了诱惑，充满了挑战，充满了惊险的趣味。因为，当我们意识到存在这样的不公平之后，我们就开始了为争取公平而进行的抗争与奋斗。所有的寒窗苦读，所有的十年磨一剑，都是对追求公平的注脚。这个追求的目标，我们通常称之为“抱负”。

但是，很多人虽然意识到了这种不公平，却没有去努力奋斗，他们或者沉沦堕落，或者成了怨天尤人的愤青。

生在富贵之家，甚至生在帝王之家，有时并不是好事，王子与公主最后沦落街头的例子并不少见。生在贫寒之家，也并不一定是坏事，贫寒子弟最后功成名就的故事比比皆是。

因此，所谓公平，都是相对的，也都是可以随时转换的，关键还是我们对待世界的态度。

其实，世界有一种对谁都不偏不倚的公平：种瓜得瓜，种豆得豆。一分耕耘，就有一分收获。理解了这一层之后，所谓的公平，就有了全新的意义。

孤　独

我很相信这样一句话：任何一个成功的人，他的内心深处一定埋藏着一段屈辱的人生经历。所以，当我们看到一个人“光芒万丈”的时候，应该去到他的来路上探寻他的经历，从那里寻找成功的秘密。

有人认为，一个人获得了成功，就为自己的人生寻找到了归宿。其实不是，所有成功的人，他们之所以与常人不同，就是因为他们具有这样一种天性：他们不满足于已经探明的东西，不会止步不前，不会安于现状，他们会一直走在尝试和探索的路上。

我常常把诗人桑恒昌先生的一句诗作为提醒自己的座右铭：为了实现自己的理想，一头走到黑，然后继续再往黑处走。

成就越大，与普通人的共同之处就越少。

因此，一个成功的人，即使他的成就已经为世人所公认，他依然是孤独的。他一定会受到误解、冷落甚至嘲讽。因为，绝大多数人不会理解他，也不会认同他，他们会抓住他过往的一些曾经让他备受屈辱的细节津津乐道，甚至会发酵式地将其传播出去。

而这种遭遇，恰恰给了让成功者走向更加辉煌未来的历练。

成　功

电视剧《人民的名义》里有一句经典的台词："如果你不做坏事，就没有人能坏你的事。"这话发人深省，是的，如果我们问心无愧，又何惧之有？实际上，老百姓千百年前也总结出来了：不做亏心事，不怕鬼敲门！

现在常常被问到这样的话题：怎么才能成功？

我说：你知道你曾祖父的名字吗？你知道你邻居家正在经历的艰难吗？你有一个可以做一整年的严密规划吗？你能够每天为同一件事情持续地发力吗？

如果你不知道，你没有，那么，答案就显而易见了。如果你知道，你正在这样做，那么，你已经接近成功的窗口了。

我们常常看到这样一些人，他们每天昂首挺胸地走在春风里，目光如炬，似乎从来不计较眼前手边的一些小麻烦和小得失。原因很简单，因为他们有远大的目标，他们的眼光在千里之外，哪里会注意到眼前的沟沟坎坎呢？

相反，如果一个人对于人生的目标定位太低，或者根本没有什么目标，

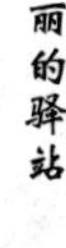

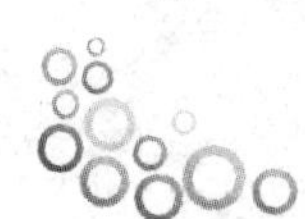

自然目光如豆，就会斤斤计较于一些鸡毛蒜皮，自然每天怨天尤人。

阳光来自太阳吗？一个心里阴暗的人，天天在阳光下，也不会让他的心灵充满阳光。而一个心态健康的人，即使天天处在暗室，依然心存光明。

阳光来自我们的知识、学养、态度，具备了这些素质，我们的身心才会光彩照人。

有一句话说得好：假如成不了心态的主人，就必然沦为情绪的奴隶。

能够每天做自己的人是很少的，很多人都是每天要么重复自己，要么重复别人。

很多时候，求人是自讨没趣。因为，轻而易举的帮助，对于你一定没有什么意义和价值。而能够改变你命运的机会，没有人会给你。这样的机会，你只有通过自己的努力才能够得到。所以，一个人，尤其是年轻人，就应该在很年轻的时候树立这样的理念：万事求自己！

梦　想

汪曾祺是当代作家、散文家、戏剧家、京派作家的代表人物，被誉为“抒情的人道主义者，中国最后一个纯粹的文人，中国最后一个士大夫”。

但是，汪曾祺年轻的时候，曾经有过一段窘迫的日子。他从西南联大毕业后到了上海，找不到合适的工作，没有了经济来源，生活十分困难，就给自己的老师沈从文写信诉苦。沈从文十分生气，回信斥责：“你有一支笔，怕什么！”

这话，今天读来，依然让我震撼！在26年前，青年时代的我离开故乡时，与父亲告别，父亲担心地说：“你去大城市发展，如果找不到工作，怎么吃饭？”

我坚定地对父亲说：“我有一支笔，怕什么！”

一支笔，是啊，那是一个有志青年敲开成功之门的钥匙，是一个文化人找到金山、金矿的路径，不仅可以用其养家糊口，而且可以抵达“天堂”！

其实，沈从文这样斥责自己的学生汪曾祺，是有理由和底气的，因为，他自己的青年时代，也正是靠一支笔闯荡京城，为自己找到饭碗，并最终走出自己的辉煌世界的。

沈从文仅有高小毕业文凭，他12岁就被送到军中学习军事，15岁时就已经作为一名正式的军人转战湘西的丛林了。

1922年夏天，20岁的沈从文决定离开湘西的丛林到北京当作家。他告别了军队，搭上了去北京的列车。出发时军需处给他的27块钱，还没有到北京就花光了。在武汉，一位军人借给他10块钱，到了北京的时候仅剩下7块钱了。此时他的大姐沈岳鑫和姐夫田真一正在北京，他就去找他们。姐夫问他：“你怎么到这里来了？”沈从文说：“我来寻找自己的理想。”姐夫十分惊诧：“寻找理想？什么理想？”沈从文说：“想读书，写文章，当作家。”姐夫听完十分钦佩，赞赏地说：“很好，很好，人家带了弓箭药弩到山中猎取虎豹，你赤手空拳带着一脑壳幻想，仅仅带着一支笔，来北京做这份买卖。我告诉你，既为信仰而来，千万不要让信仰失去！因为你除了它，什么都没有。”

姐姐和姐夫不久就回湘西了，年轻的沈从文仅仅依靠一支笔，就开始了为寻找理想而闯荡的人生历程。

他首先报考了燕京大学二年制国文班，但他仅仅高小毕业，考试时一问三不知，人家连报名费都退给了他。同班考试的人和老师对他说：“你赶快回家吧，这做学问的事不是想做就能做的。”更可怕的是，此时他的经济来源完全断了，他的生活陷入了困境。他责问自己：我怎么才能实现我的信仰呢？考不上，我就自学，没有饭吃就卖报纸，帮别人做小工，总之是不能退缩。他在银闸胡同租了一间由储煤间改造而成的又小又潮的房子，房子仅能

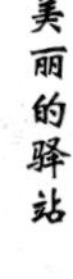

放下一张小床和一张小木桌，沈从文称其为“窄而霉小斋”。因为房子很小，他微薄的收入除了吃饭还可以应付得了。他很高兴，相信自己又可以为了自己的信仰而奋斗了。他白天去京师图书馆读书，傍晚去街头卖报，晚上在自己的斗室里伏案写作。北京的冬天很冷，他没有条件生火炉，就坐在被窝里写。尽管艰苦的生活和恶劣的条件对于只有20岁的沈从文来说困难太大了，但那个神圣的信仰在鼓舞着他，激励着他，使得他不仅没有被困难吓倒，反而苦中有乐。他读了很多书，写了很多文章，但文章投出去却都如石沉大海。

这样的状况持续了两年时间。他开始怀疑自己，自己真的不是搞文学的材料吗？他给当时的知名作家郁达夫等人写信，讲述自己对文学的信仰和苦苦追求的艰辛。不料他的信还真的引起了郁达夫的注意，当时已经名满文坛的郁达夫去那个小房子里看望了几乎濒临绝境的沈从文。这个湘西青年对文学的信仰和艰难的生活强烈地震撼了郁达夫，他回去立即写成了那篇著名的《给一位文学青年的公开状》。自此，中国文坛上一段佳话产生了，一位世界级的文学大家开始走上文坛。郁达夫的关注，使得天资聪颖、生活阅历丰富、又有了一定文学积淀的沈从文很快名满京华。很多年以后，沈从文在回忆自己的那段经历时告诫后人说：一个人只要有坚定的信仰，各种生活的困难就不足为虑了。

独　语

最喜欢何其芳的《独语》：“昏黄的灯光下，放在你面前的是一册杰出的书，你将听见里面各个人物的独语。温柔的独语，悲哀的独语，或者狂暴的独语。……每一个灵魂是一个世界，没有窗户。而可爱的灵魂都是倔强的独语者。”

丹麦哲学家克尔凯郭尔在《非此即彼》中说：“我最喜欢自言自语，因为我发现，在我的相识者中间，最有意思的人就是我自己。”

常有人问：为什么一些离开了故乡的人，在异乡反而建立了辉煌的业绩？我说：这没有什么秘密，因为所有的漂泊者都彻底放下了等待和幻想，扎扎实实地用双脚精心丈量面前的每一寸土地。

经常会面临这样的询问：是什么力量支撑着你一往无前？我说：是坚持和拒绝。我始终坚持自己的初衷，从来没有想到过放弃。我的双手，始终握着拒绝，拒绝懒惰，拒绝幻想，拒绝浮躁，拒绝浅尝辄止。因为我知道，如果失去了拒绝的能力，就等于把自己拱手交给了平庸的世界。

我想起了挪威剧作家易卜生在《当我们这些死者苏醒的时候》中所说的话：“玛雅，你听见寂静了吗？”

我相信，任何一个伟大的艺术家，都听到了大地和历史的寂静，并从寂静中聆听到了世界上最神奇的天籁之音。

伏尔泰被誉为“法兰西思想之王”“欧洲的良心”，他有一句非常著名的话：“不拿扇子的女士，犹如不拿剑的男子。”

但是，我最欣赏他的则是另一句：“耕耘自己的果园吧！”

他还告诉人们，辛勤的耕耘能够免除人类的三大灾难：寂寞、恶习与贫穷。多年来，我始终把他的这句话作为自己的座右铭，精心耕耘着自己的“果园”，努力让“果园”里的每一棵“树”都果实累累。

资　源

当各种荣誉和桂冠都来到你面前时，你怎么保持清醒？记住美国“卫星通信之父”皮尔斯的话：“意识到无知，才会使我们充满活力。”我们的世界如此宽广，我们个人的那一点光芒，是何其微弱！抛弃无知吧，把一个个无知踩在脚下，未来的世界比你想象得还要辽阔。

犹太人有一句著名的警句："不要太靠近深渊，否则，你随时都会落水。"我一直在想，这句话更深一层的意思是：你要知道哪里是深渊。很多曾经风风光光的人都掉进了深渊，我相信，他们不是距离深渊太近，而是根本就没有搞清楚哪里是深渊。

我从不痛恨挫折和苦难，我常常对青年朋友说：我把苦难和挫折当作人生的挚友，看作是上天的恩赐。因为，挫折让我变得坚忍，苦难让我具有了深度。

美国作家梭罗在他的《湖滨散记》中有这样一句著名的话："资源就在附近……到处都有生活与矿石。"多年以来，这句话一直鼓舞着我，给我力量。我相信，资源就在我的脚下，就在我每天晨起的时光里，就在我朋友的友情里，就在我静静的思索里，就在我一往无前的信念里。

故　乡

作为一个游子，我常常会思念自己的故乡。

在我年轻的时候，我信奉爱尔兰诗人乔伊斯的话："要想成功就要远走高飞。"更信奉俄国诗人普希金的诗句："整个世界都是异乡。"我把故乡装进我的行囊，怀揣着宏伟的梦想，浪迹天涯，把命运交给了漂泊。从此，我成了一个故乡的游子。

我从来没有怪罪过故乡，我始终牵挂着故乡的一草一木，牵挂着那里的每一个亲人。那里传来的每一条消息都令我欣喜。

我知道，有我的故乡在，我的灵魂就永远不会丢失，我的心灵家园就永远不会荒芜，我就永远不会无家可归。

中年以后，我走遍了大江南北，尝遍了尘世的艰苦与辛酸，也饱览了世界的各种美景，但是我却坚信，只有故乡的风景更加让我依恋，令我神往。

我的故乡，才真正是风景这边独好。

那壮美的雪山，那奇异的溶洞，那浩瀚的大海，那神秘的森林，那辽阔的草原，那无垠的沙漠，都不过是过眼的烟云。

只有阳光下的故园，永远散发着温馨的光芒。胡同口的那棵老榆树，总是向我传递着童年的消息。老宅里年年都来的燕子，夏日村前苇塘里飘荡的荷香，还有那永远讲不完的故事，都是我绵绵不绝的乡愁。

我从来没有对故乡绝望过，我始终坚定不移地相信，我的故乡，迟早有一天会在我的世界大放异彩。

父亲去世的时候，我以为我的故乡丢失了。母亲去世的时候，我以为我彻底变成一个无家可归的孩子了。但是，中年以后，我发现，我的故园并没有失去，它紧紧地“贴”在我的胸口，一直与我共同呼吸。我所有漂泊的苦难，都可以轻轻地向故乡诉说。

故乡，一直静静地等待在那里。

火　　把

眼前始终有一支熊熊燃烧的火把。

其实，我从来都没有感到过自己聪慧，我甚至认为自己比一般人还要愚笨。可是，我有梦想，所以我就把自己交给时间。我对自己说：我要终生负轭前行。我坚信，只要我孜孜不倦，道路自然会在我面前展开。中年以后，我发现，这并不是一个秘密，歌德和鲁迅，还有雨果，年轻时都有过这样的思索。

我知道，自己已经走进了那一条神秘幽静的胡同，前面是我崇敬的人点燃的不息的火把。我同样深深陷于无边的期待与思念之中，我相信这即是罗丹那个伟大的预言：这痛苦，正好体现着我们人类所负荷的遗产——对伟大

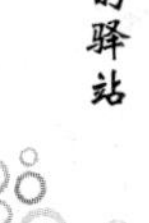

未来的期望与对故土深深的思念，如果没有这期待与思念，哪有人生的壮阔与美好？

成功的秘密也许有很多，但一定有一条是：脱下你所有的外壳，扔掉你所有的虚荣，像破茧的蝴蝶，展翅飞翔在自由的天空。

“创造你自己的生活”这句话一直鞭策着我。我从不自负地躺在过去的所谓成功之榻上，总在不断地与自己的昨天告别，每一天的凌晨都从新的起点出发，每一天都迈向新的世界。中年以后，我惊奇地发现，世界所有的大门，都訇然中开。

有人问我最看重什么？我最看重的，是能够凭自己的眼睛看世界，凭自己的能力选择人生方向，无须看他人的喜好，无须仰人鼻息，更不必依靠权力的支撑，可以真诚、真实、快乐地行走在充满希望的道路上。

很年轻的时候，我就这样认为：只要是我自己选择的道路，只要是我真诚地追求的，即使最后证明是错的也没有遗憾，因为它同样记录着我人生道路上的曲折与抗争、痛苦与挣扎。幸运的是，中年以后，当看到满园的累累果实，我才知道自己毕生追求的道路没有走错，我抵达了梦寐以求的彼岸。我因此常常告诫青年朋友：认准了一条道路，就不要回头，到头再说！

不论身处哪里，我都把真诚交给所有视我为兄弟的人，我因此赢得了更多真诚。我的文字和墨迹走进了越来越多的读者与朋友的心里，无论思想还是墨汁，那都是我生命的延伸，它们是我从内心走向世界的船只。

1933 年，著名爱尔兰剧作家萧伯纳访问中国，鲁迅在上海接待他。他对鲁迅说：“人们都说你是中国的高尔基，但是，高尔基不如你漂亮！”鲁迅幽默地回答萧伯纳先生：“我更老时，还会更漂亮！”鲁迅风趣的回答充满智慧，这来自于他深厚的文化素养，这是任何外在的容颜都无法比拟与超越的。

我眼前的火把一刻也没有熄灭过……

童　心

每一次到海边，都会看到那些赤着脚丫捡贝壳的人们。孩子自不必说，几乎所有的成年人也都加入了捡贝壳的队伍里，不论是艺术家还是普通人。在那里，人们都像一个天真烂漫的孩子。

人们都有一颗不老的童心。只不过，有的人，童心外露；有的人，深藏于内心。

艺术家几乎都有一颗外露的、丝毫不加遮掩的童心。大诗人歌德，八十岁了还在疯狂地追求漂亮的少女，行为做事也总是像一个顽皮的孩子。

严谨内敛的政治家也不例外，平日里正襟危坐，不苟言笑，一旦遇到合适的场合，童心就立刻“跳跃”着走到他的眼前了。

秦朝的李斯就是一个最好的例子。李斯是楚国上蔡人，年少时与韩非同受学于荀子，后来西游入秦，被秦始皇拜为长史，后由客卿官至廷尉，秦始皇统一全国后，任丞相，权力登峰造极，一人之下，万人之上。

李斯妒忌他的同学韩非之才，担心韩非抢了他的位置，便和宦官赵高一起陷害韩非，使韩非冤死于狱中。他为了一己私利，又和赵高伪造遗诏杀了公子扶苏，立胡亥为秦二世。李斯由此地位显赫，不可一世。后来，由于利害冲突，他与赵高发生了矛盾。赵高挑拨秦二世说：李斯大儿子李由是三川郡郡守，同盗贼陈胜私通。而且丞相身居在外，权力比皇帝还大。秦二世认为他说得对，就把李斯关进牢房，用完五刑，决定在咸阳腰斩。

李斯被押解着去腰斩的路上，回头对儿子说：我想和你再牵着黄狗，一块出去，到老家上蔡东门去追猎野兔，是否还能够做到呢？

此刻，在生命的最后关头，那个曾经的大秦丞相，足智多谋、不可一世的政治家李斯消失了，那个在上蔡城外旷野里追猎野兔的年轻李斯回到了眼

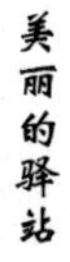

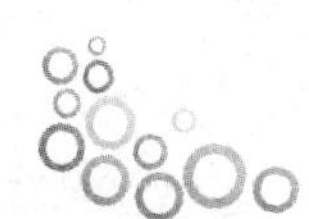

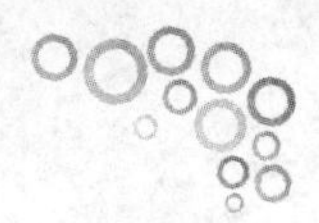

前，不泯的童心复活了。

童年就做了大清的末代皇帝，后来又做了伪满洲国皇帝的溥仪，也不例外。

电影《末代皇帝》的最后一幕：溥仪临终前回到了皇宫，此时他已经满头白发，他一步步走上阶梯，走近他曾经的金銮殿，但是，让人惊异的场景出现了：他没有以无限怀念的神情去抚摸他的帝座，而是俯身到帝座下去寻找他当年藏匿着的蟋蟀盒子。盒子居然还在，他养的蝈蝈还蹦跳着！蝈蝈还活着，这肯定是导演的一个隐喻，但是，他的童心，他深藏了一生的童心，却在这一刻完整复活！

至高无上的皇位，历尽一生的沧桑，金碧辉煌的宫殿，都不重要了，只有他的童心，他童年时代的乐趣，成为他人生最后的牵挂。

一生童心未泯的人物，还有伟大的文学批评家金圣叹。

金圣叹生活在明末清初的乱世，幼年生活优裕，父母去世后，家道中落。他为人狂放不羁、童心未泯，能文善诗，岁试因作文怪诞而被黜革。后应科试，改称金人瑞考第一，但绝意仕进，以读书著述评论为乐，是文学史上少有的旷世之才。他的文学批评注重思想内容的阐发，往往借题发挥，议论政事，其社会观和人生观灼然可见。他创立了较有系统的小说戏曲创作理论，其文学理论及批评为我国文学理论批评发展史做出了特殊贡献。他判定《水浒传》后50回是罗贯中“横添狗尾”，又断言《西厢记》第五本非出自王实甫之手，也是“恶札”。其文其人，刚烈鲜明，掷地有声！

尤其是他临终之时的表现，不仅彰显了他作为一个文学巨匠的铮铮铁骨和绝不屈膝折腰的品格，更显示了他卓荦不羁的烂漫童心。

顺治十七年的时候，顺治皇帝赞美金圣叹的作品“此是古文高手，莫以时文眼看他”。他听说后，随即“感而泣下，因向北叩首”。可以想象，作为一个文学家，能够得到皇帝的褒奖，实在是意气风发的快事。

可是，没有多久，他却大难临头了。苏州府吴县调来新县令任维初，他不仅对欠税者用重刑，还高价售出公粮于百姓，激起民怨。民众假借顺治驾崩契机，组织反贪游行，后百多名秀才于第三日往孔庙哭庙，发泄不满。后来，又向巡抚朱国治呈揭帖告发县令。谁知朱任二人早已勾结，逮捕了18名核心人物，反向朝廷诬告秀才们抗纳兵饷，鸣钟击鼓，聚众倡乱，震惊先帝之灵，要求严惩。一帮文人被判“斩立决”，其中一人，就有伟大的文学家金圣叹。

没有人为他伸冤，他只能像那些普通的文人一样就死。但是，在临终时刻，金圣叹却给历史、给后世的文人们留下了从容赴死、童心未泯的凛然身影。

就在他即将被斩首的时候，他对狱卒说“有要事相告”。狱卒以为他会透露出传世宝物的秘密或是什么惊天动地的大事，就拿来笔墨伺候。他指着狱卒给的饭菜说：“花生米与豆干同嚼，大有核桃之滋味。得此一技传矣，死而无憾也！”这成为金圣叹最后一句被记录下来的话。花生米与豆干同吃怎么会有什么核桃之味？不过是金先生的童心乐趣罢了。

到了行刑的时候，金圣叹披枷戴锁，岿然立于囚车之上。眼看行刑时刻将到，金圣叹的两个儿子梨儿、莲子望着即将永诀的慈父，泪如泉涌，痛不欲生。金圣叹虽心中难过，可他从容不迫。为了安慰儿子，他泰然自若地说：哭有何用，来，我出个对联你来对。于是吟出了上联“莲子心中苦”。儿子跪在地上哭得死去活来、肝胆欲裂，哪有心思对对联。他稍思索说：起来吧，别哭了，我替你对下联。接着念出了下联“梨儿腹内酸”。旁听者无不为之动容。上联的“莲”与“怜”同音，意思是他看到儿子悲切恸哭之状深感可怜；下联的“梨”与“离”同音，意即自己即将离别儿子，心中感到酸楚难忍。这副生死诀别对，字字珠玑，一语双关，对仗严谨，可谓出神入化，撼人心魄。

但是，金圣叹绝世才华的童心表演还没有结束。伴着这惊天地、泣鬼神

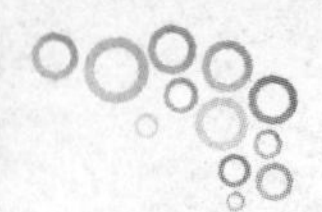

的千古绝唱，刽子手刀起头落，金圣叹耳朵里滚出两个纸团，刽子手疑惑地打开一看：一个上面写着“好”字，另一个上面写着“疼”字。一代才华横溢的文坛巨星就这样陨落了，他给后世留下了珍贵的文学遗产，更留下了伴随着无尽伤感的童心。

鲁迅曾经说大学者王国维不谙世事的模样像一条火腿，而王国维本人则说自己不过是一个怀着赤子之心的婴儿。

季羡林先生的童心是出了名的。季老喜欢养小乌龟，有一次他家里养的三只小乌龟有一只爬丢了，他就吃不下饭，担心乌龟会死掉。后来工作人员就到市场上买了一只相似的乌龟给他，季老以为那只丢失的乌龟又回来了，就像孩子一样很开心。但是，没想到的是，第二天丢失的那只小乌龟又爬了回来，四只小乌龟待在一起。季老就很疑惑，自言自语道：“怎么会多了一只呢？”后来工作人员只好坦白了。他也没有觉得受骗，像一个孩子一样快乐地笑了。

刘再复先生说：回归童心，是我人生最大的凯旋。这话我坚信不疑。童心是好奇与梦想的前驱，没有一颗童心，梦想就是空中楼阁。所以，对于生活中那些丢失了童心，所谓成熟理智的人，我更多的是可怜。因为我知道，这些人已经与梦想和创造无缘。

我们每一个人，都有一颗不泯的童心。当童心从我们的内心深处回到我们眼前，世界会有另一种鲜亮的颜色。

拆掉你的“帐篷”

尼采认为，人生是一场实验，每一次实验，无论成败，都会化为自己的血肉，成为人性的组成部分。

对此，我坚信不疑。只有不断探索、不断追求的人，人生的阅历才会越来越丰富。不论是成功还是失败，所有的经历，最后都会成为他人生大厦的一砖一瓦。所以，每一次在对青年举行的讲座中，我最后都这样告诫青年朋友：当你感觉周围的空气压抑时，就应该拆掉你的“帐篷”，随时准备出发。

我始终确信，我就是那个捡拾麦穗的孩子。少年时在乡村里，每年麦收过后，都会捡拾到不少成熟却被遗漏的麦穗。青年时代，我成了时间之田的“捡穗者”，我把每一天时间的角落和碎片，都捡拾到了自己的书桌边，把它们变成了自己人生的果实。中年以后，我成为了历史长河岸边的“拾穗者”，思想圣殿门口的聆听者，在那里，我聆听到了历史的回声。

每天凌晨，我都会开始自己一直以来始终坚持的工作：把每一个时间的片段，都变成文字和艺术，最后又集结成为一卷卷著作，走近无数朋友的书桌，走进一座座图书馆的书架，与一个个宏伟圣殿中我仰慕的人物一起，将自己的思想“凝固”下来。

不论怎么化妆粉饰，岁月的年轮都会渐渐爬上你的额头，染白你的双鬓，使你的容颜苍老。但是，我们的心灵，却可以对衰老说不，不仅仅可以保持青春的活力，甚至可以永葆童心。这样的例子太多了，而且大多都是卓有建树的人物。

每当我看到一个少年双眸中的忧郁和茫然，我就知道，一个鲜活的生命过早地枯萎了。年轻人的眼睛里，闪烁的应该是明亮、清澈、意气风发。我给青少年的寄语是：灼灼其华，整装待发。有大好的年华在手里，忧郁什么，担心什么，怕什么！

一直崇敬爱因斯坦，不仅因为他获得了诺贝尔奖及他的相对论，还因为他敢于抛弃一切浮名之累的人生态度。他曾经说：每一件财产都是绊脚石。他因此把所有的财产都捐献了出来。他说：不能因为这些东西让自己的生命枯萎。1952 年，第一任以色列总理胡里安提议由爱因斯坦担任以色列总统，

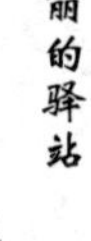

但爱因斯坦却婉拒了这一提议，表示自己年事已高，还要从事科学研究，对从政毫无兴趣。

我年轻的时候，就对故乡有一个庄严的承诺：等我踏遍世界寻找到最美的珍珠，等我追回失去的每一分时光，等我完成艰辛的使命，我一定要成为故乡大地上的一支熊熊燃烧的火把，照亮故乡的每一寸土地！

我从来都不相信自己也会衰老，即使白发已经爬上了鬓角，我确信自己的心灵依然生机勃勃。因为，我还有那么多的“庄稼”没有收割，还有很多“山峰”没有征服，甚至，还有很多荒芜的“土地”，等着我开垦和播种。

人皆可以为尧舜

怎么才能成功？当别人都不再往前走的时候，你继续前行。当别人都认为已无任何希望的时候，你不改初衷。当别人沾沾自喜于已经取得的成绩的时候，你又踏上了新的征程。还有更重要的一点：为了实现目标一头走到黑，然后继续再往黑处走！

数学家陈景润的一个学生对老师说自己最近总是失眠。陈景润回答：失眠就是不缺觉，最好的解决方案是立刻起床工作，困扰你的问题即可迎刃而解。

鲁迅先生有一句著名的话为大家熟知：浪费别人的时间就等于图财害命。其实，我以为，浪费自己的时间，虚度光阴，比图财害命更甚，因为这等于自杀。虚度光阴，平庸无为，与行尸走肉何异？

我常常给我的读者题这句话：时间能够把桑叶变成绚丽多彩的锦缎。在我的人生阅历中，也有过靠一己之力无法解决的问题，我就放下问题，另辟蹊径，把困难交给时间。结果，一年，或者半年以后，我惊喜地发现，原来怎么也解决不了的问题，已经与我无关。

常常有人问我：怎么才能成为一个强者？我说，只有当你即将被推下悬崖的那一刻，你才有可能成为强者。要么你爆发出不可遏止的能量战胜敌人，要么跌落深渊万劫不复。平坦的道路上和温柔富贵乡里不会产生强者，那里是凡夫俗子、平庸之辈的温床。

“人皆可以为尧舜”是我常常给青年朋友留的言，意在鼓励他们，只要努力，他们都能成为尧舜那样的圣贤。孟子说：“舜何人也，予何人也，有为者亦若是。”意思是说：舜是谁？我又是谁？人若有所作为，那么这有为的人就像是舜一样的人了，看你究竟做不做了。所以，不必盲目崇拜偶像，他们当初也是芸芸众生中普通的一员，只是因为他们坚韧不拔的努力，最后才成就了伟业。想到了这一点之后，你还犹豫什么呢？

从少年时代开始，我就踏上了寻找的征途。在漫漫长夜里寻找黎明，在孤独寂寞中寻找慰藉。中年以后，我欣慰地发现，我寻找到了自己的珍珠，而且，不怕被别人抢劫或剥夺。

古人说：“人实役物，非物役人。”意思是说，人不能受制于外界的影响，而应做自己心灵的主人。其实，这恰恰是很多人人生的短板。凡事瞻前顾后，总是顾及他人的眼光，而不能按照自己心灵的指引一往无前，大好的前程就这样一次次葬送掉了！

我寻找自己的远方，从来不奢求他人的理解，更不希求别人的掌声，我知道每一个人都在奔波，谁都没有时间去关注别人的忧伤。我心甘情愿忍受千辛万苦，矢志不渝地寻找着自己的梦想，从不忧郁，从不怨恨，更不急于到达目的地。因为我知道，我的远方，迟早有一天会露出曙光。

本　事

有些老话是千百年来民间百姓淬炼出来的思想结晶。倪萍曾经有一段时间面临各种人生困境，几乎就要撑不住的时候，一直与她一起生活的姥姥对

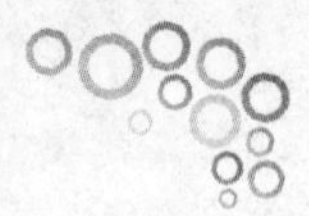

她说：只要自己不倒下，就谁都推不倒；自己不想起来，就谁也拉不起来。这句姥姥告诫自己的老话，给了倪萍巨大的精神力量，使她坚强起来，勇敢面对，最终重新建立自信，重返舞台。

孩子考驾照时，我对他说：不要以为这就是简单地学会开车，这是你人生的第一个本领，尽管这个本领很普通，很一般，但也是一个真本事，一个可以拿来吃饭穿衣的本事。随着年龄的增加，你要不断学习新的本领，学习掌握更高一级的本领，等你拥有了一身本领的时候，你才会成为一个顶天立地的人。

曾国藩的《冰鉴》中有两句著名的话让人深思，一句是“功名看器宇”，另一句是“事业看精神”。什么是气宇？所谓气宇轩昂，就是说一个人的风度与气质，一个人高贵的素养，这是成功的前提。而精神就更不难理解，如果一个人没有积极向上的精神风貌，没有朝气蓬勃的精气神，哪里会有事业前程？

司马迁的《史记》中有一篇《货殖列传》，写的是西汉初期 20 多个大富豪的发家史。在总结这些富豪成功的秘诀时，司马迁说：“此皆诚壹之所致。”意思是说，他们都专心一行，他们的成功都是在一个行业里精益求精、不断壮大的结果。

信然。中国有句古话：三十不改行，四十不学艺。说的就是要不忘初心，专心致志，不要朝令夕改，见异思迁。

只有一往无前朝着一个方向走的人，才能走得更远。

洗心无俗情

我曾应邀回故乡的中学做讲座。现场主席台上拉着的巨大的横幅上写着“青年作家”，我知道这是因为故乡的人们以为我还不老，其实离开故乡已经三十多年，年过半百，哪里还有青年的影子？事实上，我已人到中年，已经隐隐听到了暮年的钟声。但是，我依然在为梦想而努力，因为我常常记得晚年雨果的诗句：“我是铁石心肠的收割人，拿着宽大的镰刀，沉吟着，一步一步，走向剩下的麦田。”

明代黄端伯说“洗心无俗情”，意思是说经常把心洗干净，就不会庸俗了。怎么洗心？我们身处尘世，整日埋首于油盐酱醋茶，被七情六欲所困，心灵被尘俗覆盖、污染、蒙蔽是肯定的，这就要求自己要常常读书、品茶、听琴，与高人交谈，自然会有所领悟，这也就是洗心了。

萨特说他永远希望着，但不打扰别人的希望。我一直以哲人的启迪为自己的准则，不懈地独守着自己的梦想和憧憬，不打扰别人，也不阻拦别人，甚至主动为同一个方向的青年让路，助他们一臂之力。

每天清晨，当霞光还没有出现在东方的天际时，我的书桌和字案前，早已留下了我日课不辍的身影。而且我知道，在世界的很多地方，有很多与我一样闪烁着灯光的窗口，无数胸怀壮志的兄弟，正与我一起，奔向未来之旅。

一个人的学问越大越谦逊平和，因为做学问永无止境，学问越深越会发现，自己需要学习的东西太多了。正如培根所说：世界上种种快乐都可以达到饱和，只有学问不能。

美国作家梭罗说：资源就在附近。这话应该让所有胸怀壮志的人警醒。资源在自己的双手，在自己的书房里，在自己目光所及的地方。任何一个人，都应建立足够的自信，利用自己的资源，照管好自己的人生。如果你连自己都照管不好，没有另外的理由，你必须扪心自问。

我常常见到一些愤世嫉俗的人，他们一面谴责时代，一面说自己怀才不遇，遭受了不公。我说，只有一种可能：你的努力远远不够！如果你了解了那些成功者的付出，你就会为自己的浮浅而自惭形秽。

我最憎恶的品质是虚伪。格调不高、缺乏学养不过是平庸无为罢了，并

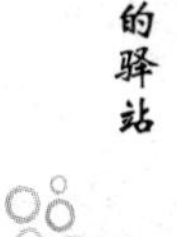

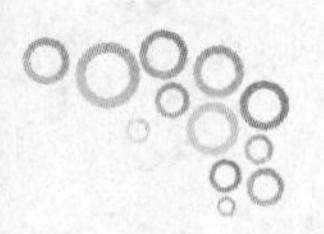

不令人生厌，而虚伪则是一无所知却假装有才学，庸俗不堪却冒充高尚高雅。因此，虚伪就是人格的骗子。

我从来不谴责时代，在我看来，如果时代有弊端，我们每个人都要承担责任，因为我们每个人都是时代的一分子。我炽烈地热爱着自己的家乡，在我看来一个连家乡都不爱的人，爱祖国就是虚假的空话。

我始终坚信：只要朝着自己的目标孜孜不倦地努力前行，道路自然就会在面前展开，而且会越来越宽广。事实上，无数人验证了这个观点，他们用一生的时间负轭前行，最终走进了伟大的殿堂。

嫉　妒

我总有一种担忧，因为我每天都能听到时间流逝的声音。

我常常想到“嫉妒”“不可限量”这两个词。

在做讲座时，不时会有青年朋友问：自己经常嫉妒那些杰出的人，这是不是一种不健康的品性？

我告诉青年朋友：不，恰恰相反，这是一种难得的优良品质。你产生了嫉妒心理，说明你发现自己已经落后了，你的心里产生了痛苦的感觉，你开始不能接受自己的现状了。而这恰恰就是一个有志者奋起的发端，如果就此一路前行，未来必不可限量！

可怕的是见到那些杰出的人以后连嫉妒的心理都没有，麻木不仁，那可就真是不可救药了。

“追求”这个词，一直是我生命中最重要的关键词。中年以后，渐渐明白，所谓追求，就是自己的内心深处始终像游牧民族那样，渴望找到一片水草丰美的草原。现在我发现，其实，这样的草原，我早已经到达并拥有过多次，但是，自己依然还在寻找的路上，因为内心总以为，脚下的草原还不是最美的，最美的草原在未来的某一个地方。这是欲壑难填吗？不是，正是因为有了未来的遥不可及，有了对眼前脚下的不满，我们才会保持追求的力量。

常常想到“永诀”这个词。永诀就是生离死别吗？不，那只是永诀的一种而已！

其实，我们每一天都会有很多永诀：

每天清晨醒来，我们就与这个夜晚永诀了！再来的夜晚，与昨夜已经完全不同，那个消逝的夜晚再也不会回来了！

每天傍晚，我们也都会与这个白天永诀，明天，已经是完全不同的另一个日子了。

今天你遇到了一个人生的机遇，可是你却与机遇擦肩而过。那么，你就与一个成功的机会永诀了！

很多事情，你认为也许可以放一放，可以拖一拖，等等再做。实际上，当你回头时，你会发现，那个解决的最佳时机你已经错过了。

我们每一天，都有很多这样的永诀。我们以为时光可以再来，我们以为错过还会重逢，我们以为放下还可以拾起，可是却不知，那转身的一刹那，已经是人生的永诀！

我每天都要面对很多讲座、聚会的邀请，更多的是一些文学与书画方面的青年的来访，这些来访的目的是探究他们认为的经验或秘诀。

我逐渐在拒绝这样的来访。我想，大家一定都希望读到我更多的文章，看到我更多的书画作品，那么，我就要有更多属于自己支配的空间和时间。而这样的时间，我还有多少呢？

至于经验或密码，我想告诉朋友们的是，如果有，就是自己甘于寂寞的勤奋与坚守，就是自己默默无闻的探索与追求，其他都是假话。

那么，就让我们在各自的家园里默默坚守吧！

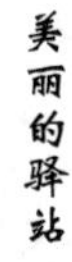

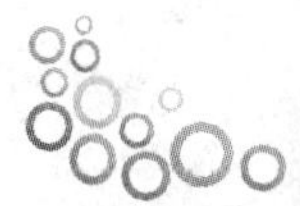

敬 畏

每当有读者请我在我的著作上签名时，我常常会写上这样一句话："人皆可以为尧舜。"这句话出自《孟子》。《孟子》中还有这样一句话："舜何人也，予何人也，有为者亦若是。"也是这样的意思，舜是什么人？我是什么人？我们只要积极有为，也一定能够成为舜那样的人。

这里还有更深一层的含义，就是不要以为杰出的人都有三头六臂，不可超越，不要迷信崇拜偶像，他们与你一样开始都是普通的人，一样吃五谷杂粮，一样穿衣睡觉走亲访友。只不过，他们多思索了一些问题，多读了一些书，他们从不懈怠，从不荒废时间，他们一旦选定了目标就矢志不渝，一往无前。

国家登山队的一名知名队员是我的朋友，他家里最显著的位置，常年养着一束山坡上最常见的野草。我不明就里，一般人家都在这样的位置养着名贵的花，他怎么养着普通的野草？而且，我看得出来，他对那束野草，似乎有着特别的感情。

他对我说：一束普通的野草，对于一般人来说，什么意义也没有，但是，对于登山队员却不同。每一个队员都会有过这样的经历：在攀爬悬崖峭壁的一刹那，是一束野草给了自己生机。因此，对于登山队员来说，一束野草是命悬一线时上天的恩惠。

我看着那束野草，心生敬畏：不论多么微不足道，一定都有重若千钧的时刻。我们每一个人，在世界中自有自己的位置与分量，任何人都不应该自暴自弃，妄自菲薄。

古人云："岁月不居，时节如流。五十之年，忽焉已至。"是说岁月之匆匆。其实，你过人的才华可以抵御岁月的摧残。所谓"腹有诗书气自华"，即便年逾古稀，你的才华一样可以让你光彩夺目。

有才华的人自然有大胸怀。贫穷不可怕，挫折也不可怕，有了大胸襟，贫穷亦会有一番境界，遭遇了挫折也一定会东山再起；可怕的是目光如豆，胸无大志，即使家财万贯，也必定是财富的奴隶。

认识你自己

雅典有一座戴尔菲神殿，门楣上镌刻着“认识你自己”这几个字。两千多年来，这句话始终闪烁着耀眼的光芒，让无数人思考自省。我常常扪心自问，也常常以此提醒听我讲座的青年朋友：你认识你自己吗？

1957 年获得诺贝尔文学奖的法国作家加缪说过一句非常著名的话：“一刻的松懈，可能会导致一切的崩溃。”

多年以来，我一直把这句话牢记在心里，一旦我的精神意志有了懈怠，我就会立刻警觉起来，告诫自己：你难道要让自己尚未建成的大厦坍塌吗？你难道要落下一个功亏一篑的笑柄吗？

一位教育学家曾经说：马和牛赛跑，输掉比赛的肯定是牛。但这不是牛无能，而是安排比赛的人没有意识到两者之间的不同，他只看到马的速度，却没有看到牛的力量与坚韧。

我们是否也遇到过类似的不公平？

近几年，常常到一些大学里或一些青年聚集的活动场所做讲座，每一次讲座之后，总是会有几个青年对我说：听了老师的讲座，自己就陷入了思索，开始思索自己的未来。古希腊的哲学家苏格拉底说：“人生的意义就在于，你可以思索人生有没有意义。”他还说：“没有经过反省检讨的生活，是不值得活的。”我很欣慰这些青年朋友开始了思考，我更相信，他们会以此为出发点，让自己的人生变得鲜亮而有意义。

尼采说：“一个人知道自己为了什么而活，他就能忍受任何一种生活。”

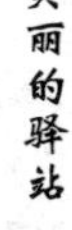

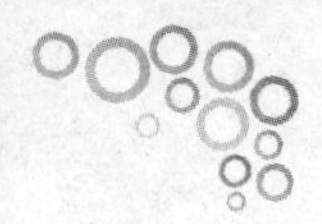

这话让人深思，古人说的“小不忍，则乱大谋”也有这层意思。那个“小不忍”，就是任何一种生活之一，而“大谋”，就是尼采的“为什么”。这样的例子比比皆是，勾践的卧薪尝胆，韩信的胯下之辱，那些能够以坚强的意志忍受暂时屈辱的故事，都是因为他们的心中隐藏着一个伟大的“为什么而活”！

我们常常说到要有担当，其实，担当就是一个人在社会中承担的责任。在我看来，责任不是负担，也不是压力，是生而为人的巨大荣誉。想想在一个社会中，自己承担着一份不可或缺的责任，如果是重要的且可以帮助很多人的责任，那会是何等光荣！

唯有饱经磨难与忧患的人，才能真正懂得珍惜幸福和欢乐。而一个人最大的幸福，莫过于在人生的中途，正值富有创造力的壮年，发现并确立自己此生的方向和使命。因为，这个时候，他已经有足够的能力可以避免再走弯路，并全力把梦想变成现实。

吹灭读书灯，一身都是月

清者自清

米列说：“越是善良的人，越觉察不出别人的居心不良。”

我更相信，那些居心不良的人，在一个善良的人面前，一定会收敛起自己的伎俩，因为善者强大的光辉会让他无地自容。

清者自清，一个善良的人无须证明，世人的眼睛就是口碑；浊者自浊，世人的唾沫就可以成为淹死他们的江河。

莎士比亚说：“善良的心，就是黄金。”哈佛大学一项研究表明：一个人的精神层次越高，心理越是健康，内心也越善良，不会因为别人的看法而轻易改变自己，在与他人相处中，微笑、喜悦的表情也会越来越多。

正是这样，当一个人能平静地看待自己的处境，包容生活所有的不愉快甚至诋毁、仇恨，专注于自身的责任而不是一己私利时，他就站在了精神世界的最高处，脸上时刻闪耀着善良明媚的光辉。

《论语》中有“己所不欲，勿施于人”之句。其实，自己不想要的就不要强加给别人，这不过是做人的本分。重要的是，反过来说，己所欲而施于人，自己喜欢并想拥有的，却不吝惜，能慷慨地给别人，则是做人的大胸襟、大境界了。“己所不欲，勿施于人”做到并不难，但是反过来能做到的就难了。

苏格拉底说：“如果不幸福，如果不快乐，那就放手吧！”生活中，很多人尽管物质非常富有，却并不感觉幸福；生活本来非常美满，却没有快乐。其原因正在于总盯着那个虚无的目标而不知回头。放手不属于你的，放下虚无的幻想，你的世界就会海阔天空。

荷兰的《小约翰》里面有个故事说，两个蘑菇在那儿说话，一个小孩过来插嘴说：“你们是有毒的蘑菇！”

两个蘑菇听得莫名其妙。因为人想吃掉它们，才会出现“有毒”这个问题，而对于蘑菇来说，如果人不去招惹它们，他们活得好好的，始终是可爱的蘑菇。

我们很多人就是自己的“蘑菇”？我们本来拥有属于自己的快乐和幸福，可是，往往因为别人的目光而把自己轻易丢失了。

柏拉图说：“不知道自己的无知，乃是双倍的无知。”看看我们身边那些人生路上不断掉队的人，导致其掉队的最大的缘由就是他们无知却自以为是，直到头破血流，悔之晚矣。

独　处

有一个青年对我说：为了生活，自己要暂时放下梦想。我说：如果你真的这样，梦想就会渐渐远去，而且不会再来。最后，中年以后，当面对那些成功者的时候，你就只有“当初我怎么就没有挺住”的感慨和怅然了。

心理学家伊斯特说：“独处是个体建构和重构自我的需要，目的在于增强自我的认知力。”

对于一个从事艺术创作的人来说，独处是必需的状态，只有在独处的状态里，才会充分发挥想象力，投入到自己构建的艺术世界里。人类几乎所有的艺术创造，都发生在这样的情景中。

卡夫卡的妻子有一次问丈夫：“你创作的时候，我能陪伴在一旁吗？”卡夫卡说：“听着，那样的话，我什么也写不出来。”

送别，总是一个充满忧伤的场景。梁实秋先生曾经在一篇散文中说：“我最不愿意送别，不愿意送别人，也不愿意别人送我。”

他又说：“你走，我不送你；你来，不论多大的风雨，我要去接你。”

我欣赏这样的情怀，避开送别的怅然，迎接充满欢喜的重逢，这是人生

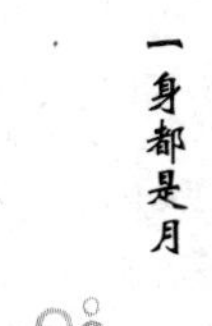

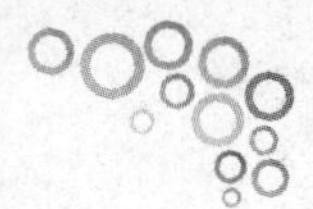

的一种超然了。

苏格拉底说："成功的唯一秘诀，就是坚持到最后一分钟。"

看看我们身边，有多少浅尝辄止的人？有多少朝令夕改的人？有多少半途而废的人？又有多少因一步之差而功亏一篑的人？

不成功，各种因素都有，但是最重要的因素，一定是"没有坚持"。

一个杰出的人与一个普通人的区别在于，他知道自己需要什么，也知道自己不需要什么，并且能够付诸于他日常的一言一行中；一个平庸之辈，总是没有取舍地眉毛胡子一把抓，分不清优劣，更不知道自己该要什么和不该要什么。

其实，知道自己该要什么，是自己的本分；而知道自己不该要什么，则是人生的智慧。

常常有人问这些问题：你为什么能够按照自己的意志和兴趣生活？你为什么能够把自己的每一天都管理得井井有条？你为什么能不让自己随波逐流？

我说：没有比管理自己更简单的事了，你怎么生活完全可以自己做主，你完全可以不随波逐流。但是，你能做主你的意志吗？一个连自己的意志都不能做主的人，就不会有所成就，更不可能管理天下！

成功的法则

有青年朋友对我说：听说你的人生也是历经磨难，经历了很多坎坷，你是怎么坚持过来的？我回答他说：因为我一开始就知道，只要去海洋，就一定会经历风暴，如果想风平浪静，那是你家门前的河沟和水塘，但那却不会到达远方。

我认为成功的法则就是：你是否在做时间的敌人或者对手。大地在睡梦中的时候，你醒着；大多数人在休息的时候，你没有；人过中年，你依然像一个青年那样追求梦想；即使老年到了，你的心灵却依然年轻。你处处与时间作对，甚至，你把时间抛到了身后。

“不想成为其他任何人！”很多青年朋友常常对我说，渴望将来能够成为自己偶像那样的人。我说：我没有偶像，我“从来不想成为其他任何人”，我一生都在努力做一件事：要成为世界上独一无二的自己！

每一本书都会告诉你一些新的东西，都会引领你以一种新的眼光看待我们的世界，也会为你打开一扇新的窗口。如果你不读书了，就意味着你为自己关上了世界的大门，你的暮年来临了。

《金刚经》里有句“应无所住，而生其心”，意思是说，你不关心尘世利益的时候，才会有禅心。人要洗涤身心，就要学会怡情养性，这样才会有高尚纯洁的追求。

有了出世的精神，才能够做入世的事业。

旧时药店常挂这样一副楹联：“但愿世上人无病，何愁架上药生尘。”感觉这实在是店家的菩萨心肠，卖药的不希望人们生病，这样的对联，今天基本绝迹了。

常常去济南的一些中学去做讲座，我发现这些学校的孩子写蓝天、白云、河流、树林、动物等都是千篇一律，显然，他们写的都不是自己的眼睛看到的，而是报刊文章里的，而且描写千篇一律，缺乏生动鲜活的细节，更缺乏真挚感人的情感。我们无力改变城市孩子的生活。想想我的少年时代，除学校的时间外，其他时间都在树林里嬉戏，在草地上奔跑，在小河里玩耍，在雪地里打雪仗，滑冰、捉鸟、放羊、割草，一年到头都在大自然里。现在，不论写什么样的场景和生活，那些少年时代的经历，都会自动跑出来。

我常常对在乡村长大的孩子说：自幼在乡村长大，少年时代的启蒙老师是大自然，这是你的幸运，更是无价的财富。

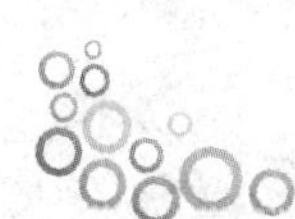

托尔斯泰讲过这样一个故事：穿新鞋的人，会小心翼翼地绕过泥泞，但只要他一失足弄脏了鞋，就不会再小心地顾及泥泞，结果将鞋弄得越来越脏。这是一个深刻的寓言。是啊，当还没有沾染上恶习的时候，我们会对恶习保持警惕，避而远之；可是一旦沾染上了一些恶习，往往就会破罐子破摔，渐渐恶习不改，以致恶贯满盈了。

吹灭读书灯，一身都是月

鲁迅曾说：“一碗酸辣汤，耳闻口讲的，总不如亲自呷一口的明白。”所谓见多识广，是说经历得越多，见识也就越丰富，路也必然越来越宽；没有见识的人，只看眼前的丁点儿地方，自然也就不会有波澜壮阔的未来。

“人无志，非人也”，人只有有志向，有目标，生活才有动力。毛泽东青年时代就以“自信人生二百年，会当击水三千里”的诗句抒发自己的壮志豪情。

曾国藩青年时期才智并不出众，属于“笨”的那一类，但立志以圣人标准严格要求自己，在写给弟弟们的信中，称“士人读书，第一要有志……有志则断不甘为下流”。

老舍年轻的时候，立下了要成为一个文学家的梦想，他对朋友说：“我现在每天写的文章，只要不满意就扔到废纸篓里，我相信迟早有一天就不用再扔了！”

这话我也相信，但是，我发现很多爱好文学、也想成为作家的人，往废纸篓里扔了不久就不扔了。其实，这些朋友不知道，他距离不再往废纸篓里扔稿已经很近了。

关于幸福意义的解读不可胜数，我以为，最悲哀的，是从别人的目光中确认自己的幸福，却不知道幸福是自己的感受。

我始终都无法理解那些不读书的人。“吹灭读书灯，一身都是月”“再暗的夜，也有人采芙蓉”，读到了这样的诗句，读书人夫复何求?

人们都仰慕那些思想深刻、见解独到、大彻大悟的人，其实，人们一定不知道，一个人彻悟的程度，是与他所经受的痛苦成正比的。

现在我写书法，常看到有人在评论说，我的书法出自汉隶，出自帛书，或者出自《礼器碑》，也有说隶中有楷，或楷中有隶，各种说法都有。这让我想起法国作家莫里哀的喜剧《醉心贵族的小市民》中那个茹尔丹。茹尔丹渴望成为一个散文家，却不知道什么是散文。有一天他问一个散义家这个问题，散文家说：“你平时说的话就是散文。”他惊奇万分地说：“原来我早就是一个散文家了，自己却浑然不知！”

其实，很多时候，我们不仅误会了朋友，也误会了自己。重要的是，当有一天我们明白过来了，发现了这个错误，要有勇气承认是自己的过错。如果能够做到这一点，我们距一个智者就越来越近了。

“守得云开见月明”，只要持之以恒，迟早会看到属于你的一轮明月。

人生的信念

青年至少应该搞明白一件事：你正在做的事业，有哪些值得你一生追寻？现在我们常常说坚持，其实，如果你半途而废，就等于没有出发。

当你不断确信一种理念或经验的时候，这种理念就渐渐成为你人生的信念，开始改变你的人生走向，接下来，重要的事情就开始发生了。

人生最大的敌人是什么？是日复一日不自觉地随波逐流，是面对机遇时的茫然无措，是明知深陷困境而不痛定思痛。

过去的岁月，当我们回忆起来的时候，很多都是美好浪漫的，即使是当时感觉难以忍受的苦日子，回忆起来也没有了痛苦，充满了温馨的情怀。其实这就是我们人生的本质，我们当下的每一天，都会成为未来的意义。明白

了这一点之后，我们就会加倍珍惜每时每刻，把每一天都过得有声有色，不负青春，更不负岁月。

岁月里，有些日子是一定要记住的。这些日子，是大海里的灯塔，是森林中的路标，它总是会在我们迷惘的时候，指点迷津。

一位老船长说："我在风平浪静时祈祷，而波涛翻滚时，我把全部精力放到驾驶我的船上。"

生活中有多少人恰恰相反啊，年轻的时候不知时光之匆匆，中年以后悔之晚矣。

生活的哲学就是这样吧，拯救自己的只有你自己，没有人能拉你脱离苦海，关键时刻如果你不能全力以赴，谁都救不了你。

我一直渴望这样生活：做自己喜欢做的事，不受制于人，不假装坚强或软弱，活得堂堂正正，不扮演什么角色，助人不求回报，也不苛求他人的支援，内心强大，一往无前地走在奔向壮阔未来的大道上，气宇轩昂。

中年以后，回望岁月，我发现，我做到了。

心有常闲

陶渊明在他的《自祭文》里说："心有常闲。"我想，陶渊明这里的"闲"字，是指我们匆匆人生之旅中的小憩，就如书画作品中的留白，就如我们家中的庭院，那是心灵的窗口，更是人生的顿悟。

自知者不怨人，知命者不怨天。

杨绛先生说："人生最曼妙的风景，是内心的淡定与从容。"

其实，我们要获得自在无碍的心灵是有捷径的，两个字"放下"，就足够了。

不论有多少事情要做，都要常常停下来，常常回头看看，才会走得更从容，走得更远，也才会有大境界。

宁静是没有声音吗？不，宁静是彻底忘掉自我。只有自我从心灵消失，你才真正进入宁静安详的澄明之境。

有人问篆刻大家吴昌硕制印之刀法，吴先生说：“我只晓得用劲刻，种种刀法方式，没有的。”这是真话。文学、书法、绘画、音乐等所有的艺术，技巧是没有的，刻苦努力，千锤百炼，自然水到渠成。可以说，那些号称有技法的人，都不过是借此混饭吃的江湖郎中。

什么是真性情？就是“你最真实的样子”。真性情的人，做人是最轻松的，因为他不用刻意地伪装当演员。

善良的情怀以及对于天灾人祸的悲悯之心，是一个人最起码的良知，如果对于他人经受的痛苦幸灾乐祸，只说明你的品质已经跌破了道德的底线。

你无法左右别人的意志，同样别人也左右不了你的意志，但如果对立的人太多，总是看不惯他人，甚至与社会也格格不入，则只能说明你不合时宜。

二战结束的时候，德国柏林几乎被炸为废墟。盟军统帅巴顿将军视察街区时，发现一位家庭妇女正细心地把被废墟掩埋的一盆鲜花清理干净，放到破败的窗台上。巴顿非常震惊，他对人们说：德意志民族用不了多久，就会东山再起。

他的话果然得到验证，十几年之后，德国就重新站在了世界的前列。任何一个人，都应该这样：把深重的苦难都压在心底，昂首挺胸，与他人一样，迎接明天的朝阳！

说到底，人生是你自己的事。你轰轰烈烈，或悄无声息，世界一切照旧，与别人也都没有什么关系。你向他人炫耀，只会引来反感；你向他人倾诉，也不一定能得到同情。明白了这些之后，你就应告诫自己：一生的任务，就是一往无前，不求理解，也不求帮助，独自朝着自己的目标前行！

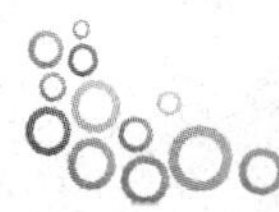

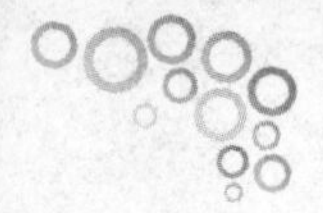

在心里种花

在心里种花，人生才不会荒芜。可是，很多人在心里种的，却是自私、仇恨、邪恶、嫉妒、狭隘。种瓜得瓜，你不应该怪罪他人。如果想让自己的人生瓜果飘香，充满诗情画意，就在自己的心里种花吧！

每一次讲座，几乎都有人问：成功的路为什么那么遥远？我说：我始终感觉，跨越几步，就到了天堂，不明白那么多人，为什么总是到了天堂门口就不再前行。

我曾应邀去一所监狱做讲座，到了之后了解到我的几个同学和同事正在这里服刑。监狱把我的讲座全程视频直播，每一个监区都组织所有服刑人员收看。

讲座结束以后，尽管我知道他们近在咫尺，却并没有去看望他们。我相信，他们听我讲座的时候，内心就已经流淌着失意与苦涩，我不能再当面给他们增加更大的失落和痛苦。“利之所在，令人目盲。”古人说得多好啊，有些利是不能取的，那是毒药，是陷阱。可是，在利益面前，很多人的眼睛，是真的被遮蔽了。

我每天都写日记，时长时短，每一天都把自己感觉有意义的事情记下来。也有极个别的日子，感觉无事可记，我就要求自己，一定要想办法找出这一天的意义来，甚至是看到了一朵漂亮的花也算。

中年以后，我欣慰地对岁月说：我的每一天，都有意义。而这些有意义的日子，累积成了梦想的殿堂。

是什么理由让你放弃了诗和远方？当你中年以后就会发现，所有的理由都可以忽略，但却悔之晚矣。所以，我常常对青年朋友说：在人生的道路上，你一定要记得，什么都可以放弃，但不可以放弃梦想！不论遭遇了多大的困难，只要有梦想在，它就一定会引领你脱离苦海。

冬天到了，花儿都败落了。但等到春天再来的时候，它们就又会从泥土和枝干里钻出来，再次展现自己美丽的容颜。人也是这样，到了适合你展现的时刻，尽可以盛装出演；而如果到了你的冬季，也应该像花儿一样，将自己藏在大地和枝干里，等待时机。

这就是人生的哲学吧。

赤子之心

一个作家最根木的特质是天真，也许在他的作品中会出现很多智慧超群的人物，但是一旦回到了自己的生活中，他立刻就暴露出自己孩子一般的本来面目。

我们常说一个人应该常怀“赤子之心”。“赤子之心”，就是一颗率直、纯真、善良、热爱生命、好奇而极富想象力、生命力旺盛的“心”。

老子《道德经》有云：“含德之厚，比于赤子。”老子认为，这种单纯的心，本身就是一种高尚的美德。

每次看到“八仙过海”的雕塑，都若有所思。想那神通广大的李铁拐，背着装有灵丹妙药的宝葫芦，可以让别人起死回生，奇怪的是自己却跛着一只脚，拄着一根沉重的铁拐杖。他为什么不用仙术治好自己的跛脚？

古人塑造这个形象，或许深意就在这里吧。神仙也是有局限的，很多缺憾不可改变，无所不能的神仙都有自己的无奈，依然一天到晚跛着脚乐呵呵地度人苦难，我们还有什么理由为自己的一点过失、一点缺陷、一些无奈而自责、烦恼呢？

马尔克斯在他的《爱情和其他魔鬼》中说：“凡是幸福无法治愈的，任何药物也无法治愈。”

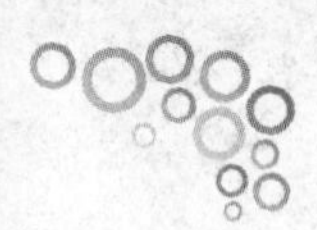

这话发人深省，我们看看那些家庭幸福的人，为什么总是慈眉善目、面容温润，答案就不言自明了。

不论多么名贵的药材，都治不了心病。

“挺住就是一切”，这话都懂。可是，绝大多数的人，却最终都败给了这句话，该挺住的时候没有挺住，早早就向生活缴械。

在文史和哲学方面造诣很深的人，大多具有强大的内心和宽广的胸襟，因为文史告诉你岁月的永恒和深邃，而哲学又告诉你时空的无限与辽阔，因此，对于这样的人来说，眼前的所谓的功名利禄，都是过眼烟云。

卢梭在《孤独漫步者的遐想》中有一段话：“身外空无一物，只有自身的存在。只要这种状态持续下去，人就能如上帝一般自给自足。”这话令人深思。我们常常希望自己得到别人的认可，其实，为什么要别人认可呢？重要的是自己的自我认可！只要自己对自己正在做的事满意，对自己当下的状态满意，对于自己的未来充满信心，就真的是“如上帝一样自给自足”了！

所以，当有人咨询我：有些人拿大刷子胡乱写大家都不认识的字，算不算书法？一些人不好好做文章，却打着文学的旗号做事，应该怎么看？我说，谁都要吃饭，哪个行当里都有大师，也都有走街串巷跑江湖的郎中，做好自己就是了。

孟子说：“我善养吾浩然之气。”我想，这浩然之气，应该是一个人不卑不亢的底气，这里的不卑不亢，不仅是针对具体的个人，还针对整个社会。有了这样的底气，就可以说不，就可以按照自己的想法活着，就是一个具有大自由的人了。

人生应该如诗如画

我常说：人生应该如诗如画。如果把生活过成艺术，你就一定能成为艺术家！

“如果你有两块面包，你应该用一块去换一朵水仙花。”这是伊斯兰先知的话。首先要填饱肚子，这是没什么可说的，但是，生活不能仅仅为了填饱肚子，还要诗意盎然。

有青年朋友问我：先生的座右铭是哪句话？我说，我没有座右铭，我只是时刻告诫自己：纵然背负悲凉，也要同别人一样，以灿烂的微笑，迎接每天的朝阳！

没有经历过生活的重创，你不会真正觉醒。只有在你的人生跌落到了谷底，你感觉到最无力、最无助，整个世界都抛弃了你，所有的朋友和亲人都离你而去的时候，你才会真正发现人生的真谛，并悲壮前行！这个时候，你会发现，世界的大门，轰然洞开。

孔子说：“逝者如斯夫，不舍昼夜。”他描述的是江河的一往无前，其实，没有什么比我们的生命更能准确体现这句话的含义。我们的生命每时每刻都在上演着新鲜的故事，如果我们每一天都感觉到了故事的精彩，感觉到自己在故事中的意义，人生就没有虚度。

阿根廷作家博尔赫斯说：“世界上在忧虑的永远不是天才或庸才，而是介于两者中间的人。这些人有点小聪明，却又不够聪明；不懒，但也不够勤奋。他们就这样在自己的位置上来回走动。”

天才不会有忧虑，世界在自己的手里，大好的前程等着，哪里会有忧虑？庸人也不会有忧虑，他们安于眼前的一切，鼠目寸光，不思进取，哪里有忧虑？

对，只有有点聪明又不肯付出的人才有忧虑，这样的人不甘于当下的现状，却又不勤奋努力，所以每天怨天尤人，或自怨自艾。

会心一笑

一个人的心用在哪里，用了多深，天长日久就渐渐显现出来了。所以，当你发现一个人在哪一个领域突然有了不凡建树的时候，你不要奇怪，这一定是人家长期默默用心追求的结果。只不过，在大放异彩之前，你看不到人家的坚持。

有一个年轻人决定离开父母去闯荡江湖。我问他："你的口袋里有多少筹码？"他愕然，问我："什么筹码？"我说："就是你的本领啊，你准备靠什么本领去闯荡呢？"年轻人低头无语，最后他决定不走了，下决心学几样本领，多积攒筹码。我们每个人都是如此，当我们下决心要去闯荡世界的时候，一定要提前准备好自己的筹码。

罗马皇帝马可·奥勒说过："与己和谐相处之人，则与宇宙和谐共之。"他的意思是，一个对自己的生活状态很满意的人，也必定会与他人及世界和谐相处。我们身边总是会碰到一些怨天尤人的人或与社会格格不入的愤青，其实，问题不在别人身上，而是自己出了问题。试想，一个与自己都时刻作对的人，怎么可能会与他人和谐相处？

"充满喜悦地，在自己的门前欢迎自己，并为此与自己相视而笑。"如果，我们每一个人，都以这样的情怀，都以这样的自信对待自己，幸福与快乐就会时刻在我们身边，在我们心里。

一个善良、智慧并勤奋努力的人，生命的光彩，不仅会改变他自己的命运，更会让无数人为之倾倒！

古希腊哲学家毕达哥拉斯说过："生活就像奥林匹克运动会，聚到这里来的人，通常抱有三种目的：有些人摩拳擦掌以折桂，有些人做买卖以盈利，还有一些人只是单纯地做旁观者，冷眼静观这一切。"想想我们自己，是其中的哪一种人呢？是不懈努力的争锋者？是千方百计的谋利者？还是最后书写历史的冷眼静观者？想着的时候，不免会心一笑。

当上帝给你荒野时，是要你成为驰骋疆场的骏马；当上帝给你波涛汹涌的大海时，是要你成为一个不惧风浪的舵手；当上帝给你深重的苦难时，是要你练就坚韧的筋骨。云在青天水在瓶，生活的一切，自有深意。

很多时候，评判一件事情或一个人，不能简单地用是非标准，而应该用设身处地的体谅、宽容与同情。

任何成功者的真相都不浪漫，但是，大家往往认为，成功者的跋涉之路上，充满了幸运的机遇。

杰出的人，能把很平凡的事情做得不平凡。

生命的恩赐

我一直坚信，对我而言，活着，就是为了享受生命的恩赐。有时候我发现，很多难堪的甚至是悔恨和伤痛的记忆，总是难以从自己的生命中剔除，总是难以释怀和放下。我就劝说自己不要刻意地去抹杀它们，而是努力去寻找一种合理的诠释。

很多东西是不能够删除的，找到了合理的理由，那些记忆反而变得轻松而简单起来，你感觉到的是生命的如释重负。

无论贫富贵贱，人生都可以如诗如梦，生活都可以如歌如画。

即使是一朵已经枯萎凋零的花，它还有很多美丽的理由。它有过绚烂开放的美艳，它有过被众人欣赏的风光，它还可以“化作春泥更护花”。而且，它即将变成一粒种子，可以开始对下一个季节的美丽憧憬了。

人们对于善良已经感到陌生了，人们甚至开始惧怕善良，那些因为救助跌倒在路上的老人而被诬陷的善良之举，一次次无情地践踏着我们残存的对

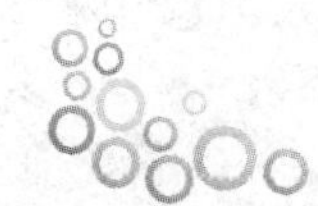

善良的记忆。

可是，我们的生命中不能没有善良。如果连善良都被大家拒绝了，我们的世界会是什么样子呢？大家都形同陌路吗？大家都见危不救吗？大家都变得冷酷无情吗？

贝多芬说："没有一个善良的灵魂，就没有美德可言。"善良其实是很简单的事，我们不仅要日行一善，而且常常要提醒自己不要做亏心的事，不要做损人利己的事，只要力所能及，就尽量去帮助别人。如果这样，我们自己自然会成为被帮助的一个，因为，别人眼中的别人正是自己。

善良是人类一切德行中最伟大的品格，没有这种品格的人无异于禽兽。但是，善行应该量力而行，如果因为行善而倾家荡产，就失去了善的意义。

其实，善良是人的天性，善良的人常常能够化险为夷。

沉默是金

很多人都深信沉默是金。但是，沉默应该是分场合分对象的。如果是处在一个人很多很复杂的场合，滔滔不绝的人肯定是会丢丑的，因为听众三教九流，你的演说不会满足所有人的需要。

如果与你的上司在一起，你更不能无所顾忌地说话，这个时候你应该安静地倾听。但是，当只有两个人在一起的时候，当你接待一个远方来客的时候，你的过分沉默就会让对方认为你是故意怠慢。

如果是在一个很大的房子里，或者是在安静的黄昏，在稀疏的丛林，在淙淙的溪水旁，你就应该选择沉默和倾听，这个时候你会领略到优雅的无言之美。

土地失去了水分就会变成沙漠，人生最可悲的就是暮气沉沉。

人们的说笑声是生活的点缀。每个人都喜欢看到笑容，因为笑容不仅会给自己带来好心情，也会把欢乐带给别人。

有很多人的脸上总是阴云密布，人们很难见到他的笑容。我们难以想象一个满脸悲苦的人生活中会充满快乐。

其实，一个身心健康的人，一定常常是笑容可掬的。

笑容是伪装不来的，强装的欢笑下一定是一个虚伪悲苦的灵魂。

方　向

有多少人一生中的方向是始终如一的？很多人半途而废，也有很多人浅尝辄止，甚至很多人一生中都在原地踏步。原因很简单，这些人，始终没有找到自己人生的正确方向。所以，不论付出了多少努力，最后都是枉然。

比如，你迷失在了广大的森林里，你只有一个方法可以走出森林，就是循着一条小溪走，沿着小溪必然能够找到河流，沿着河流就必然能够看到大海。

比如，你在大山里，山洪暴发时，你只有向山顶攀登才能求生，因为山顶没有洪水。

只有方向对了，我们的人生才会有光明的前程。

培根的很多话都很精辟，比如那句“没有爱人是寂寞的，没有仇人也是寂寞的”。

前半句我们都很容易理解，爱人是人生路上的知音和亲人，漫漫长夜中陪伴你守护你的，是同舟共济的人生伴侣，是相互欣赏的佳偶。

可是仇人呢？培根所指的一定是英雄好汉的对手，就如诸葛亮和周瑜那样，惺惺相惜。这样的仇人必定会促使你不断淬炼自己的意志和技艺，不断增长自己的才学和本领，不断驱除自己身上的自满和骄傲。

在这里，仇人就是自己的一面镜子，就是自己不断前进的动力。

近朱者赤

学习书画必然要经历临摹、临帖的阶段，选择自己喜欢的前辈大家的作品，刻苦揣摩练习，以使自己心胸开阔，掌握书画艺术的精髓。

这其实也就是我们通常所说的“近朱者赤，近墨者黑”的道理。古人说“见贤思齐焉”，如果选择一个伟大的人物为楷模，研究他的成功之路，学习他的人生经验，一直朝着他的方向努力，你也会渐渐向大师的水平靠拢。

相反，如果你终日与一些小人为伍，与一些蝇营狗苟之辈纠缠在一起，你也不可能成为一个品格高尚有所作为的人。

从古至今，画家都喜欢画竹子，因为竹子刚直有节，代表的是一个人的刚正不阿和铮铮气节。竹子的心又是空的，代表的是一个人的虚心。唐代大诗人白居易就说：竹有三大美德，身直、心空、节贞。

可是，画家同样又喜欢梅花。“数点梅花天地心”，因为梅花不畏风霜，在冰天雪地的腊月盛开，在万物凋零的寒冬里，唯有它向人们传递着春的消息。

我们总想着能够让所有人都喜欢自己，这是不可能的，我们总是会被一部分人讨厌。其实，这不要紧，要紧的是不要让自己也讨厌自己。

我们一生当中在不停地为自己的理想而奋斗，梦想着能够得到自己想要的东西。可是，很多时候，我们意外的收获比我们预想的还要多。比如，发明了青霉素的弗莱明。

世界上的很多发明都是这样意外的收获。因此，我们不论什么时候也不要讨厌自己，要坚定地走自己的路。

朋　友

有一次我看中央电视台的一个访谈节目，访谈的主角是著名表演艺术家蓝天野和苏民。两人一生都在北京人民艺术剧院工作，住在一幢楼里，结下了深厚的友谊。濮存昕是苏民的儿子，也被主持人邀请参加了节目。主持人借濮存昕的口介绍两家的友谊：两个家庭不论什么事情，都会一起商量。一个家庭有了矛盾，另一个必然是调解员。一个有了烦心事，另一个必然是分担忧愁的人。一个有了高兴的事，另一个也必然是来分享快乐的人。一个有了困难，另一个不用说自然会慷慨解囊。两家事无巨细，几乎融为一体。

濮存昕说着的时候，会情不自禁地流泪。他向主持人解释流泪的原因时表示，他为自己的父亲一生当中有这样一个相濡以沫的朋友而感动。

这才是真正的朋友的含义。我们现在常常听到身边的人说他有多少朋友，他与什么人是朋友。其实，这样的朋友的内涵，多半是熟人的意思。或者是为了某种利益，或者是为了作个伴而已。

真正的朋友就是蓝天野和苏民那样的，是因为心灵相通、志趣相投而没有任何功利的心灵融合。这里的融合，是两颗心灵的心心相印，是我中有你、你中有我的浑然一体。

像这样的友谊，也就是鲁迅所说的“人生得一知己足矣”了。

成功没有捷径

雅典人为了庆贺庞培进入雅典城，在城门上刻了一句寓意深刻的话：“你自认是人，你才成为神。”

我们的生活中，与此相反的自命不凡的人实在是太多了。刚刚拥有了一点小小的权力，就以为自己可以经天纬地了。刚刚发了一点小财，就以为自己拥

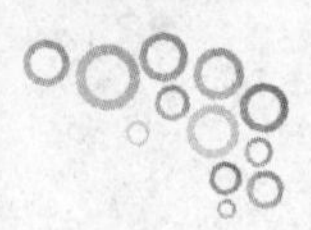

有天下，可以挥霍无度了。刚刚发表了几篇作品，就俨然以著名作家自居了。

踩着高跷走路，并不是你真的长高了。

站在山顶上，并不是你真的高过了大山。

最让人敬重的人，是作风朴实而且注重生活细节，能够做好每件小事的人。那些自以为高高在上的人，最终的结局大多是被摔得体无完肤。

当你坚信自己就是一个普通的人，你时刻想着把身边的每一件小事都做好的时候，你距离完美和杰出也就不远了。

很多人天天梦想自己突然交上好运，或者意外发现宝藏发大财，或者一日三迁做大官，或者心想事成实现了多年的夙愿。

其实，人世间最靠不住的就是突然而来的好运。这样的好运，多半掺有水分，多半是陷阱，是让你上钩的鱼饵。

天天梦想交好运的人，其实就是对自己的能力开始怀疑了，就是自己的信心开始坍塌了，就是对自己的未来失去了把握和必胜的信念了。

如果把未来押在运气上，你最终必定会头破血流!

成功没有捷径，实现梦想的唯一道路，是踏踏实实的努力，是一步一个脚印的辛勤付出。只有汗水和智慧的结晶，才能走向实实在在的成功。

耕　心

荷兰画家梵高在弥留之际给他弟弟提奥写了一封信，他说:“伟人的历史，以我看就是悲剧。他们不但在生活中遭到种种磨难，而且通常在他们的作品得到公认时已经不在人世了。”

的确如此，今天梵高的画作领衔世界艺术品拍卖市场，但他生前连一幅画也没有卖出去，一生没有一个女子愿意嫁给他，一辈子都靠自己的弟弟接济度日。在人们的眼中，他是一个疯子。

除梵高外，世界上还有很多哲学家和文学家、艺术家都是这样，他们在有生之年不仅备尝生活的艰辛与清贫，往往还要承受人们的嘲讽和指责。

所以，如果想风风光光地度过一生，最好不要选择做学问，因为这条路格外寂寞。

我那上初中的孩子在学校里学到了笔耕这个词，回家之后问我：农民种地用犁耕地，被称为耕作很恰当，作家写作怎么也被称为耕作呢？

我说：你看爸爸那一本本的书中的文章是哪里来的呢？是不是从爸爸的心中而来呢？那不正是爸爸耕作心田的果实吗？

孩子说：我明白了，农民是耕地，爸爸是耕心。

朋友送给我一盒白茶，我用小巧的青瓷茶壶泡，淡淡的幽香瞬间就在房间里弥漫开来，仿佛置身于那翠绿的茶园，又似乎漫步在那青翠的山岗，心情无比舒畅。

品尝着这茶的清香，心中不免敬佩古人的高雅意趣。就是那么娇嫩的几片茶叶，从山间荒坡上采摘来，放到滚烫的沸水之中，整个房间竟然就有了苍茫群山的万千气象，就有了山涧小溪的清幽芳香，就有了山水风物的灵性和境界。

如果我们能像那一片来自山间的茶叶，那么我们就拥有了广大而辽阔的心胸，可以超越世间的庸俗和琐碎，虽然身处闹市，心灵却可以抵达昆仑，虽然居于陋室，心灵却可以抵达庙堂。

灵　　感

总是有年轻的朋友问我：你每天都在写作，怎么有那么多灵感？我说：如果你把文学当作自己生命的唯一道路，你也一样会有源源不绝的创作灵感。

因为，一个把文学创作当作自己最重要生活方式的人，思维方式与其他的人是不同的。

文学家每天都在是与不是之间徘徊，在变与不变之间穿梭，总是在努力捕捉天地间的一个个动人的瞬间，这些瞬间里总是闪烁着美丽的灵光；而常人却不同，往往看重的是事情的开始和结果，看重的是大自然的阴晴圆缺，而这些都是静止没有生命的。

人世间最美丽的风景都是有生命的，它们隐藏在最细微的地方。

我常常到乡间去，看农民耕作，看果农剪枝，看一群群牛羊在山坡上吃草。

我没有从农民的脸上看到过悲伤和忧愁。

农民精心照料着自己的田园，看到自己劳动的果实一天天成熟，脸上写满了幸福和欢喜。他们把自己的果实放在路边，卖给过路的人，也把自己的幸福和欢喜卖给了买他们果实的人。

当收获果实的时候，农民会用各种各样的形式庆祝他们的收成。农民没有悲苦，悲苦只属于那些无病呻吟的看客。

乡间的彩虹

回乡间过年的时候，孩子问我：爸爸，你的文章中曾经描述过乡间的彩虹，可是我怎么没有见过彩虹？

我说：孩子，彩虹只出现在夏秋的雨天里，现在是冬天，自然没有彩虹。

孩子问：那你描述的是哪一个夏天的彩虹？

我说：孩子，爸爸记不起是哪一个夏天的彩虹了，彩虹的瑰丽永远定格在了我的记忆里。

孩子明白了，他告诉我：原来，彩虹在爸爸的心中。

我对孩子说：只要与美丽相遇，我们的生命里就永远拥有了美丽。我们的院子里栽种了梅花，你看梅花已经开放了，它会永远开放在你的心田。

居住在乡间，每天晚上都可以安静地仰望星月。面对神秘浩瀚的星空，我总会涌起无边的感动。我们要做的，是把璀璨的美丽留在心中。

我踏上文学之路后，就一直在寻找一种东西。现在，我明白了，这种东西，原来就隐藏在我经过的路上。

常常陷入沉思。沉思，让我的身心安静下来。这个时候，即使外面大雨滂沱，室外是繁华闹市，心灵却明镜一般，澄澈，空灵，如万籁俱寂的深夜。

很多生活烦恼在沉思之后烟消云散，很多得失也被沉思清洗干净，沉思让我获得了宝贵的人生智慧。

我的每一篇文章都是沉思的结晶。

最喜欢卞之琳先生《断章》这首诗：你站在桥上看风景 / 看风景的人在楼上看你 / 明月装饰了你的窗子 / 你装饰了别人的梦。

我们每一个人都是大自然的一分子，谁也不可能置身事外。媒体曾报导数千人隐居终南山的事，他们中间有媒体人，有学者。他们逃离城市，拒绝现代生活方式，模仿千年以前的古人，过一种素朴的生活。

他们这样就是回到古代了吗？一个当代的笑话而已，一种附庸风雅的装饰而已，一些标新立异的可笑的人而已。

生而为人，就必须对生命负责，就必须勇敢地有所担当。

箫　声

两位歌唱艺术家先后离世，她们被称为东西方世界的歌唱天后，一位是美国人惠特尼·休斯顿，另一位是台湾歌后凤飞飞。

休斯顿名满天下，但是各种毁谤也一直伴随着她：所嫁非人，嗜毒无度。而凤飞飞则截然不同，她惊人地自律，从来没有负面新闻，更没有绯闻。她

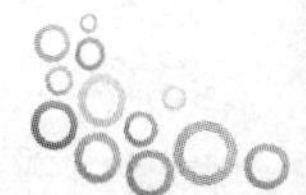

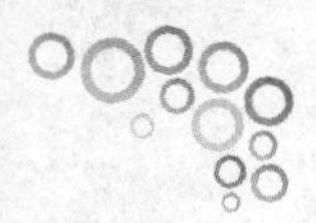

24 岁时右耳就失聪了，凭着自己的努力成为华语歌坛无法取代的人物。

许多媒体在报道休斯顿离世的消息时，都用了“猝逝”这样的词，借以表达叹惋和哀伤之情。但是，凤飞飞是 2012 年 1 月 3 日病逝的，临终之际却交代家属保密，一个多月后才开记者招待会宣布。因为这个时间正是全球华人过春节的时候，她不愿意让喜欢她的歌迷因为自己而平添哀伤，她想让关心自己的人能好好过个年。

一位歌唱家，能够在临终之际这样做，她留给人们的，是永远的怀念和凄美。

最喜欢听箫声，特别是在夜深人静的时候。箫的音量并不大，但是它深沉而悠远，能够穿透人的心灵，似波涛汹涌的排浪，似浩瀚林海的松涛，似千军万马的轰鸣。

箫不适合在音乐会上演奏，箫声只适合一个人独自聆听。

如果一个人没有深厚的内涵，如果一个人喜欢世间的浮艳和热闹，如果一个人注重的是外表的形式而不是内在的美丽，就不会在箫声里找到共鸣。

人们总说文学家容易感伤，我说不是，文学家看到一片落叶，想到的是一个季节；看到一滴水，想到的是无边的海洋；看到一粒沙，想到的是浩瀚无垠的沙漠；看到一棵草，想到的是辽阔的草原。

在文学家的眼里，从来没有静止的事物，一个刹那预示着一个生命的历史，一棵小草宣告了春天的到来，一片荒凉的山岗昭示着自然的沧桑。

头上的星空

“有两种东西，我对它们的思考越是深沉和持久，它们在我心灵中唤起的惊奇和敬畏就会日新月异，不断增长，这就是我头上的星空和心中的道德定律。”这句话出自德国哲学家康德的《实践理性批判》最后一章，被刻在康德的墓碑上。

叔本华说：“任何人在哲学上如果还未了解康德，就只不过是一个孩子。”多少年以来，无数的哲学家和政治家从康德的话中吸取着无穷的智慧。面对浩瀚的宇宙星空，我们是多么渺小！面对社会中的道德法则，我们又是多么无知！

我们要做的，是时时刻刻的自省和自律。

我很庆幸自己从很年轻的时候就义无反顾地选择了文学之路，并一直坚持写作。

经常有人问我：“你写作是为了什么？是为了金钱吗？是为了名声吗？”

我说：“不是，我写作不是为了金钱富贵，更不是为了博取虚名。我写作是为了抵达生命彼岸，是为了抵达自己的心灵，是为了洞察人世的秘密，是希望借助自己的眼睛帮助人们分清善恶。”

每天清晨，当我坐在书桌前时，就仿佛领到了一张人间喜剧的请柬，自己走到了舞台中间，担当起重要的角色。

对于我来说，没有什么是比自由写作更大的人生安慰。当一个个文字从键盘上流出，我感受到的是生命的快乐和从容。那一个个神气活现的文字，每天都在为我拨开世间的迷雾，引领我走进辽阔的生命原野。

生命的智慧

有位中学老师一再希望我告诉他写好文章的秘诀。他说，他也写了很多年了，可是写的文章总难以令他满意。他觉得我的很多文章中的人物都是生活中的小人物，故事也都是些普通的生活故事，可是却总能够打动人心，他为什么做不到呢？

我说，你以为人生的境界遥不可及吗？你以为生活的真谛神秘莫测吗？

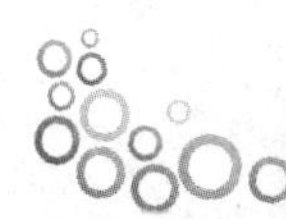

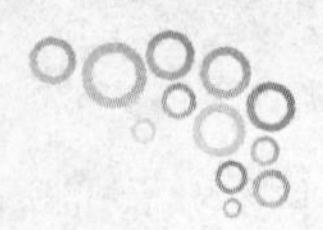

不是，人生的境界就在我们触手可及的地方，生命的智慧就隐藏在普通人的言行之中，大自然的神韵就凝结在一草一木里，关键是你自己是否有一颗悲悯之心，你自己是否有一双点燃心烛的眼睛，你手中的笔是否饱蘸了生命的激情。

当你把自己那颗普通的心锤炼成一颗有情之心的时候，你的诗情和文采就绵绵而来了。

回故乡的时候，开车经过我小时候常常玩耍的原野。原野中，那条乡村土路依然横亘在那里，那条蜿蜒的小河依然在默默流淌。我告诉孩子，我少年时曾经无数次走过这条小路，拉庄稼，背青草，放羊，几乎每天都会走这条小路。那条小河，我也无数次游过，夏天的时候在河里洗澡嬉戏，冬天的时候在小河里滑冰。

孩子说：我知道了，爸爸就是从这里到达了都市。

我说：是的孩子，爸爸就是沿着这条乡间小路一路跋涉，寻找到了生命的出路；爸爸就是顺着这条河流，寻找到了人生的海洋。

我告诉孩子：不论多么普通的河流，不论它遇到多少重峦叠嶂，最终一定会流向大洋；不论多么普通的小路，不论经过多少曲折险阻，它最终会通向辽阔平坦的通衢大道！

文章千古事

济南人把辛弃疾和李清照视为城市的光荣和骄傲，在城市最著名的风景区大明湖和趵突泉公园专门为两人建了纪念馆，供游人纪念和观赏。

济南建城已经有数千年之久，历朝历代中那些曾经在这里主政一方的城主，不论是留下了业绩的还是平庸无为的，统统都消失在了历史的长河之中，没有人记得了。

其他城市也是，说起杭州，人们立刻想到的是留下了千古名句“欲把西湖比西子，淡妆浓抹总相宜”的苏轼，至于曾经在这里权倾一时的城主，恐怕也没有几个人还记得他们了。

我想，这也正是千百年以来那么多深刻而有智慧的人放弃仕途而追求文学的原因，是文学的魅力所在，正所谓“文章千古事，仕途一时荣”。

君子之泽，五世而斩

居住在乡间的时候，很多儿时的伙伴去家里看望我，我们总会聊起多年前的往事，也聊一些大家目前的生活状况。这些伙伴中，有的现在很发达，孩子也学有所成；有的混得很一般，基本是平庸无为；也有几位混得很落魄，不仅自己的生活很糟糕，孩子也不成器。

我对大家说：人生之路大不相同，有的要靠不懈的坚持，有的要靠机会的青睐，有的要靠幸运的眷顾，很多时候个人的力量是很渺小的，结果是自己难以左右的。

大家都很赞成我的观点，使我特别感到欣慰的是，那些混得很落魄的伙伴，与我聊天以后，脸上有了笑容，对自己的生活多了一分淡定和从容。

我的故乡有一处国家一级文物“武氏墓群石刻”，是东汉末年几代人在朝中担任高官的武氏家族修建的，墓群的壮观在中国首屈一指，可以想象当年武氏家族的煊赫。可是，现在，墓群所在的依然叫武翟山的村子里，已经没有一个武氏的后人了。面对这个曾经在历史上辉煌无比的家族，我想起那句“三十年河东，三十年河西”的谚语，也想起孟子说的“君子之泽，五世而斩；小人之泽，亦五世而斩”的断语。

圣人的话和百姓的谚语，其实说的是一个意思。不论多么有本事的人，不论到达了多么高的权位，不论挣下了多么大的家业，也不论拥有了多么煊

赫的名声，想千秋万代传下去是枉然。因为，历史过不了多久就会重新洗牌，重新安排生活的次序。

想到这些，就不免为今天生活中那些千方百计贪污受贿、千方百计买房置地想着让家业永远流传下去的人悲哀。也因此想提醒那些因为暂时的穷困和逆境而丧失斗志、心灰意冷的人，不要屈服于暂时的困境，也不要怀疑历史的公正，因为，下一个机会，也许就是你的了。

济南的北面，就是滚滚而来的黄河。黄河经过数千公里的兜兜转转，到了这里，河面变得非常宽阔而平坦，全然没有晋陕河段的惊涛骇浪和惊险曲折。

我常常在周末或者假期带孩子去看黄河。

面对湍流不息的黄河，我总有很多感悟。两岸的树木过不了多少年就被砍伐更新了，一代代人物也都消失在了历史的长河中，不论他们曾经是叱咤风云还是独领风骚。可是，黄河依旧，涛声依旧。

听说济南正在筹划在黄河岸边建设一座巍峨的黄河楼，争取能够像岳阳楼和黄鹤楼一样有名气。我不禁莞尔，现在建了黄河楼，会诞生范仲淹的《岳阳楼记》、崔颢的《黄鹤楼》和李白的《黄鹤楼送孟浩然之广陵》那样的千古名篇吗？而岳阳楼和黄鹤楼正是因为三位文学家才得以名传千古的。

真　实

有些人尽管生活在普通民众中间，也一日三餐，但是心灵却被掩盖在苍凉的虚假里。

比如，为了显示自己的不俗和高雅，在书斋里闭门不出或者遁迹山林，与世隔绝，或者仿效古人峨冠博带，摆出一副出世的模样。

这样的方式我不喜欢。我最欣赏陶渊明，他学富五车，却过着田园生活。他得到朋友的提携做了彭泽令，可是当县吏告诉他应该束带去见督邮的时候，他又感觉自己的人格受到了侮辱，于是写下了那句著名的“吾不能为五斗米折腰”，辞官不做，重归田园。也正因此，中国文学史上诞生了那首伟大的名赋《归去来兮辞》。

从古至今的文学家中，很少有人活得像陶渊明那样真实。他喜欢喝酒，就去找朋友痛饮，常常连饮三日不归。他与朋友一起喝酒喝醉了要睡觉，就对朋友说“我醉欲眠卿且去”。他去朋友家拜访，朋友看到他的鞋子破旧了，就让人给他做一双新鞋。量脚尺寸的时候，他很自然地把脚丫子伸给人家，没有丝毫的不好意思。有一次朋友聚会，在煮酒的时候找不到过滤的纱布了，看到他头上戴的头巾正合适，就拿下来当滤布。酒过滤完了，他毫不介意地再戴在头上。

他生活在普通百姓之间，因而对生活艰难的人家充满同情。他看到一个邻居家生活难以为继，就写信推荐他去自己儿子做官的地方谋一个小差事，他写信给儿子说：“此亦人子也，可善遇之。”

他就是这样一个真实的人，他不做官，是为了逃避政治，而不是为了逃避生活。他生活在丰富真实的人世间，生活在浓郁的友情之中，生活在自己的情趣性情当中，与淳朴的自然和谐交融，心地坦荡，表里如一，无忧无虑，智慧而快活。

匆　匆

很小的时候，跟随父亲去赶集。看着川流不息的往一个方向走的人流，我就想：这些人急匆匆地都去干什么呢？那里有迷人的风景和秘密吗？

后来我终于明白，在岁月的河流里，大家都是一样的，都在急匆匆地向

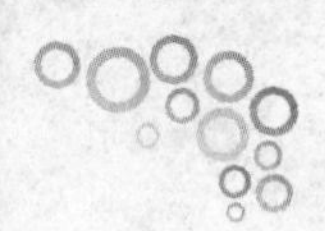

前赶，都急着想知道前方的秘密，盼望着到达一个目的地得到自己想要得到的东西。

可是，当经过千辛万苦到了一个新的高点之后，又会发现，我们在得到的同时也失去了很多原来拥有的。而且，我们得到了的东西，并没有当初我们追求它的时候想象的那样神奇。

所以，真正的智者是这样一些人——到了一定的境界之后，他就让自己放慢脚步，平淡从容地看待身边的一切，很多事情变得没有那么重要，没有了大喜，也没有了大悲。

我见过这样一些人，他们对自己做过的错事不敢承认，对自己的过错总是追悔莫及，当被问起的时候，就闪烁其词，顾左右而言他。这样的人注定成不了大事。

一个人最重要的品质是为自己的行为负责，对于自己的所作所为能够勇敢担当，而且从不沉迷在自己的过往中不能自拔。

有些错误，也许是那个年龄段里必须要付出的学费。

有些错误，当初有必须如此的理由。

有些错误，也许当时是你唯一的选择。

有些错误，在今天看来是错误的；可是，在当初，它可能是正确的。

我们生活在当下，生活在这一刻；只要这一刻是对的，就足够了；过去了的和未来的，都与你无关。

光　阴

我一度到故乡的县城闲住，小区叫盛世花园，是县城新建小区中最高档也是价格最昂贵的社区。原因很简单，它与县里新建的一中为邻，而且，小区的前面，就是县里新建成的人工湖。人工湖的水面很宽阔，湖边修建了环湖公路，湖的岸边建有回廊凉亭，栽种着无数花草。

我熟悉故乡的县城，二十年前我在县城工作的时候，这里是一片荒无人烟的沼泽河滩，并不很宽阔的小河像一条臭水沟。那个时候，感觉这里距离城市很遥远，是乡村和大地的一部分。我清晰地记得，一个同事的家就在河边的村子里，村子十分贫穷，每户人家都希望搬到交通方便的地方。

可是，二十年的光阴，一切都改变了。县里把小河拓宽，治理成了明净的湖泊，在河边建了县里最大的中学，沿着人工湖建的小区，自然就是风景最好的社区了。

傍晚的时候，我站在湖边遐想，任何一条河流都有它存在的价值和理由，它不起眼的时候你不要小瞧它，那是它还没有到发达的时候。

我们每个人也是这样，你今天默默无闻，那是因为你还没有到发光的时候。说不定哪一天，你就会像故乡的这条小河，成为美丽的风景。

赠人玫瑰

我曾经在故乡的县城工作过 7 年，那时我刚刚大学毕业，二十多岁的年龄，风华正茂。

也许是因为出身于农民家庭，也许是读中文系身上有一种士大夫的悲悯情怀，我在那些年里，只要遇到能够帮助的人，都会尽心尽力。有的是村里的人来县城买东西钱不够了来借钱，有的是来县城的医院治病想找知名专家，有的是办一些工作上的事情。我那时因为工作的关系，认识的人多，办一些小事情，帮一些小忙，还是能为大家出点力的。在县里工作的 7 年中，办了多少类似的事情，我记不清了，尤其是后来我离开了县里到省城发展，那些事情那些人，尤其是一些当年的细节，早就忘记了。

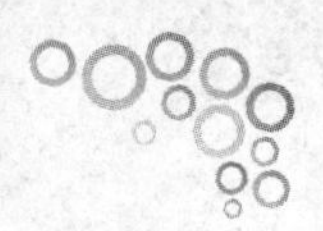

可是，二十年后，当我再见到当年的那些同学、同乡、同事和朋友的时候，我却被他们说起的很多细节感动了。

比如，一位韩姓同学，见到我的时候立即同他在老家的父亲通电话，电话中，他的父亲竟然一再称呼我为恩人。我不明白自己什么时候成了人家的恩人。韩姓同学说，当年他陪父亲来民政局解决父亲作为残疾退伍军人的补助问题。这个问题困扰了他们多年都没有得到解决。后来，他找到了我，我为这件事跑前跑后，居然帮他们把问题解决了。

这么多年，他父亲一直能够按时领到政府的补助金。因此，他的父亲常说我是他们家的恩人。

在故乡的那段日子，我还听到了很多类似的故事。这些故事使我内心很欣慰。你的举手之劳帮助了需要帮助的人，这是多么大的幸福。

其实，不论我们处于什么位置，也不论我们从事什么职业，如果你有能力帮助别人，就应该伸出援助之手。赠人玫瑰，手有余香。你帮助了别人，你得到的，一定会是你想象不到的。

瞬　间

我们常常提到“瞬间”这个词，其实，我们的一生正是由无数的瞬间组成的。自幼年到成年，一个个的瞬间，填满了我们的人生旅途。

在印度的新德里，我拜谒过一座佛教寺庙，那座寺庙里的墙壁上，用生动的画面再现了佛祖一个个生活的瞬间。我从来没有见过这样生动而又让我震撼的图画。它们把佛祖由王子变成佛祖的过程，用一个个瞬间连接起来。站在一幅幅图画之下，我突然感觉醍醐灌顶。

有一幅图表述的是这样的一个瞬间：王子将要离开自己的宫殿，回望熟睡的妻儿，眼神中充满眷恋与不舍。

这是多么生动而感人的瞬间！这一刻，所有的瞻仰者，不论是皈依佛门的弟子还是我们这样的俗人，大家的心灵都得到了感染和净化。佛祖也是我们众生中的一员，他一样有自己的感情和不舍。

我们的一生中有多少这样的瞬间？我们告别父母远行的回望，我们深夜离别妻儿的眼神，我们失意悲伤、痛苦无助的凄凉，我们志得意满大功告成的欢欣。如果把这些瞬间一个个捡拾起来放在眼前，你一定会发现，你一样是一个生动的人，你的一生中同样充满了震撼人心的瞬间。

漠　然

公交车上发生了歹徒抢劫乘客的事件，令人气愤的是，除了一个乘车的军人挺身而出与歹徒搏斗外，其余的人都成了旁观者，他们不仅没有像军人一样与歹徒搏斗，反而都把脸扭向了窗外，对于车内正在发生着的搏斗麻木不仁，熟视无睹。

这样的漠然和冷酷无情，并不鲜见。

我们应该让自己变成一个有血有肉的人，一个有着丰富情感的人。我们不要说社会公德，也不要说见义勇为。我们应该这样想：说不定哪一天被抢劫的是自己，说不定哪一天摔倒在路上的是我们的父母，说不定哪一天不幸会降临到我们头上。

真到了那样的时候，我们不渴望人们关怀的眼神吗？我们不盼望人们的解囊相助吗？我们不希望得到无私的救助吗？

任何一个人，都需要困境中的安慰，都盼望不幸时的帮助，都渴望成功时的赞美。

因此，当我们每个人都抛弃了漠然和冷酷，都充满感情地生活在社会中的时候，我们的身边就充满了生动和美好了。

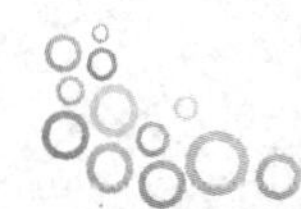

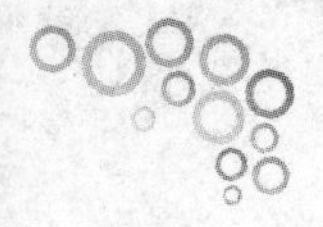

无所畏惧

青少年时代的很多记忆总是深深潜藏在心灵深处，不论经历多少风雨，也不会淡漠或者消失，甚至是历久弥新，不时跳跃着从陈年往事中跑到你的眼前。

故乡这些年的变化很大，很多我青少年时代的道路和房屋都不存在了。连接我们村子和镇上初中的那条公路已经变成繁华的商业街了。可是，在30年前，在我读初中的时候，这条道路还是窄窄的田间小路，小路的两侧有好几块很大的墓地，墓地上生长着很粗的松柏。那些墓地都是我们村里的，我十分熟悉，白天从小路上走，说不上什么害怕，周末的时候还常常去那些地方割草玩耍。

常常听村里的大人们说，只要太阳落山了，墓地上就不安生。所以，只要没有太阳了，我们玩耍也不到那些地方去。

可是，有一天，我真的在夜晚单独一个人经过了那几块墓地。那时候在镇上读初中，早晨六点半起床去学校。家里没有钟表，平时六点之后自然就醒了，立即起床去上学，虽然离开家的时候天还很黑，等到了那几片墓地的时候，天也就亮了，小路上就有很多早起做生意的人了。可是这一次，我却越走越黑，到了那几片墓地的时候，天更黑了。我明白，是我起得太早了。但是，已经没有办法，往回走也很远了，这片墓地恰好在我家到学校的中间位置。

小路上没有一个人，两边的墓地里阴森森的悄无声息，所有那些平时听到的故事接连跳到我的眼前，我明白了毛骨悚然的真正含义，我感觉自己的头发全部竖立起来了。

我硬着头皮往前走。为了尽快走过这片墓地，我甚至跑了起来。不久，就看到了学校的大门，我的神经一下子松弛下来。

那次经历之后，我成了一个无所畏惧的人。

在人世间，有很多道路是一定要自己走的，有很多问题是一定要自己独自面对的，自己得到的人生经验，也是最珍贵的。

回　归

一生中结交过多少朋友，实在没有认真去想过。但是，我知道，有很多朋友让我刻骨铭心。

我有一位这样的朋友，当我陷入困境的时候，我一定会去找他，只要我与他有一次长谈，就会感觉眼前豁然开朗，走出了迷惘的丛林。

我的另外一位朋友，当我与他在一起的时候，就会感觉十分踏实而且安全，世界也变得和谐而美好，甚至天气也因此而变得风和日丽。

我还有一位这样的朋友，他总是用锐利的目光打量着我们的世界，只要与他在一起，我就自然而然地会开始重新审视自己，总感觉自己在很多方面都有差距，都需要重新开始。

有的朋友，总是万丈豪情，总是激励着我去追赶什么，去争取什么，总是引导着我向一个山峰或者一个高地进发。

我一直欣慰自己有很多朋友。这些朋友有的是希望在一起静静地品一杯茶，有的是在一起豪迈地痛饮一杯酒，还有的是快乐地一起歌唱。

有朋友，你才会感觉世界充满了爱和温情；没有朋友的人，其实他的世界无异于没有生命的荒漠和凶险密布的丛林。

几年前，我在故乡建了一处院落。院子建好以后，我请在县城工作的朋友挑选了一块60厘米高30厘米宽的青石板，县城附近有很多石雕厂，请石匠雕刻了“梅园”两个字，镶嵌在大门的右侧门垛上，院落就有了一个响亮

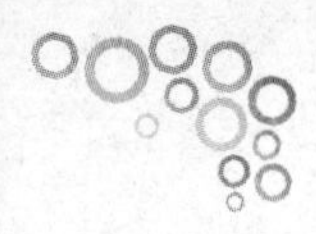

的名字——梅园。

梅园里的设施也很快就齐全了，房间内购置了家具，院子里铺设了青石板，种了十几种树：梅、海棠、石榴、枣树、软枣、柿子、银杏、核桃、梨树、香椿、樱桃等，还有一棵榆树。地锅是请乡亲们帮忙垒的。从此以后，我就常常自济南到梅园写作，休息。每次回到这里，我就感觉自己的心灵找到了家园，我悬了多年的漂泊的心灵，到了梅园终于安放下来了。

梅园的后面，是我小时候每天都会去的荷塘，夏天在里面游泳洗澡，冬天在上面滑冰。

已经有三十多年没有在荷塘的周围散步了，可是，每次回到梅园，在傍晚或者清晨漫步在熟悉的荷塘周围的时候，那些久远的陈年往事就会汹涌而来。那些已经在我的脑海里消失了几十年的记忆，带着当年的气息，充满温馨地在我眼前复苏了。

夏天，那些脱得一丝不挂的孩子在荷叶的下面藏猫猫，采那种白嫩的鲜藕，看谁采的莲蓬多。冬天，把厚厚的冰磕下一块，双方进行滑冰比赛。秋天的时候，荷塘里水少了，就会“翻坑”，也就是鱼儿都游到水面上来了，我们就各自拿一只小网子，就能轻易地逮到很多鱼。

想着想着的时候，看到有乡亲走过来了，我就会迎上去和他们攀谈过去的那些故事。

我突然间领悟，原来那些尘封多年的往事并没有消失，它们只是暂时被搁置在你生命的某一个地方，储存起来。说不定哪一天，遇到一个契机，它们就像赶赴一个盛宴一样从你生命的深处络绎而来。

荷塘的对面，就是我出生长大的村庄老街，现在乡亲们称为“街里”。我在这个村庄的街里生活了18年。我的目光，越过荷塘，眺望着村庄里的一个个房顶，那每一个房顶下面发生过的故事，我都曾经十分熟悉。

这些故事，现在都争先恐后地来到我的眼前了。

18岁那年，我从这个荷塘边离开村庄，告别父母，开始了去外面的世界奋斗的人生。那时候，村庄外面的一切，都是神秘的，充满诱惑，我常常在日记中称之为“去追求外面的世界”。

离开这个村庄后，我先后到过三个城市读书、工作、生活。在那些城市里，如同这个村庄一样，在我的生命中发生过无数的人生故事。我终于知道，那些故事，也像这个村庄里的故事一样被储存在一个地方，它们并没有消失，已经成为我生命中珍贵的财富。它们也可能会在某一个时机争先恐后地来到我的眼前，让我重温那一段段美好的时光。

一切美好都在路上

故乡村前的一家新建的化工企业从河南郑州聘请来了一位女工程师，29岁，毕业于国内一所名牌大学，各方面条件都不错。村里很多年轻人也在这家企业工作。大家发现，河南来的这位女工程师，不仅学历高，个人条件好，性格人品也很不错。可是，大家却发现她还没有男朋友。这让大家都很着急，我故乡一带，不要说29岁，就是超过25岁不结婚的人也很少了。这么好的一个人，不能这样拖下去啊。

可不久我就了解了，之所以这么多年没有找到合适的男朋友，是因为她的标准太高了。开始的时候，因为学历高，长相好，就设置了很多很高的条件，结果是，几年下来，几乎没有人符合她的要求。

现在很多城市里的高学历女性都有这个问题，由于太过追求完美，结果使自己淹没在了时间的河流里。

生活中没有完美的人，不论是对方还是自己，都有很多不足和缺点。恰恰正是因为我们有这些缺点，我们才对完美充满渴求和向往。

两个素不相识的人走到一起，需要互相包容和谅解，然后是无私的支持

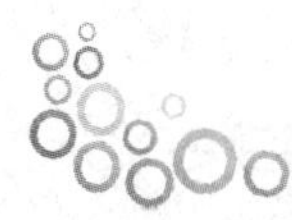

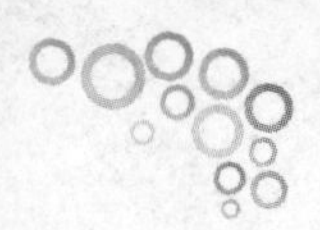

和体贴，最后到达相濡以沫的亲情。这个过程，事实上正是不断追求完美的过程。在追求的路途上，你甚至会不断发现对方更多的缺点和不足，所以才会体会到不断到达新目标的幸福和快乐。

梦想着一开始就遇见完美的人，不是幼稚的儿童，就是天真的幻想家，因此注定会被生活丢弃。

征程就在脚下，你的目标就从脚下开始，一切美好都在路上。

岁　月

在故乡过年的时候参加了一个宴会，是中学的同学刘殿龙举办的。刘殿龙的长子在国内拿了硕士学位后，国家公派赴德国攻读博士学位，找了一个同样攻读博士学位的同学为妻，春节前喜得贵子。因为孩子是在德国出生的，根据德国法律，孩子自然取得了德国国籍，享受作为一名德国公民的教育、医疗、生活保障等各种福利。殿龙非常高兴，不仅儿子学有所成，而且生了一个拥有德国国籍的孙子，因此一定要邀请当年的同学，设宴庆贺。

殿龙上初中与高中时与我都是同班，他高考落榜后回乡务农，在我们这些人在大学埋头苦读的那几年，他在故乡找了一个当地的农家女结了婚，不久接连生了两个儿子一个女儿。

故乡一带是牛羊的养殖繁育基地，他回乡后学习养殖技术，不久就成了牛羊养殖大户，家庭富裕起来了。没有考上大学是他终生的遗憾，他下决心让孩子读书。也许是孩子天生聪明，也许是殿龙教子有方，他的几个孩子学习都很优秀，长子和女儿都先后考上了国内的名牌大学。

二十多年的时间，在我们这些当年考上大学的同学还在城市里打拼，孩子才刚刚到了高考年龄的时候，当年没有考上大学的殿龙的孩子早已经捷足先登了。更重要的是，殿龙不仅在培养孩子方面获得了成功，个人事业也发展很快，已经成为我们那一带有名的千万富翁、企业家了。

同学见面，大家在为殿龙高兴庆贺的同时，也不免唏嘘再三。大家都感叹所谓十年河东十年河西，失之东隅收之桑榆。

我在想，在这个快速变化的人世间，一时的得意和成功是很脆弱的。

不屈不挠

妻子小我几岁，她的同学大多都是40岁左右的人。年前的时候，我也被邀请参加了一次他们在故乡县城工作的同学的聚会。参加聚会的几个同学鲁守强、黄云生、鲁三英、刘爱民、王甚华、魏红燕都干得很不错，守强在人事局是负责工资的科长，云生是邮政局局长，红燕是经理，爱民是银行的一名支行行长，甚华是派出所所长，三英也担任一个银行的领导职务。

大家都很高兴，谈起自己的现在和过往，都有很多感慨。说着的时候，突然有一个同学有了重大发现，他说，他们几个人除了王甚华是警校毕业的之外，其他人几乎都是初中肄业！

话题就来了，当年家庭贫困，读不起书了，守强就先辍学做药品生意。云生找了一个送报纸接电话的临时工。其他几位也是从社会上最低的职位做起的。

但是后来他们都很努力，在自己的岗位上自学成才，渐渐都担任了一定的职务。他们又回忆起那些考上大学的同学，有几个干得很不错，也有一些没有了消息。

看着比我小几岁的他们几个人，我也生出一些感悟来。他们与我那位刘殿龙同学是一样的，都没有听从命运的安排，而是通过另一种方式进行奋斗，同样到达了新的高地。

每个人的生命中都潜伏着尊严和价值，如果你怀着一颗不屈不挠的心，就一定会在生命的前方找到开阔的世界。

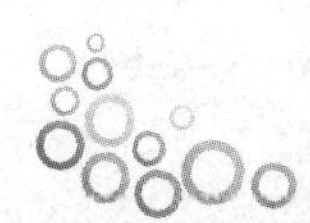

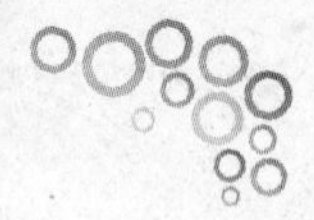

气　势

为文讲究要有丹田之气，无病呻吟、装腔作势的文章不会有感人的力量。为人也是一样，要有丹田之气，要有一往无前、不屈不挠的气势，只有这样才能够愈挫愈勇，走出鲜亮昂扬的人生。

古人论文，讲气贯长虹，力透纸背。唐朝韩愈搞古文运动，就是要恢复汉朝文章的质朴之气。他每为文前要先读一些司马迁的文章，为的是借一口气。以后，人们又推崇韩愈的文章，再后又推崇苏东坡的文章，认为此二位大家的文章具有雄浑、汪洋之势。苏东坡说："吾文如万斛泉涌，不择地皆可出。在平地，滔滔汩汩，虽一日千里无难。"

今天我们已经很难读到像司马迁、苏东坡、韩愈、李白那样气贯长虹的汪洋之文了，花拳绣腿、故弄玄虚、无病呻吟的文章却比比皆是。

在我们的身边，活得有气势，总是充满一股豪情的人也是少之又少了。更多人畏缩在既得利益的小圈子中，安于现状，亦步亦趋，渐渐沦落为芸芸众生中的蝇营狗苟之辈。

一个没有气势、没有豪情、没有性格的人，是不会有什么出息的，更不会有什么建树，不过是大千世界的一具形尸走肉罢了。

我一直努力培养自己的豪情与气势，我发现，当一个人心中具有了一种豪情的时候，生命中就具有了一种大无畏的气势，就具有了一种努力争取的力量，那些所谓的困难和挫折自然就烟消云散了。

感　动

一个中年人一定经历过很多人生的苦悲与欢喜。近来写了很多回忆性的文字，我从来没有想到，自己可以从已经过去的岁月里捡拾到那么多美好时光。

很多儿时的伙伴和青少年时代的同学，读到这些文章后告诉我，没有想到我们共同经历的时光里隐藏着那么多值得珍藏的记忆。通过那些文字，他们又找回了自己天真烂漫的童年，找回了自己意气风发的青年时代，找回了很多丢失了的珍珠一般的经历。

是的，我们的经历就是一笔巨大而珍贵的财富，我们也可以从那些记忆中学到很多东西。

山东的媒体曾报道过一个感恩图报的故事：

53 年前，15 岁的德州人高延德带着妹妹讨饭走到新泰行宫村。当地 16 岁的王悦举和母亲常常救助他们，高延德兄妹二人在那里生活了大半年，度过了最困难的一段时间。如今，已儿孙满堂的高延德想寻找当年的恩人，向他们说声“谢谢”。老人后来来到新泰找恩人，但没有找到。他说，自己岁数大了身体也不好，5 年前凭着原来的记忆来到新泰，但已找不到那时的村子了。自己能活下来多亏了恩人，一定要在有生之年找到他们，表达感激之情。

终于，借助媒体的力量，恩人找到了，高延德老人带着自己的儿子和精心挑选的家乡土特产，前往恩人所在的东营去说一声“谢谢”，同时也实现了自己感恩的心愿。

这是一个感动人心的故事，在这个故事里，老人生命中那一段苦难的经历化作了美好的记忆。

其实，我们每个人的生命中也一定隐藏着这样的故事。我们难道没有遇到过对我们殷殷教诲的老师？我们难道没有遇到过热心的帮助？我们难道没有过对知遇的感激？

一定有。

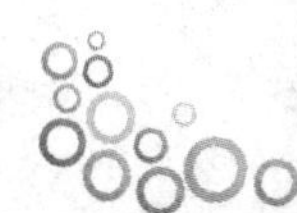

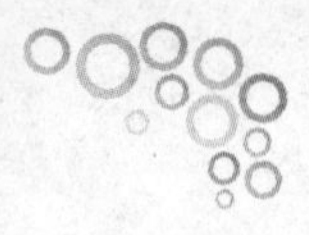

时光不会等待我们，记忆不会等待我们，我们应该让自己从回忆中走来，把一个个记忆变成生命的感动。

我的朋友

一个月明星稀的晚上，我接到了一个来自广州的电话。来电话的人是广州的作家许锋。他为了自己一个难以决断的问题征询我的意见。

他现在广州的一所大学里工作，各方面发展都很不错。可是，最近，他接到了他的原籍甘肃省的任职邀请。他为此颇为踌躇，难以定夺。我们谈了很久，在反复几次探讨利弊之后，他果断地做出了决定。

我们认识多少年了？大约是 1995 年，当时我在《山东青年报》做编辑，许锋在《甘肃青年报》做编辑，同属于共青团系统的媒体，我们都是副刊的编辑，而且都在写作的道路上奋斗，就这样结缘了，如今已逾二十年之久。

也就是从那时开始，无论是在编辑工作中，还是文学创作中，或是生活中，我们都相互引为知己，畅所欲言。

就在通话的第二天，我接到了一条来自云南怒江的短信。来短信的人是我多年的朋友和贵群。和贵群在短信中告诉我，他已经任新职务了，感谢我这些年以来对他的帮助。

我很高兴，立即回短信给他，祝贺他高升，同时也希望他在新的岗位上多做实事。

和贵群是云南很有影响力的作家，他在怒江担任重要职务的同时坚持写作，很有成就。我们大约是在 1996 年前后交往起来的。那一年我的第一本散文集出版，他在媒体上看到消息后邮购了我的书。那时他还没有什么职务。我感动于他在那样遥远的地方还有这样一颗火热的文学之心，就在给他邮寄书的同时写了一封信。就这样我们开始了长达 20 余年的友谊。后来，不论他的职务发生什么变化，不论他又调到哪里任职，都不忘告诉我。

2006年夏天，我带妻儿去云南旅游，路线是昆明、大理、丽江，他很高兴，坚持要到昆明去接我。我说，我是跟随山东的旅游团，不能离团，如果有机会见面再联系。他说，那就等到了丽江，他让当地的朋友请我吃饭。

果然，一到丽江，我就接到了和贵群朋友的电话，他们就在丽江古城入口处的酒店给我接风。介绍的时候我很感动，他们也为我与和贵群的友谊而感动。同时又因我们没有见过面却这样真挚的情感而倍感惊异。

我还有很多这样的朋友，沈阳的作家娄玉振、大连的诗人黑岛、南阳的作家李雪峰、江苏作家马国福、安徽作家李丹崖等。我们有的见过面，有的没有见过面，但是相互牵挂，有事情的时候一定通报相商。

在我生活的济南，在我的故乡，这样的朋友就更多了，我们就像手足兄弟一样，一起走过了无数有悲有喜的岁月。

人生不过短短几十年，在这短短的时光中，因为有了这些朋友，人生增添了多少令人感动、难以忘怀的美好与回忆啊。朋友有了难以决断的事情请你帮助决断，朋友有了快乐请你分享，这就是幸福。

在我们的岁月中，在我们的人生转折点，朋友像温暖而明亮的灯火，照亮着我们生命的星空。

挫　折

我曾在山东大学文学院举办过一场文学讲座，临近结束的时候，有一个女学生站起来问我：老师，我认真研究了你的人生道路，发现你的人生道路上几乎没有挫折，你大学毕业分配到了政府机关，你喜欢新闻又去了报社做记者，写作是你的爱好和追求，你又成了作家，命运和成功总是那么眷顾你。可是我们却不同，我们在学校里就开始为毕业以后的工作而疲于奔命，

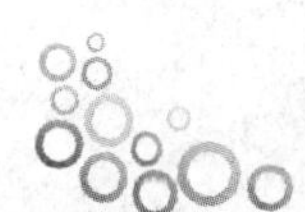

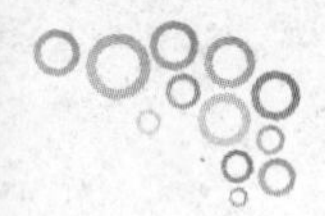

我们不知道自己的未来在哪里，我们的人生中充满了挫折和忧伤。

我说：我不知道你所说的挫折具体指什么，是一件事情做得很糟糕，还是总与机遇擦肩而过，还是选择人生道路犹豫不决？我想告诉你的是，我的人生词典里，真的没有'挫折'这个词汇，有的只是事情做完之后的总结，有的只是对自己人生道路的不断调整与选择，有的只是对未来美好的期待和向往，有的只是对理想的一往无前的坚持。

在我看来，人生中是没有什么挫折的，所谓的挫折，是你个人对自己处境的主观判断罢了。如果机会来了，你没有抓住，你以为就是挫折吗？不是，是你在机会到来之前准备不够，机会是为有准备的人准备的。一件事情你没有做好，没有达到预期的目的或者干脆是损失惨重，这也不是什么挫折，原因是你在做事之前没有周到的设想，做的过程中没有把控全局的能力，或者你没有把握好做事的时机而仓促上阵。

人在一生中时时会面临选择，世界在变，环境在变，我们个人也在变，因此必须顺势而为，不断调整自己的人生方向，才能确保自己行进在成功之路上。做完了一件事情之后，我们就应该学会忘记和放下，重新选择，重新开始。

无论是成功还是失败，都是自己的过往，都不宜过度留恋或者感伤，对那些过往扬扬得意或者耿耿于怀，都没有什么益处了，唯一可取的，是面向未来。过去了的，都是自己的一段经历，一种尝试，如果你认真总结了得失，有了深刻的领悟，找到了失败或者成功的经验与教训，你就拥有了难得的财富，而这种财富就成为了你未来的力量。

我告诉年轻的学生们，一个成功者的心中是没有挫折这个词的，有的只是百折不挠的一往无前。

有一个人，以他自己的经历，给我们提供了有力的证明。

他 22 岁时做生意失败。23 岁，他竞选州议员，又失败了。24 岁时他重操旧业继续做生意，又赔得一无所有。26 岁时他的情人不幸死去。27 岁时他的精神完全崩溃，几乎住进疯人院。29 岁时他再次竞选州议员失败。31 岁时，他竞选国会议员失败。39 岁时他竞选国会议员再次失败。46 岁时他竞选参议员失败。47 岁时他竞选副总统失败。49 岁他竞选参议员再次失败。

这个人在 51 岁那一年竞选总统成功，成为美国历史上与华盛顿齐名的最伟大的总统。这个人，就是亚伯拉罕·林肯。

林肯给我们的启示是：跌倒了，重新再来。事实上，对百折不挠最完美的注脚，是无数次失败之后的那一次是最伟大的成功。这也是成功的唯一秘诀。

我们许多人之所以总是与成功无缘，原因就是失败了一次甚至几次，就对自己的能力产生了怀疑，丧失了自信心，回到原路上去了，失败在其人生中便只有“失败”这一层含义了。

相反的是，失败是成功的基石，所谓“失败是成功之母”便是这个意思。成功，正是因为有无数次失败做铺垫。成功很遥远，所有的努力必然都从失败开始，直至成功。一个人如果认识不到这一点，便是一个平庸的人。

人生的哲学就是这样，你失败了一次，它便告诉你这个地方你走过了，不要再重蹈覆辙，你应该换一条路去走。当你尝试过无数次之后，成功的坦途就已经铺到你的面前了。

意外的惊喜

我喜欢去没有开辟出道路来的山坡上攀登，更喜欢去没有疏浚的山谷里漫游。那里没有开凿的道路，没有各种避开危险的指示，没有人为的景观，自然也少有人迹。

但是，那些地方，总是会有意外的惊喜，总是会有珍稀的奇观，总是会

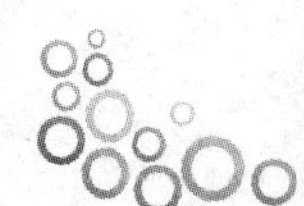

有许多意外之喜。比如，常常会发现清澈的山泉，常常会遇到叫不上名字的奇鸟异兽，至于那些珍贵的树木和花草就更是常有的收获了。

在峡谷的纵深处，在深山的苍翠里，遇见一个飘着炊烟的石头屋或者小木屋，遇见几个采药或者狩猎的农人，就更加不足为奇了。

每当这样的时候，我就会想，一个人如果一辈子都是按照设立的规则前行，恐怕不会有意外的收获。虽然你前行的道路上多了几分安全，多了几分保障。

在崇山峻岭和幽深的峡谷中摸索穿行，当山风呼啸而来，当清泉汩汩而来，你不会有一个人冒险的畏惧和孤独，有的只是生命融入大自然壮美奇观的震撼与感动。

有一次去北戴河参加《思维与智慧》杂志的笔会，邂逅安徽作家王飚。笔会即将结束的时候，杂志社统计返程车票，他拒绝了。他说他要一个人去内蒙古大草原。原来，王飚喜欢旅行，是一个四海为家的人，他每年都会单独外出旅行两次，没有明确的目的地，没有旅伴。他就带着一顶帐篷，一部相机，背着一个简单的旅行包就上路了。

他告诉我，如果再去了内蒙古大草原，全国没有去过的地方，就一个西藏的墨脱了。

我真羡慕王飚。这样的朋友，在山东我也有好几个。只要到了夏天的假期，他们就从朋友和家人的视野里消失了，消失在不知名的地方。

我能够想象得出他们的超然和快乐。其实，我也喜欢一个人坐车去旅行，一站接着一站前行，没有目的地。没有起点，也没有终点，只是在路上。我不属于任何一个风景，也不属于任何一个组织，我只属于我自己。

这个时候，所有的责任和义务都消失了，所有的追逐和名利也消失了，所有的身份和地位也不复存在了，我只是一个普通的自己，没有了疲惫的仰望，也没有了倦怠的伪装。我只有一件事，就是安静地坐在窗口，欣赏不断迎面而来的风光。

心灵深处，任何一个人，都会渴望这样无拘无束的漫游，只是有的人将这种渴望变成了现实，更多的人则只是想想而已。

一位常年坚持旅行的朋友有过这样的喟叹：在中国，如果你没有到过柴达木和吐鲁番，没有到过西藏和塔克拉玛干，没有到过长江与黄河的源头，你就不能算有过真正有意义的旅行。因为国内大部分风景都是经过精心打磨和修饰的，都是人为的景观了，没有了真实和本源，它们早已经面目全非。

真正不会改变和消失的，恰恰是纯粹的本源的真实，而只有在这样的真实面前，你才会感受到发自内心的震撼，才能领略到真正的大美。

幽　默

当我们遭受羞辱或者陷害的时候，我们通常会选择暴跳如雷或者迎头痛击。其实，这样只能使我们遭受的痛苦更深。我们完全可以用一种含蓄而优雅的方式，既维护了自己的尊严和体面，又使对方无地自容。

罗斯福下野后，曾作为威廉·塔夫脱总统的特使，参加英国国王爱德华七世的葬礼，并于葬礼后与德国皇帝会晤。

德皇傲慢地对罗斯福说：“两点钟到我这里来，我只能给你 45 分钟时间。”

罗斯福回答说：“我会两点钟到的，但很抱歉，陛下，我只能给你 20 分钟。”

家里被盗了，我们通常会怎么办？报警，清查丢失的物品，还是不停地抱怨家人丧失警惕？

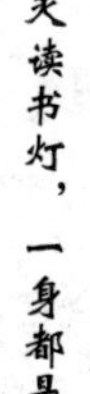

罗斯福也被盗过，并被偷去了许多东西。一位朋友闻讯，忙写信安慰他，劝他不必太在意。罗斯福给朋友写了一封回信：“亲爱的朋友，谢谢你来信安慰我，我现在很平安。感谢上帝：第一，贼偷去的是我的东西，而没有伤害我的生命；第二，贼只偷去我部分东西，而不是全部；第三，最值得

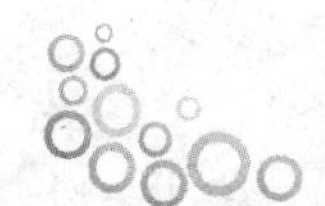

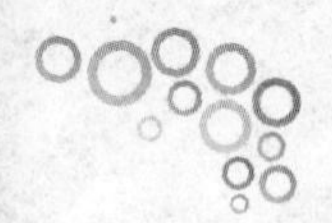

庆幸的是，做贼的是他，而不是我。”对任何一个人来说，失盗绝对是不幸的事，而罗斯福却找出了感恩的三条理由。

很多时候，尤其是对于那些掌握一定的机密的人，面对涉及机密的询问时，往往很难用礼貌的方式坚持原则。罗斯福也遇到过这样的情境，但是，他的做法既没有得罪朋友，又坚持了自己的原则。

罗斯福任美国总统前，在海军部供职。某日，一位朋友问及海军在大西洋的一个小岛筹建基地的秘密计划。罗斯福特意向四周望了望，然后压低声音问：“你能保守秘密吗？”

“当然能。”

“那么，”罗斯福微笑着说：“我也能。”

伏尔泰是法国启蒙时期的思想家、哲学家、文学家，启蒙运动公认的领袖和导师，被称为“法兰西思想之父”。一次在一个作家聚会的场合，他将一位并不在场的同时代作家赞扬了一番。一位朋友当场指出：“听到你这样慷慨地赞扬这位先生，我感到非常遗憾。要知道，这位先生在背后经常说你的坏话，真的。”

伏尔泰耸耸肩膀说：“这样看来，我们两个人都说错了。”

海涅是著名的德国诗人，他是犹太人。在参加一次聚会的时候，一位旅行家对海涅讲述了自己在环球旅行中所发现的一个小岛。

他对海涅说：“你猜猜看，在这个小岛上有什么现象最使我感到惊奇？”

“什么现象？”海涅问道。

旅行家冷冷地笑了笑，恶意地讽刺说：“在这个小岛上，竟没有犹太人和驴子！”

海涅不动声色地反击道：“如果真的是这样的话，那么我和你到小岛上去一趟，就可以弥补这个缺陷了！”

伟大的爱尔兰剧作家萧伯纳是一个非常幽默的人。有一天，萧伯纳应邀参加一个丰盛的晚宴。席间有个年轻人在大文豪面前滔滔不绝地吹嘘自己是天才，天南海北样样通晓，大有不可一世的气概。起初，萧伯纳缄口不言，洗耳恭听。后来，愈听愈觉得不是滋味。最后，他终于忍不住了，便开口说道：“年轻的朋友，只要我们两人联合起来，世界上的事情就无一不晓了。”那人惊愕地说：“未必如此吧！”萧伯纳说：“怎么不是，你精通世间万物，不过，尚有一点欠缺，就是不知夸夸其谈会使丰盛的佳肴也变得淡而无味，而我刚好明了这一点，咱俩合起来，岂不是无一不晓了吗？”

有一天，瘦削的萧伯纳碰到一位大腹便便的商人，商人讥讽道：“看见你，人们会以为英国发生了饥荒！”萧伯纳回击道：“看见你，人们就会明白饥荒的原因了。”

一次萧伯纳在街上行走，被一个冒失鬼骑车撞倒在地，不过没有受伤，虚惊一场。骑车人急忙扶起他，连连道歉，可是萧伯纳却做出惋惜的样子说：“你的运气不好，先生，你如果把我撞死了，你就可以名扬四海了！”

很多事情必须等待机会

我们习惯于听到这样的话：再等等看。说这话的，多半是那些人生阅历丰富的人。他们以自己的人生经验来告诉你，很多事情必须等待机会。

这样的忠告当然有道理。但是，我们怎么才能把握哪些事情应该等待，而哪些事情不能等待呢?

机会是不能等待的。人的一生当中，重要而关键的机会是不多的，一个机会来临时，也许会因为你的“等等看”而坐失良机。在一个单位很多年找不到施展才能的机会，另外一个适合你的单位正在招聘人才，你就应该当机立断去应试。你所处的城市正在招贤纳士，你就应该做好充足的准备去展示自己的才能。勇敢地跨出一步，也许，你的人生之路就海阔天空了。机会是

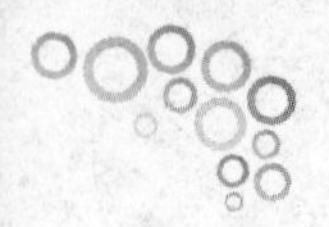

不会等待你的，它只看重那些积极勇敢的人。

天下最不能等待的是孝顺。因为，等到你认为自己有足够的财力和能力来孝顺的时候，老人已经来日不多或者已经不在了，你有了能力却没有了机会。我看过很多对成功人士的访谈，当说到“遗憾”这个话题的时候，大都谈到了孝顺这个问题。他们往往都会说，自己想着等奋斗到一定程度，有了足够的能力，让老人好好享几年清福。但是，遗憾的是，等到自己成功了，老人已经去世了。孝顺不一定非是物质上的不可，在你力所能及的范围内，时时想着，就足够了。饭后端上一杯热茶；阳光好的日子里，扶老人到外面走走；常跟老人谈谈外面的事；去外地的时候，想着给老人带来一包可口的点心。不要等待，就从今天开始。当你这样去做的时候，你会发现，孝顺的意义已经与你原来想象的截然不同了。

时间更是不能等待的。我们从来到这个世界的那一刻起，一生的时间就不可改变了。我们就这些可以支配的时间，多等待一分钟，就少了一分钟，所以，那些成功的人最大的秘诀是利用可以利用的一切时间，抓紧行动。台湾作家刘墉年龄并不大，但是其著作早已等身。他精致典雅的散文随笔畅销全球，深受世界各地华人喜爱。

达到这样的成就，其才情自然是重要的因素，但是，还有一个因素同样重要，那就是刘墉管理时间的精细。刘墉身边的人都知道，他是把自己的时间精确到分钟的人。所有接待过刘墉的单位都清楚，“伺候”好刘墉不是一件容易的事情，因为我们的时间观念实在难以达到刘墉那样的精细。任何一次活动，他都会要求提供一份详细的日程表，列明所有他能够想到的具体条目：几点几分从酒店门口出发；从一个城市到另一个城市有几趟航班，哪一趟航班最节省时间，怎么衔接，如何接送；中午 12 点以前不要安排活动，以保证下午和晚上活动精神饱满；不和不相干的人一起吃饭，如果非吃不可，要确定好时间，时间一到立刻走人；某个活动几点几分开始，几点几分到达休息室，从休息室到达会场需要几分钟。每次活动前，既使你已经提前告诉了他你几点几分在大厅接他，他仍然会咨询楼层服务员，从房间到大厅需要几分钟，然后准时从房间出来，一分钟也不浪费地准时到达。

刘墉常说，最大的罪过就是无端地浪费时间，为了节约时间，得罪人也值得。无端的应酬不仅浪费了自己宝贵的时间，还会毁坏自己的身体和精神。他认为自己是自己时间的主人，别人没有权力要求他。他常说的话是，人的一生没有多少时间，自己有更重要的事情做，每一分钟都要用到刀刃上。有很多年轻人在什么时候要孩子的问题上多半选择的是等待几年，我不认为这是明智之举。26 岁要孩子与 36 岁要孩子还是有很大区别的。等到你 60 岁就要退出生活核心的时候，你也许就会后悔自己当初的决定了。

不能等待的事情很多，具体到每个人身上更是千差万别。但是有一点是肯定的：等待是一切成功的杀手，无数一生平庸的人，大多是因为充当了等待的俘虏。

悲　观

周末的时候，我们几个朋友一起去济南南部山区游玩。几个家庭十几个人在一部面包车上，大家尽情地欣赏着沿途的风光，开心地谈论着各自的见闻。当我们到了山间公路最底部大桥上的时候，堵车了。

前面的车一眼望不到头，后面的车迅速跟上，前进不能，后退也不能。我对大家说：“大家下来吧，站在路边的桥上，正好可以欣赏底部潺潺的流水，可以欣赏水中的游鱼和植物，也可以尽情眺望两侧茂密的丛林，这是平时难得的机会。”

正当大家兴高采烈地议论着风景的时候，同行的朋友李君提醒大家：不要一味地高兴，要是这个时候突然山洪暴发，或者有其他意外发生，我们就

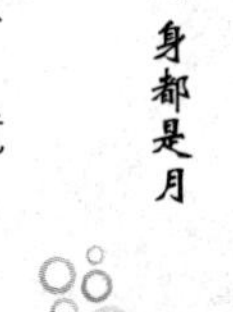

完了，甚至有可能没命。

我盯着他，他好像很奇怪地对我说：“你不相信吗？你能够否定我说的情况吗？”

在这样一个风和日丽的周末，在这样美丽的风景区里，在大家兴高采烈的时候，他的不和谐影响了大家。

大家都很扫兴，一直到车辆开始继续前行了，也没有再提起兴致来。

其实，我是了解李君的，他幼年丧父，前几年母亲又去世了。他的工作一直也不顺利。他曾经因为轻信了一个同事去做生意，结果损失了一大笔钱。

所有这些因素，使李君平时对生活充满了悲观情绪。也正是因为这个原因，我常常邀请他出来走走，放松心情。

这样的尝试已经有很多次，李君总是会兴致勃勃地开始，又在悲观失望中结束。我想，一个经历过磨难的人，要让他忘记曾经的艰难是不能一蹴而就的。如同一个在漆黑的夜晚走过小路的人难以忘记夜的阴森一样。

道　士

国学大师钱穆先生讲过一个故事。

他青年时期有一天路过山西的一座古庙，看到一位老道士正在清除庭院中一棵枯死的古柏。钱穆好奇地问：“这古柏虽死了，姿势还强健，为什么要挖掉呢？”老道士说：“要补种别的树！”

“种一棵什么树呢？”

道士说：“夹竹桃。”

钱穆大为惊异：“为什么不种松柏，要种夹竹桃呢？”

老道说：“松柏树长大，我看不到了，夹竹桃明年就开花，我还看得到。”

钱穆先生听了，大为感叹，他说：“士不可不弘毅，任重而道远。丛林的开山祖师，有种夹竹桃的吗？”

钱穆常以此勉励门人，做学问的人，不要只种桃种李种春风，还应该种松种柏种永恒。

钱先生对学生说，这件事让他推想，这座庙的远景是要不妙的了，一个没有远见的人担任住持，这个庙哪里还有前程呢？

钱穆在很多场合提到这个经历。他还多次讲到，开山祖师用十年二十年建成一庙，没等松柏长成，就把庙交给徒弟们，自己又到别的名山，白手起家，去造一座新的庙，庙宇越来越多，他的精神也越来越发扬光大，以至于名垂千古。

钱穆先生的担忧，至今不仅没有改变，而且越来越严重了。现在的大学生中，大多数人都在为眼前暂时的一点小利益而努力，很少有人有远大的抱负了。

无用的哲学

《庄子》中有两段话阐述了有用和无用的哲学。

宋国荆氏那个地方，适宜种植楸、柏、桑。桑树一握两握粗的，想将其用作系猴子木栓的人就把它砍了去；三围四围粗的，想将其用作高大屋栋的人就把它砍了去；七围八围粗的，富贵人家想将其用作棺材板的就把它砍了去。所以对人们有用的桑树不能享尽天赋的寿命，中途就被斧头砍死了，这就是有用之材的祸患。

孔子到楚国，楚国隐士接舆有意来到孔子门前，唱道：凤啊，凤啊！你的德行为什么衰败！来世是不可期待的，往世是无法追回的。天下有道，圣人可以成就事业；天下无道，圣人也只能保全生命。当今这个时代，只求避

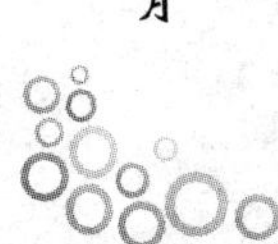

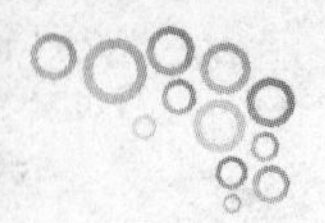

免遭受刑害。幸福比羽毛还轻，而不知道怎么取得；祸患比大地还重，而不知道怎么回避。算了吧，算了吧！不要在人前宣扬你的德行！危险啊，危险啊！择地而蹈！遍地的荆棘啊，不要妨碍我的行走！曲曲弯弯的道路啊，不要伤害我的双脚！

山上的树木因材质可用而招致砍伐；油脂因可以燃烧照明而自取熔煎；桂树皮芳香可以食用，因而遭到砍伐；树漆因为可以派上用场，所以遭受刀斧割裂。人们都知道有用的用处，却不懂得无用的更大用处。

庄子的哲学总是消极的，认为无用就是大有用，如果一切皆如此，世界将不再有进步。当然，作为一种人生态度，暂时规避祸害，无不可。

其实，人们常说的"木秀于林，风必摧之"也是这个道理。

有很多下定决心要成为作家的人，多年下来，还是处于贫寒甚至潦倒状态。

郁达夫的小说《春风沉醉的晚上》就描写了一个居住在上海的穷困潦倒的作家。

小说写的是一个默默无闻的作家，租住在上海的贫民窟，黑沉沉的这层楼上，本来只有猫额那样大，房主人却把它隔成了两间小房，外面一间是一个N烟公司的女工住在那里，作家所租的是梯子口的那间小房，因为外间的住者要从作家的房里出入，所以作家每月的房租要比外间的便宜几角小洋。作家居住的条件还不如一个普通的女工，生活的窘境也就可想而知。

作家神经衰弱，昼伏夜出，每天夜晚都出去散步，看着"深蓝天空里的群星""做些漫无涯际的空想"。有一天，作家的一篇文章发表了，收到了五元钱的稿费，不得不在第二天白天到邮局领钱，发现一路上的行人都在看他，自己走不了几步，就颈上、头上像下雨地冒汗，才知道春天已经来了，只好把所得的大部分稿费拿出买了一件单衣。

小说的结尾，作家依然在春风沉醉的晚上出门散步，"云层破处也能看得出一点两点星来，但星的近处，黝黝看得出来的天色，好像有无限的哀愁蕴藏着的样子”。

这个人一直在冥想，自己当作家的希望在哪里呢？

其实，当下这样的人也有很多。我就认识一个，他曾经居住在济南东郊一个战友的宿舍里，一个月写了很多，投出去，真正发表的也许就是一两篇，大约能有两三百元的稿费进项，连吃饭也是不够的。如果不是战友把自己单位的简易宿舍免费借给他住，他连房租都付不起。

一个报社的编辑推荐他来拜访我，我请他吃饭。他很窘迫，写的文章需要去网吧里打印发邮件，还要算计着上网的时间，因为网吧里的收费对他来说也是一笔不小的开支，他不知道自己的前途在哪里。

他的年龄已经不小了，孩子在读高中，妻子一个人在家种地养孩子，他独自来济南寻求自己的文学梦。听了他的情况后，我奉劝他回故乡去，好好种地过活。当时我看出来他若有所思，不知道后来是否真的回去了。

其实，道理是很简单的，梦想是一回事，喜欢是一回事，能力和天赋又是一回事。一个人不能一直生活在梦想当中，应当正确地认识自己的长处和优势，找到适合自己发展的道路。写了那么多年，还是一直默默无闻，穷困潦倒，生活就已经告诉你答案了，你就应该回头了。如果你真的回头了，你一定会感觉自己曾经十分可笑，为什么那么执迷不悟呢？

人生就是这样，回头是岸，并不是你想怎样就能怎样的。到了另一条路上，也许你突然就发现：早就该来啊，这条道路上竟然繁花似锦。

写作者的幸运

我一直庆幸自己成为了一个自由写作的人。一个写作者的幸运，是用瑰丽的语言为自己构筑了一个诗意的世界，把哲学引入世俗生活之中，而且有能力让自己生活在烦乱的现象之外。

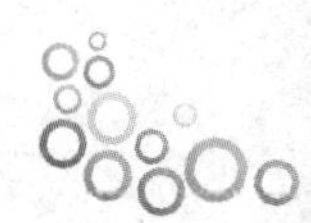

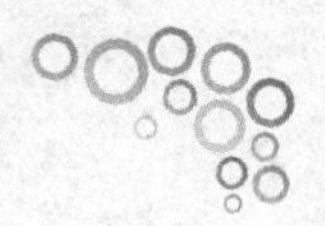

文学家是能够静观世界的人，通过静观不断有所领悟，不断获得生活的智慧和滋养。

文学家乐于亲近世界上的一切，因为他们爱自然，爱人们，爱心使他们拥有了无边的温暖。同样因为爱心，他们获得了源源不断的创作灵感，逐步成为一个超凡脱俗的人，成为一个富有诗意、富有情趣的人。

最难得的，文学家大多是精神富足的人，有着常人难以企及的精神境界。

一个文学家，一生都在努力寻找着神奇的天籁，并渴望把这神奇的天籁化为自己的文字，让世界上所有的人都能够感受天籁的神奇与美丽。

每一次去海边，都能够遇到推销海螺的小商贩，他们总是这样说：你把海螺贴近耳朵仔细听，就能听到大海的声音。当海螺贴近你的耳朵时，那海浪拍打沙滩的有节奏的轰鸣，就果然排山倒海而来。

一个文学家的职责，就是把生活中的海螺送给每一个人，让每个人都能够听见人生的潮音。

每一个海螺，都有一个与大海息息相关的故事。每一个贝壳，都有过成就珍珠的梦想。每一个人，都有过曲折离奇的人生经历。

一场雨来了，在文学家的眼睛里，满世界流淌的都是甜美的甘霖，是农民的期盼，是土地的福祉。可是，在有些人的眼睛里，却是污浊的泥泞。世界从来没有隐藏过什么，它时刻向人们展示着自己的智慧和美德。

一个达到了一定境界的写作者，就已经为自己建立了一个心灵的王国。在这个王国里，他统领着自己的世界，驾驭着文学的千军万马，构建着自己的宏伟殿堂。

人们大多都在追逐着潮流，甚至很多人把自己的才情埋没在了潮流之中。但是，文学家却不同，他们总是在潮流之外保持着自己的清醒。

在一个文学家的眼里，挫折是人生的财富，逆境是成功的阶梯，陷害是生命的历练，不幸与幸运只是一墙之隔的邻居。所以，无论什么样的人生困境，都不会让一个文学家屈服。很容易就被生活打垮的人，很容易就屈服的人，本来也不属于杰出的群体，今天不被别人打垮，明天也会被自己打垮。

我们总是在取舍之间徘徊，总是在得失之间选择，每一天都在进与退之间犹豫。其实，当我们懂得了放下，我们会发现拥有了更辽阔的世界；放下之后却得到了更多；忘记之后，却有了全新的突破。

一个腹有诗书的人，十步之内，必有芳草。

英雄与懦夫

英雄与懦夫的区别很简单。当面对未知的领域时，有的人无所畏惧，一往无前，这样的人最后成了英雄。而有的人则不同，只要到了未知的边缘，他们就缩回来了，就畏惧不前了，这样的人最后必定会成为懦夫。

河流是生命的隐喻。河流的中下游宽阔浩荡，一望无际，可是，当我们沿着河岸逆流而上时，却发现很多河流的发源地是干涸的沙漠。

每个片刻我们都在创造着自己。或者是让自己脱离罪恶，或者是让自己不断杰出，或者是让自己更加富有，或者是让自己摆脱贫穷，或者是让自己更加优雅。因此，不能有一刻放纵自己，因为哪怕是暂时的放纵，也可能导致前功尽弃，使自己陷入深渊。

不论什么时候都不能撒谎，因为一时的谎言得逞之后，接下来，你就要用另一个谎言来掩盖，一个谎言接着一个谎言，最后的结果必然是真相大白，那时就是你名誉扫地的时候。

幼稚是孩子的标签，孩子往往是不成熟的。我们渐渐长大后，不断增长的人生阅历使我们不断积累起人生的感悟和体验，我们也因此逐步成熟起来。因此，如果赞美一个孩子成熟，那一定是虚假的恭维。而一个成年人如果说自己幼稚，那么他要么承认自己是白痴，要么是故意在掩饰。

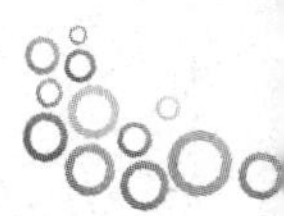

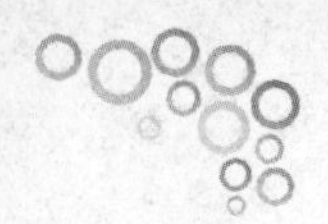

一个从事教育工作的人，给孩子传授的知识是已知的定论。

而一个科学工作者却时刻要用怀疑的目光打量一切。在科学界，怀疑就是通往成功和发现的钥匙。在科学家的眼里，没有永恒的真理，没有绝对的正确，对于眼前的一切，都要产生怀疑。你一直在怀疑的眼光带领下探索下去，直到你感觉无法再怀疑了，便是遇到了毋庸置疑的结论，科学的发现也就诞生了。

现在，最可怕的是人们都在追逐金钱。如果拥有金钱的渴望超越了简单的生活需要，就会扭曲一个人的品格和灵魂，使人丧失骨气和气节，变成金钱的奴隶和附庸，变成一只没有什么筋骨的虫子。

一往无前

在古希腊的某个时期，如果一个人在民众集会里提出一条新的法律，他就必须站在高高的讲台上面，而讲台的半空中悬着一条绳索，这个人必须用绳索套住自己的脖子宣读他倡议的法律，然后等待人们的通过。如果通过了，人们会为他拿掉套在脖子上的绳索；如果没有通过，人们就会把讲台拿开，给那个人执行绞刑。

虽然，确实有人因此丧命，但是，古希腊每年都不断有人提出新的法律，不断有更加完善的法律诞生。那些因此而被判了绞刑的人，人们会为他举行隆重的国葬，因为人们敬重他的胆识和勇气。因为，正是他们的前赴后继，才有了古希腊灿烂的文明。

事实上，不论是哪个民族，也不论是哪个时代，只有具有大无畏的勇气和胆识的人，才会走上成功的殿堂。一个瞻前顾后、畏首畏尾的人，是不会有什么建树的。

成功者的行列里，永远都是一往无前的人，都是大无畏的人，都是敢于担当的人。

莫言获得了诺贝尔文学奖，当他获奖之后，当他面对人们的掌声与鲜花的时候，有人给他的作品挑了很多毛病。这个时候，如果是一个一般的人，也许会报以鄙夷不屑的态度。但是，莫言没有，他很谦逊地接受了批评者的意见，并表示要改正自己的不足。

其实，在这里我们已经没有必要讨论批评者所挑毛病的对与错，重要的是莫言可贵的谦虚。

“谦虚使人进步，骄傲使人落后。”人们对这句话大都熟稔于心。谦虚是美德，是一个人成就伟业的基石。

孔子说：“三人行，必有我师焉。”以孔夫子的才学，尚能够意识到同行的三个人之中，必定有一个人在学问上有自己所不及的地方，何况我们一般人呢？

谦虚还是一个人赢得尊敬的前提。即使一个人成就再大，如果总是夸夸其谈，如果总是在人前卖弄，如果总是好为人师，人们也会避而远之。相反，你有了巨大的成就，却依然虚怀若谷，你的声誉必定会传扬得更加久远。

一个人的知识和才学是有限的，即便你是某一个领域的专家或权威，也仅仅是在你的那个领域里，出了专业的大门，你就一无所知。所以，当你以自己的专业特长作为炫耀的资本时，就是你无知的开始。

知识是无限的，而我们的生命却是短暂的、有限的，因而，不论你有怎样过人的才华，你所掌握的知识，都是微不足道的，在浩瀚的知识海洋里，都不是什么值得骄傲的资本。我们唯一要做的，就是以谦卑的心态，向自然，向前人，虚心学习。

不要说虚怀若谷，即便是一般的谦虚，很多人也难以做到，所以说谦虚是一个人的美德和修养。

对于年轻人来说，骄傲是要不得的。骄傲的人，大多是有点才能的人，

取得了一些成绩，骄傲的情绪就上来了。这恰恰是一个人是否真正杰出的分野。如果你真正有雄才大略，如果你真的要做一番伟大的事业，骄傲的情绪自然是不会有的，因为你的目标非常远大，你必须穷尽自己的毕生精力才有可能达到，哪里还有时间用来骄傲呢？

只是有些小聪明的人，就另当别论了，他们目光短浅，胸无大志，取得了一些小成绩就沾沾自喜。我们在生活中看到的那些骄傲的人，大多属于这一类。

我在生活中看到那些骄傲的人时，并没有什么不理解，因为我知道这个人是做不了什么大事情的。

对于那些在某个领域颇有建树而依然兢兢业业、一往无前的人，我们必须由衷敬佩，因为这一定是一个不同凡响的人。

骄傲是人与生俱来的秉性，一个人如果能够克服骄傲的秉性，在内心深处树立起谦逊的品格，那么他就是一个超凡脱俗的人了。

圣洁的莲花

黎巴嫩作家纪伯伦有一句诗：“灵魂绽放它自己，像一朵有无数花瓣的莲花。”

是的，纪伯伦就像他的诗句，虽然生命只有短短的48岁，但是，却像圣洁的莲花那般耀眼夺目地开放。

他的《先知》自从被冰心翻译到中国以后，就一直影响着一代代的年轻人。

“你所拥有的一切，有一天都得给出。”

“悲伤在你心中切割得越深，你便能容纳更多的快乐。”

当我们读了这些诗句的时候，我们就不难理解他何以被称为“艺术天才”“黎巴嫩文坛骄子”。他是阿拉伯现代小说、艺术和散文的重要奠基人，20 世纪阿拉伯新文学道路的开拓者之一。

1902 年后一年多的时间，病魔先后夺去了他母亲及其他三位亲人的生命。他 14 岁的妹妹死于肺病。妹妹临死前，哭喊着希望见到哥哥，希望见到爸爸，但是她没有实现这个愿望。

1903 年 6 月，母亲离他而去。纪伯伦曾经用一幅画描绘了母亲临终前的瞬间，题为《走向永恒》，画中母亲的面容没有一丝痛苦，显得十分从容和平静。纪伯伦日后回忆母亲对他文学创作的启迪时强调：“我的母亲，过去、现在都在灵魂上属于我。我至今仍能感受到母亲对我的关怀，对我的影响和帮助。这种感觉比母亲在世的时候还要强烈，强烈得难以测度。”

在生命的最后岁月，他写下了传遍阿拉伯世界的诗篇《朦胧中的祖国》，爱与美是纪伯伦作品的主旋律。他曾说：“整个地球都是我的祖国，全部人类都是我的乡亲。”

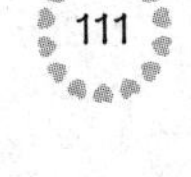

在黎巴嫩，纪伯伦的名字是神圣的象征，不论你来自哪里，只要你说到了纪伯伦，你就是黎巴嫩的朋友。

我们总以为很多机会还会再来。失去了的，还有机会再拿回来；很多今天错过的人，说不定哪一天还会重逢；今天做错的事情，明天还有机会弥补。甚至，很多人认为时间也是可以补救的，今天失去的时光，明天还会再来。

这样的想法实在是天真得可爱。明天的太阳，与今天已经完全不同；今天你错过的这个人，以后你再见到的时候，也已经绝然不是今天的那个人了。至于人生的机会，就更加不同，再遇到的机会，因为环境、人事、个人能力的不同，与你今天错过的机会也早已有天壤之别。

因此，那些失去了的机会、失去了的时光、错过了的人，是永久地失去了。有些人总是还盼望着自己能够有机会弥补错过的一切，可这些人注定要重新陷入人生的懊恼和悔恨之中。

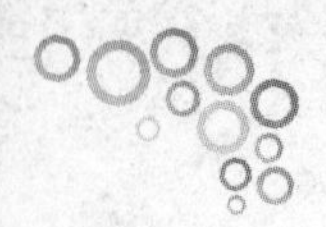

人生之路是条不能回头的路，遇到了机会，遇到了生命中那个重要的人，就要紧紧地抓住，不要轻易放手。

并不是所有的人都明白珍惜的含义，也不是所有的人都懂得一个瞬间的内涵，只有极少数人能不失时机地抓住良机。

我们总是说，机不可失，时不再来。善于抓住机会的人总能成功地站立在时光深处。岁月的河流，永不衰老；时光，一刻不停地飞驰而去；成功者，很大程度上也会是下一个机会的主人。

所以，当我们踏入了这个世界，我们就要懂得紧紧抓住每一个机会，珍惜遇到的每一个人。

兴　趣

有多少人正在做着自己喜欢并感兴趣的事情?

当你获得了理想的考分，你填报的大学和专业的志愿是你一直渴望学习的专业吗?当你走出校门获得了一个职位，这个职位是你感兴趣并愿意从事的吗?甚至，你现在喜欢自己正在做的工作吗?

我很年轻的时候就看到过这样一句话：一生都做着自己喜欢并感兴趣的事情的人，一定会有大成就。

我总会看到很多人每一天都是在硬着头皮做事，很不情愿地应酬，每一天都在违心地随波逐流，只为了那一点点薪水养家糊口。

我们能不能成为自己希望成为的那个人物?我们能不能做自己喜欢而感兴趣的事情?或者说，我们能不能找到自己擅长的角色?

其实，这并不是一个多么艰难的抉择，只要你喜欢的，一定是你感兴趣的，就一定是你特别用心特别擅长的，那么，你就完全可以放下手中暂时拥有的蝇头小利，到你擅长的领域大显身手。你刚刚到一个新的领域，开始的时候举步维艰是很正常的，但是，只要你坚持下来，用不了多久，你就会发现，你已经拥有了光明的未来。

可是，我们却发现，很多人一直困在那个自己不喜欢也不擅长的岗位上不能自拔，原因很简单，贪恋那一点点的利益，缺乏一往无前的勇气。

生而为人，该放下的时候就要放下，该抉择的时候就要抉择，只有做你自己才是人生的通途，“亡羊补牢，犹未晚也”，而一条错路走到黑，就永远没有未来。

港　湾

我常常出去游走，去过遥远的大理、丽江和香格里拉，去过内蒙古大草原，去过东海之滨，也去过塔克拉玛干的沙漠腹地。每一次，总是怀着无边的渴望与憧憬出发，而当离开故乡越来越远的时候，却会突然对前路产生茫然和孤独感，内心深处开始渐渐生出对故乡的依恋和想念。

多少次这样的体验之后，我开始明白，不论你的内心多么强大，你的心中总有一根“绳索”牵挂着你；不论你多么渴望自由，你的心中永远有一个温暖的据点和港湾。我甚至想：一个人就是一只风筝，线永远不能断，断线的风筝就成了一片随风飘荡的树叶，就成了随波逐流的浮萍。

我有一个朋友，旅居海外多年，他拥有耶鲁的博士学位，事业做得也很成功，但是，当我与他谈这个话题的时候，他非常同意我的观点。他说，每一个旅居海外的人，都有这样的感受，感觉自己是一个没有家的孤儿，没有人疼，也没有人爱。所以，我们这些人，不论事业做得多么成功，只要听到祖国取得了新的成就，就高兴万分，只要踏上故乡的土地就会热泪盈眶。

我非常理解，他们的感受与我去远方游走时的心情是一样的，我们永远不能失去自己心灵的据点。

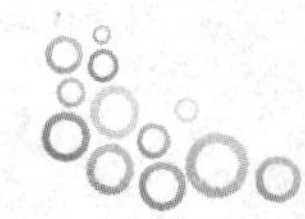

艺术家

这几年，我结识了很多艺术家。我不仅常常参加他们举办的活动，比如笔会与沙龙，也常常去他们的家里拜访。在与这些艺术家的交往过程中，我渐渐发现，当我与其中一位交流的时候，特别应该注意，不要涉及其他艺术家。

因为我发现，当我怀着敬佩的语气提起某位艺术家的时候，面前的这一位往往会顾左右而言他，甚至表现出一种不屑的神情。或者，有的干脆就直截了当地说："他的那些东西不过如此！"然后，就是对自己作品的百般爱护，很有些敝帚自珍的味道。

我想，善于嫉妒的人似乎是缺少一种胸怀，但是嫉妒并不能算是缺点。因为能够发现别人的长处才会认识到自己的不足，因为嫉妒别人的长处才会努力用功，因为自觉不如他人才会暗暗较劲。这个时候，嫉妒成为了一种前行的动力，成为了一种方向的指引。

其实，真正的艺术家是最了解自己的，不论他口上怎么说，他的艺术造诣自己是最清楚不过的。艺术欺骗不了任何一个懂艺术的人。

有些人喜欢滔滔不绝，更多的人喜欢安静。我相信，任何一颗安静的心灵后面，都潜藏着一个思考的精灵。

所以，很多时候，与艺术家相对而坐，在淡淡的茶香中欣赏他的作品，我能够感觉到来自他内心深处的安详与平静。我知道，这一刻，艺术家真正走进了自己的内心。

其实，也正是这样的时刻，才最接近伟大的艺术。

灵　田

"让我们在各自的灵田里辛勤地工作"这句话，我已经告诉过很多人，包括听过我讲座的朋友，听过我在大学里演讲的大学生，还有很多不相识和相识的读者朋友，也包括一些生活中的朋友。

为什么这样说?

这些年以来，我常常收到一些信件，QQ 空间里更是每天都有无数的朋友申请加为好友，也常常有本城市的读者打听着地址到我的家里来，甚至有很多媒体记者朋友也加入了这样的群体。这些朋友其实目的都是一样的，他们希望我能够告诉他们一个作家写作的秘诀，或者一个作家成功的密码。他们希望探听我的一些生活方式和工作方式，甚至想了解我常常读什么书、我写作的规律。

有时候，我本人会在信箱里耐心地回复一些这样的问题，也有时候让助手回复一些。我一直都很抱歉，总是充满愧意地面对这些朋友，因为我似乎没有满足大家的要求。

我想告诉大家的是，对于一个庄园主、一个证券操盘手或者一个企业家来说，也许是存在成功的密码的。但是，对于一个作家来说，这样的密码不存在。如果有人说存在这样的一个密码，那这个人一定是有另外的用心。

在一些叫作协会、学会、研究会等的机构里，他们是说有这样的密码的，他们常常通过组织采风、笔会、改稿活动，甚至让作者花钱出书等形式，把这些虔诚的文学青年组织在一起。但是，我想告诉大家的是，我不相信，也不想让那些纯粹的文学青年相信。这样的活动只有一个目的，就是赚取利润。你参加这样的活动，不过是一次普通的外出旅游。

这样的话我说过很多次：一个写作者在文坛上立足，唯一的资格是作品；衡量一个作家水平的唯一的尺度也是作品。

读者朋友们喜欢我的文字，那么，就让我们在文字里相遇吧，让我们在文字里一起分享我对生活的悲喜，让我们一起分享我对世界的领悟。如果说写作有什么密码，密码一定就隐藏在作品中。

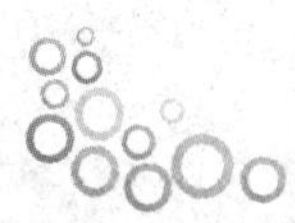

我们一生中可以支配的空间和时间是极其有限和短暂的，也是极其宝贵的，我们唯一应该做的，是充分地利用宝贵的时光，辛勤地工作，创作更多的作品。

我可以告诉大家的是：我应该算是一个勤奋的人，我走过的半生中，没有过一天的懈怠和荒废，我每天都在读书、写作和思考，我的习惯就是辛勤地工作。

让我们在各自的属于自己的灵田里工作，让我们在文字里相遇。

角　色

我常常听到这样的话：我多么想自己能够像梭罗一样抛弃了人世间的一切，跑到大山中的湖水边，亲手盖一间茅屋，然后每天生活在大自然的怀抱里。

很多作家向往梭罗的成就，希望自己能够像他那样写出伟大的《瓦尔登湖》。

可是，我们能够放下眼前的一切，跑到荒郊野岭中过日子吗?

古希腊的哲学家也曾经有著名的发问："我是谁？我从哪里来？我要到哪里去？"看来，哲学家也发现，自己做的不是自己。

也许有极少数的人可以做心目中的那个自己，可以放下父母，放下孩子，放下担当，独自一个人远行。但是，我不能。我相信，大多数人都不能。

我们绝大多数人都不可能成为自己心中想要成为的那个人。我们大多数都在扮演一个自己不喜欢，但是又必须要扮演的角色，在生活的河流中随波逐流。我以为，这就是我们说的担当，个人的担当，家庭的担当，社会责任的担当。

我一直都在努力担当的同时，小心翼翼地守护着心灵中的那个自己；我努力让自己负起各种责任，又把心中的自己打扮成一个光鲜的客人。我年轻的时候，就知道人有这样的双重性，因此从来也不回避这样的矛盾，而是努力驾驭这样两个角色。

其实，当我们到了中年以后，自然也就渐渐明白了，对于很多人来说，那个心中的自己，也许应该永远隐藏在那里，你走的是一条无法回头的路。你唯一的方向，是沿着原来的轨迹前行。

心　境

深秋，阳光明媚，人变得清爽而自在。其实，季节本身并没有什么改变，它们总是循着固有的节奏，周而复始地来临，改变的是我们的心境。

无论谁，都沐浴在这季节之中，即使你深陷逆境，你一样拥有深秋的阳光。

面对季节的变换，我想起古希腊神话中西西弗斯的故事。西西弗斯是科林斯的建立者和国王。他甚至一度绑架了死神，让世间没有了死亡。最后，西西弗斯触犯了众神，诸神为了惩罚西西弗斯，便要求他把一块巨石推上山顶。由于那巨石太重了，每每在他将要到达山顶的时候石头就又滚下山去，前功尽弃。于是他就不断重复、永无止境地做这件事——诸神认为再也没有比进行这种无效无望的劳动更为严厉的惩罚了。西西弗斯的生命就在重复这样一件无效又无望的劳作中慢慢消耗殆尽。

有人说西西弗斯是一个荒谬的英雄，他以全部的身心从事一种根本没有什么结果的事业，他的人生是一个巨大的悲剧。但是，如果让西西弗斯留在山下，让那块巨石留在山下，西西弗斯就是幸福的吗?

我们有很多人每天都像西西弗斯一样从事着枯燥无味的工作。

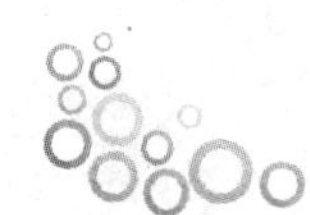

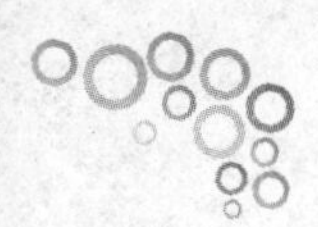

这个时候，思考和觉醒，就成为了人生的尺度和杠杆。在有的人心目中，西西弗斯的人生是一个悲剧，没有结果的努力有什么意义？而在有些人的心目中，他却是一个大无畏的英雄，他明知道这是自己的宿命，却依然毫不畏惧。

其实，我们每个人每一天都面临着西西弗斯这样的拷问。

没有一朵花会错过季节

我一直都相信，人世间和自然界的很多安排都自有深意。坐在宽大的窗户前，眺望着远山近树，一幕幕往事络绎不绝而来。我发现每一个发生了的故事，看起来是偶然的，其实都不是，它们的发生，有它的必然性。

年轻时的很多经历，甚至当时以为是将要让自己万劫不复的错误，今天再看的时候，竟然发现都变成了美好的回忆。甚至，有时候还会发现，如果没有当初的错误，就不会有后来的成功。

所以，当孩子从学校里打来电话，说他感觉自己遇到了一个巨大问题没有办法克服的时候，我总是这样说：孩子，等明天太阳出来的时候，你的问题就不存在了，你试试看。

很多时候，我为青少年朋友题词：时间可以让桑叶变成绚丽的锦缎。

孩子暑假的时候，妻子说：我们去杭州吧，去看那里的“三潭映月”和“苏堤春晓”，去感受“断桥残雪”。

我笑了，说：这三个景色，我们恐怕只能看到一个。因为，“三潭映月”只能在中秋看到，“苏堤春晓”是发生在春天的故事，而“断桥残雪”则是冬天里的风景。

想到这些的时候，我对生活和时间充满了敬畏，对于大自然的一草一木充满了敬意，对于人世间的每一个生命，都丝毫不敢怠慢，对于人生中的那些经历又充满了感动。

对于曾经的过失，我释然了，我明白了它们如同那些光鲜的经历一样是我生命的一部分；对于那些所谓的收获，我也没有那么在意了，我明白它们是我努力的水到渠成，没有什么值得骄傲的。

没有一朵花会错过季节，没有一颗小草不会发芽，每一个人都是大自然中的重要一员。

秋风起来了，我要去郊外的山岗。

敬畏之心

到了中年以后，无论是对于自然界的万物，还是人世间的一切，我越来越充满了敬畏之心。

我有一个朋友，曾经担任很高的职务，主管一个省的经济工作多年，我们常常一起参加一些活动。印象中，每次见面，他对我说的最多的一句话是："有什么事情说话，咱没有什么事情是摆不平的。"

那时候他在仕途上顺风顺水，春风得意，主管一个大省的经济工作，到哪里都是前呼后拥。但是，每当听他对我说这句话的时候，我总在想，他的话语中少了一份最重要的元素——敬畏，对权力的敬畏。

两年前，我的这个朋友因为本省最严重的一个金融经济大案而锒铛入狱，我多年的担心最终成为现实。毫无疑问，正是他的"无所畏惧"毁了他的大好前程。

一个人，在社会上，能什么事情都摆平吗？不可能。法律约束着每一个人，你身边的每个人都有一双明亮的眼睛，所谓天网恢恢，疏而不漏。

因此，当一个人以为自己可以摆平一切的时候，当一个人以为个人的能力可以左右一切的时候，也就是他万劫不复的开始。

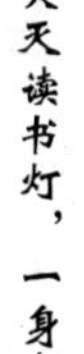

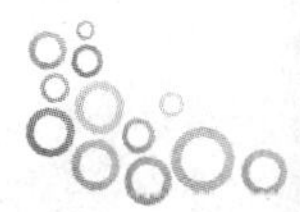

居住在乡下的院子里，清晨和傍晚我都会修剪、整理那些树木和花草。院子刚刚建成两年，树木也至多才两年的树龄。可是，让我惊奇的是，两颗枣树、四棵石榴树，都开花结果了，小小的枣树上结满了枣子，每一棵石榴树上都结了几十颗石榴。

面对这些树木，我内心深处对于大自然充满了神圣的敬畏。一颗树苗栽种到土地里之后，它们就在阳光和风雨中茁壮成长，结出丰硕的果实，这其中隐藏着多少我们并不知道的神奇密码呢？在神奇的大自然面前，我们的能力又有多少呢？

在乡间，常常遇见多年不见的人，小学的同学，儿时的玩伴，也有多年没有走动过的亲戚。几十年的光景，见面之后，看到大家都已经是两鬓斑白，最多的是对时光和岁月的喟叹。他们中的很多人都儿孙满堂了，岁月怎么这样快啊！

不论我们掌握了多少知识，都无法挽留时间的脚步。在岁月面前，我们很渺小。

一个在时间面前放纵自己的人，必定会一事无成。只有对时光充满敬畏的人，才会在岁月的河流中收获成功与希望。

我越来越感觉到，身边的每个人都有自己的长处，都有让我们敬畏的地方。

一个几年不见的同乡，突然间来造访，邀请我到他的公司喝茶。我去了，非常吃惊，公司有上百名员工，在济南很有名的一个写字楼里买下一层楼，办公设施也是一流的。我看得出来，他的事业做得很大。

而多年以前，在同乡圈子里大家都瞧不起他，认为他没有什么特长，不会做成什么事情。

多年以前就听说过李嘉诚与员工一起吃便饭以及弯腰从地上捡硬币的故事，我们从中看到的是他作为亿万富豪的敬畏之心。

每一分钱都来之不易，朱柏庐的《朱子治家格言》中的经典名句“一粥一饭，当思来处不易；半丝半缕，恒念物力维艰”，说的就是这个意思。

可是，我却越来越感觉当下的一些人忘记了对财富的敬畏，各种挥金如土让人痛心。

我常常想，当你对权力没有了敬畏之心的时候就一定会受到权力的惩罚；而当你对财富没有了敬畏之心的时候也同样会受到财富的惩罚。

敬畏之心，并不是要一个人面对困难的时候畏缩不前，也不是要一个人丧失人生的勇气和斗志，而是让你正确认识自己，清醒权衡自己的位置和重量，做一个清醒而理性的人。

只有我们对世界、对生活常怀敬畏之心，才会成为一个大无畏的人，才会成为一个游刃有余的人，才会拥有从容的人生。

艺术的天赋

我常常去看画展。每次欣赏那些作品的时候，我几乎都会发自内心地被感动。我总会隐隐感觉到，绘画作品中冲击着我心灵的那种美感，一直就埋藏在自己的心灵深处，画家们只是把我的感觉用他们的技法表达出来了，等待着我前来寻找。

因此我坚信，艺术是相通的，我们每个人内心深处都隐藏着一个美丽的世界，我们原本可以成为艺术家，或者说，我们本来都具有艺术天赋。只不过，大多数人还没有来得及挖掘那些艺术的细胞，就让尘世的生活把自己的艺术气质掩盖了。

其实，我们大家在很多地方都是相通的，本来可以毫无芥蒂地交流和相处，比如，童年时代，我们与所有的同龄人都可以友好相处。但是，成年以后，我们慢慢学会了掩盖自己的情感和好恶，掩盖自己的喜怒哀乐，学会了虚伪和作秀，人为地在自己与他人之间树立起层层壁垒和屏障，将本来活生

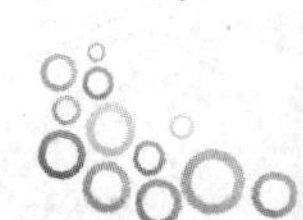

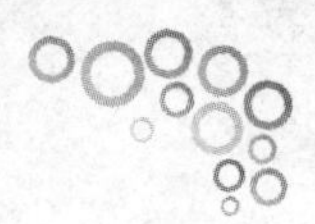

生的自己关进了冷酷的笼子里。

那么多的人生活在一起，本来可以和和美美，我们也都渴望那种发自内心的交流，盼望大家能够直抒胸臆，可是，我们自己却将自己变成了一个个孤独的人，不愿意拆除压在心中的顽石。

当我们看到孩子们无拘无束玩耍的时候，会无比羡慕孩子之间的赤子之心，可是，我们却难以做到了。

乡　愁

每次想起故乡，为什么我们会热泪盈眶？为什么那里的一座土丘，一方坑塘，一片树林，一段围子，一座陈旧的老房子，都让我们念念不忘？

每一次，不论在哪里，看到秋风乍起，看到夕阳西下，看到苍茫的暮霭，看到一抹袅袅的炊烟，遇到一个来自家乡的故人，都会在内心深处泛起浓浓的乡愁。那是因为这些唤起了我们记忆深处的美好情感，唤起了我们童年的天真烂漫。

不论走到哪里，也不论我们的事业有多么成功，我们的心灵往往是孤独的，总是渴望回归自己心灵的田园，回到那无拘无束的时光里。

更何况，想到故乡，就想到了母亲，想到了那些总是关心着我们的亲人，想到了那些一起玩耍一起嬉戏的伙伴，想到了童年的青葱岁月。而这些，恰是每个人心底的温暖情怀。

每一个走出了故乡的人，都无法回避总在心灵深处徘徊的淡淡的乡愁，任何一个坚强的汉子都会因此变得伤感和柔软。

当社会变得越来越浮躁的时候，更多的人渴望安静，希望在纷繁的环境中，找到一个可以让心灵安静下来的地方，修养身心。

可是，真正能够让自己安静下来的人是很少的，大家都在社会的大潮中随波逐流，一刻也不停地追求着名声、财富和利益，追逐着可有可无的东西。

叔本华说：“生存的形式是不安。”这句话成为今天我们生存状态的更加贴切的写照。我们每个人都或多或少携带了不安的情绪，在浮躁的生活中迷失了自己，都在寻找着属于自己的精神家园。

这就需要我们能够真正地安静下来，安顿好我们躁动的心。

不寒而栗

不要让自己为那些无关紧要的琐事奔波。这句话说起来容易，真正能够做到的人很少。

我们身边的每个人似乎都在忙。可是，忙什么呢？是那种让我们应该为之奋斗一生的事业吗？是那种对于我们的人生来说，可以改变命运的事情吗？是那种在我们的生命中具有建设性作用的工作吗？是那种我们感兴趣，我们十分热爱或者喜欢的事情吗？

面对这样的质问时，我相信有很多人会茫然无语。因为，审视自己每一天忙忙碌碌的事，我们会发现，大多没有多少实际的意义，这些事情与我们一生的事业无关，甚至，与自己的前程背道而驰！

这样的思考，会让我们不寒而栗。因为，我们发现自己浪费了多少大好的时光，浪费了多少宝贵的机会，做了多少早就应该放弃的没有意义的蠢事。

我们的一生，没有多少时间可以肆意挥霍。我们读书到二十多岁，六十岁以后就进入了老年，中间用来建设事业大厦的时光不过就是三十多年。如果二十多岁到三十岁之间再忙着找工作，忙着结婚，忙着生孩子，不知不觉间，算算时间，也就是二十多年了。

二十多年的时光，转瞬即逝。必须学会管理自己，学会梳理每一天，做

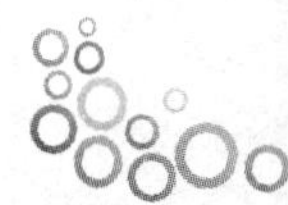

最有意义的事。只要事情是与一生的目标一致的，即便一点点微不足道的努力，也是在事业的大厦上添砖加瓦。

很多崇高的目标，分解到一天当中，都是微不足道的，不论是伟大的科学研究还是伟大的文学艺术作品，都是由一个数字一个数字累加，一个字一个字积累完成的。如果你为自己制定一个看起来很遥远的目标，一天天坚持做下来，你会发现，成功就会水到渠成。

如果冷静下来思考，我们不难发现，不论是有高学历的人还是没有什么专长的人，大家都可以放弃那些没有意义的琐事，找到自己的人生目标，每一天都为自己的人生目标而奋斗。

如果一个人的一生中每一天都拿出一定的时间做相同的事情，这个人一定会有大成就。毫无疑问，所有的杰出人士都是这样的，所有的成功者都是一往无前的人，都是为了自己的目标坚韧不拔的人。

事情并不复杂，只要大家去做。

做自己

发现、了解自己的长处和兴趣所在，并不是简单的事情。很多人一生都在从事着自己并不喜欢、并不擅长的职业。

有的人具有艺术天分，但是一生却在仕途上磕磕绊绊，最终一事无成，终老在一个小职员的位置上。有的人擅长经营理财，却恰恰去从事了与艺术相关的事业，结果，没有积累下财富，也没有什么成就。有的人酷爱研究历史，但是上大学却选择了建筑专业，一辈子在历史和建筑之间徘徊，结果可想而知。有的人擅长逻辑思维，却从事了要发挥形象思维的工作。有的人擅长形象思维，却从事了要发挥逻辑思维的职业。

每个人都具有一种或者几种与生俱来的禀赋是毋庸置疑的，这种禀赋是你天生感兴趣的，是你天生就喜欢的，更是你擅长的。如果我们在青少年时期就发现了自己的禀赋，无论读书还是工作都力求能够发挥自己的禀赋，你自然就走上了成功的坦途。比如，一个擅长理财的人从事了商业，一个喜欢艺术的人从事了艺术，一个爱好文学的人从事了写作，一个喜欢政治的人走上了仕途……

相反的是，如果一个喜欢艺术的人走上了仕途，大多会一败涂地。因为，一个艺术家的气质是张扬个性、无拘无束、不断创新、充满灵性的；而一个政治家则需要含蓄内敛，深藏不露，大智若愚。

因此，发现自己的长处，了解自己的秉性，是人生第一位的课题。只有选对了这个课题，你才能走上事业成功的康庄大道，而一旦选错了道路，你的人生道路必然会荆棘丛生。

我曾经在二十多岁的时候面临过这样的抉择。22岁时，我大学毕业分配到故乡的县政府给县长做秘书。面对这样的锦绣前程，确实是振奋了很久的。我甚至给自己制订了一个连轴转的工作计划。我是学中文的，自幼就做着作家梦，成为作家是我一生的梦想，但既然走上了仕途，就应该试一试，虽然不想放弃创作，但一切应以工作为先。机关里的工作是忙碌而凌乱的，突发性的工作随时都会发生，想找一段宁静的时间写作几乎是不可能的。白天几乎时刻都在县长的身边处理日常事务，夜晚也有很多时候是在会议室或酒宴上度过的。没有星期天和节假日，想在家里休息一天也不可能。我在那个位置上做了7年，其间，虽然创作的心没有死，但创作却只能是内心深处的一泓清泉，它鲜活地存在着，却无法流淌。可是那个让我付出了青春、精力和岁月的仕途呢？它给了我什么？

在一个夜深人静的夏日夜晚，我默默地走在熟悉的街道上，看着街旁一个个熟悉的窗口，我决定甩掉人生的包袱远行。

1992年，我辞去了秘书职务来到都市从事自己喜欢的写作事业，二十多

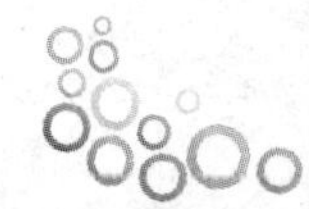

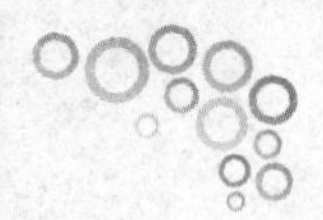

年过去了，我沿着这条与自己的禀赋完全契合的道路一路走来，终于实现了自己的梦想。

我常常扪心自问，假如当年没有循着自己的禀赋重新选择人生道路，而是任凭自己的心灵和理想在那个小县城里随波逐流，今天就不知是什么样子了。或许还是那个忙碌的，永远找不到自己位置的小干部，空有满腹理想，每一天都在那里怨天尤人。而今天，我可以自信地站在属于自己的土地上，自信地将一个个思索积累起来，构建起美丽的文学殿堂。

很多事情是不需要弄清楚的

人到中年了，总是会听到这样的议论：哪一位朋友混得怎么样，哪一位同学的人生道路本来可以有另一种走法，哪一位同窗如果不犯哪一种错误，也许就是一番大境界了。大家似乎总想弄明白一些事情，弄明白一个人，甚至弄明白我们所处的世界。

到了一定的年龄，有了一定的人生阅历，因此对人生有了很多感慨，这是正常的。但是，如果仔细想来，我们会发现，人世间的很多事情是没有答案的，很多事情没有办法说清楚，我们每个人的人生道路都充满了不确定因素。

人世间与大自然中的很多事情是不需要弄清楚的，弄清楚了，一切就都变了，变得面目全非，甚至，可爱的东西会变得狰狞可怕。

我们认为一个人是可以信赖的，就真诚地信赖他。我们认为一件事情是美好的，就不要心存怀疑。你发现一个朋友犯了严重的错误，你首先要做的，是帮助朋友走出泥淖，而不是喋喋不休地责备。

郑板桥先生的“难得糊涂”，几百年以来被很多人当作人生宝典，其实，也没有什么深奥的秘密，就是要求自己不要总想着弄清一切。以这样的心态处世，得到的自然是一份从容，一份悠闲，一份轻松。

心灵的出口

一家精神救治中心邀请我去与病人座谈交流，希望我以一个作家的视角帮助病人找到心灵的出口。

参与座谈的病人中有高级知识分子，有一般工人市民，也有没有文化的文盲，他们共同的特征是，似乎都认为自己已经被生活逼得没有活路了，自己已经被世界和生活抛弃了，已经被家庭所不容。

其中有一位大学副教授，他的专业是考古。因为评正教授落选，于是认为学院的领导们对他有不好的看法，评委们认为他是不学无术之徒，然后他就开始怀疑自己的处世能力和专业能力，甚至开始抱怨当初让自己选择了这个枯燥无味专业的导师。因为这个专业的关系，自己不会处理生活中的很多事情，生活能力越来越差。这样想下来，他渐渐难以走出自己的思维，天天自言自语，最后以致连研究也进行不下去了，起码的生活也不能自理了，进入这家精神救治中心。

座谈期间，我一直都在耐心地倾听他们的心灵之声，了解他们每个人的心路历程。最后我告诉医生，如果让他们继续在病室中不断思考下去，病情不仅不会减轻，而且会加重，应该让他们到生活中去，到大自然中去。

因为，我也有与他们相同的遭遇。当我遭受了生活的挫折时，我也有过与他们一样的情感起伏，有过与他们一样的思想状况。可是，与他们不同的是，我总是又及时找到了心灵的出口。

每当我因遭受了陷害、怀疑、误会而不快乐的时候，就一个人开着车去郊外的旷野，去宁静的山坡，去安详的湖边。在这样的环境中，看随风摇曳的稀疏的丛林，看自由飞翔的快乐的小鸟，看宁静中泛着微微波澜的湖水，

我总是会突然间产生这样的想法：世界一切如旧，并没有我想象得那样糟糕，生活并没有不可救药，一切都还来得及。

或者，当我感觉自己束手无策、走投无路的时候，我就努力让自己忘掉这件事情，重新开始做另一件事情，重新开启新的生活。

我感觉自己与那些病人之间的交流产生了一定的效果，因为我从他们的脸上看到了获得理解的宽慰。

我告诉他们，其实，他们遇到的问题，大部分人都遇到过，这样的遭遇就如天空有晴空万里也有暴雨闪电一样正常。难道我们不相信晴天之后会有阴天，暴雨之后会有彩虹吗？

我单独与那位副教授进行了深入的交谈。我问了他几个问题：你们学院还有比你年长没有评上教授的吗？你的孩子现在学习怎么样？你的学生对你的讲座认可吗？你故乡的同龄人，你的伙伴们现在的生活怎么样你知道吗？

这些问题，立刻让副教授兴奋起来，他的眼睛中闪现出晶莹的光亮。他说，他们学院还有几个比他大几岁的副教授没有评上教授，他的孩子正在读高三，是年级里的尖子生，他是故乡村子里唯一的大学生，始终是故乡的骄傲和荣耀，是故乡父母教育孩子的样板。他在自己的学生们中更是享有很高的威望，是学院研究甲骨文的权威，只要他讲课的时候，台下常常是座无虚席。

说完这些，我发现他陷入了沉思。很久，他主动告诉我：是啊，我是很幸运的一个人啊，我也是很成功的一个人，怎么到了这步田地呢？

我告诉他：你是很幸运的一个人，只不过，你的更高的目标把你的幸运和光芒遮蔽了。

副教授豁然开朗。那天中午，我邀请他去一家咖啡馆聊天。后来，他重新回到了学院，重新开始了自己的生活和研究，我们成为了无话不谈的朋友。

生活中的很多事情，其实你知道错了就已经是新生活的开始了；只要你学会做取舍，就不难发现希望与成功其实就在你身边。

总有一个目标召唤着我

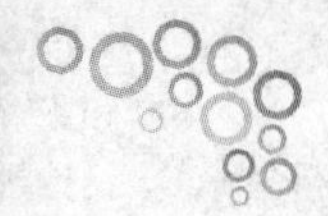

心在路上

我一直在路上。

最近的一些日子，我一直在行走中。

我有大段大段的时间居住在故乡的梅园里。我在故乡生活了接近20年，幼年、小学、中学的时光都是在那里度过的。考学出来后，到了城市里。毕业分配到了故乡的县城，不久又到了大城市里继续奋斗。

可是，人到中年，在城市里打拼了20多年以后，突然间想念起我的故乡来，想那里的枣树林、荷塘，想村子周围可以爬上去登高望远的海子墙，想那里的沟沟壑壑，想那里的人和故事，想那里的一草一木。

几年前，我用一个春天的时间，在故乡建了一个很大的院子，我给它起了一个名字，叫梅园。我喜欢梅花，爱人的名字中也有一个梅字。

有了梅园，我就常常回去居住，有时一两天，有时三五天，有时甚至半月之久。

间隔了20多年的岁月一下子就消失了，我的记忆，没有什么缝隙地衔接起来了。乡村里质朴的音乐，细腻的婚丧习俗，街巷里树梢上的月光，都回到了我的视野里。

白天，我去乡亲们家里串门儿，看看村里的老人和孩子，看看他们的生活，也到田野里看乡亲们劳作；夜晚，邀请小时候的故旧到我的梅园里来喝茶，拉家常，听他们讲他们自己的故事。

乡村里的一切，都让我陶醉。

因为一篇作品获奖，要去深圳领奖，我便顺道去了广州和深圳。到了广州自然要去珠江两岸，去看广州最高的建筑——广州塔，去看最繁华的街道——上下九商业步行街。可是，珠江两岸璀璨的夜色与广州塔的雄伟都没有留住我的脚步，我的目的地是中山大学。那里是我崇敬的学者陈寅恪最后生活工作20年的地方，陈寅恪在那里著书立说，在那里享受国士的待遇，也在那里遭受了“文革”的摧残，度过了自己最后的时光。

我想去那所校园里感受陈寅恪的气息。在校园里，我问了6个不同年龄段的人，6个我看起来像学者、教授或者研究生的人。我向他们打听陈寅恪当年居住的小楼，打听陈寅恪的一些信息。遗憾的是，没有一个人知道陈寅恪。他们对陈寅恪一无所知，他们不知道一代大师曾经在这里工作和生活，他们不知道陈寅恪曾经是中山大学的骄傲和自豪。

我并没有为陈寅恪在中山大学人心目中消失而悲哀，毕竟过去了已经接近半个世纪。

我带着在中山大学的遗憾，从广州越过虎门跨海大桥去了深圳。用任何词汇，都难以形容虎门跨海大桥的雄伟。但是，看到“虎门”两个字的时候，我立刻想到了当年林则徐在这里掀起的焚烧鸦片的壮举。

到了深圳，下榻在东部华侨城具有异域情调的茵特拉根小镇，徜徉在仙境一般的小桥流水之间。这里之前还是贫穷落后的沿海渔村，而如今，却已经可以与世界上任何美丽的风景相媲美了。

深圳人在最醒目的广场上，为邓小平塑了巨幅雕像。我在那座雕像前留了影，对这位改变了中国的巨人充满钦佩。

深圳的朋友安排我住在了雕像附近的高楼上，透过房间的窗户就可以望见香港。我想象着当年邓小平站在这附近的某一个高楼的窗户前眺望香港的情境。他的愿望最终成了现实。他用自己的智慧，改变了中国。

又回到了我生活的城市，重新坐在宽大的书房里，但是，我的心，依然在路上。

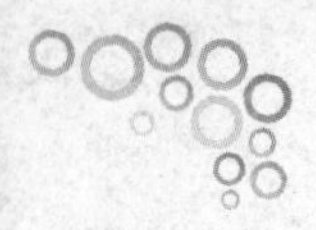

总有一个目标召唤着我

回故乡参加同学母亲的寿宴，见到了很多多年未见的同学故旧。他们大多没有离开故乡。大家对我这个在外漂泊了20多年的朋友多了一份关心，也多了一份好奇。很多人问我：还打算回故乡吗？在外面总是多了一些艰难和风雨，是什么力量一直支撑着你前行？还有人问：年轻的时候，在故乡工作前程也是很好的，大家可以互相照应，为什么突然一个人离开，选择到外面打拼？

我这样回答：从年轻的时候开始，我就一直感觉，有一个很遥远的目标一直召唤着我。而我也一直相信，人世间有很多路一定要一个人单独去走；有很多时候，是需要单独去面对的。

而支撑着我的力量，一直存在于我的内心深处。这是一种对未来、对远方的神圣的渴望，我渴望自己能够在远方找到一个神秘宁静的世界，那里不但水草丰美，而且人文环境好，我可以充分发挥自己的聪明才干。那里还有很多神交多年的志同道合的朋友。

这么多年了，我依然在当初选定的文学之路上艰难跋涉着。每当我经过一段时间的摸索到达一个平台的时候，就又会不停歇地选择了前行。因为，这个时候我看到了远方更加美丽的朝霞。

而一路上经过的那些艰难困苦，都变成了我的经验和宝藏，使我更加坚韧和强壮。

我说了这些以后，朋友们还是有很多疑虑，大家问我：那个目标究竟在哪里？如果你一生都到不了那里呢？

我说：那个目标永远在我生命的远方，我已经若干次到达它的身旁，但是，当我接近了它的时候，它又攀上了另一个山岗。

总有一个目标在远方，每一次的峰回路转，都是一片奇美的风景，我这样告诉朋友们。

夕阳西下

每个人的心灵深处，都有一抹挥之不去的淡淡的乡愁。

乡愁在什么时候占据了我们的心田？它从我们离开母亲的怀抱，走进学堂的那一刻起，就如一粒种子，在我们的灵魂深处开始生长了。

我们离开故园后，乡愁就如一根绵长的线，越来越长，渐渐成为心灵深处的一坛陈年老酒。

其实，当我们渐渐年长就会发现，乡愁不仅是思念故园的情怀，还是对已经消逝的难忘经历的眷恋，对于蒙昧孩提时代的记忆，还有一种隐隐的对国家民族历史的向往。

这些情怀，当我们每天沉浸在自己的生活节奏中的时候，它们隐藏在心里暗暗发酵。夕阳西下，当我们身处羁旅，孤独漫步，或者孤立无援的时候，脚下的弯曲小路，天空的一片浮云或一对飞鸿，眼前的一丘山岗或一方荷塘，远处的一片树林或散漫的羊群，都变成了浓郁的乡愁，瞬间就弥漫在我们心中。此刻，如果你是诗人，必然悲从中来，吟诵出一首充满乡愁的诗。如果你是普通的行人，也必然会生出万般的凄凉和哀愁，甚至会生出无边的惶恐。

说到乡愁，人们首先会想到台湾作家余光中的《乡愁》："小时候 / 乡愁是一枚小小的邮票 / 我在这头 / 母亲在那头 / 长大后 / 乡愁是一张窄窄的船票 / 我在这头 / 新娘在那头 / 后来啊 / 乡愁是一方矮矮的坟墓 / 我在外头 / 母亲在里头 / 而现在 / 乡愁是一湾浅浅的海峡 / 我在这头 / 大陆在那头。"

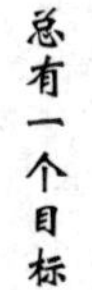

这首诗，以一生的时间跨度为主线，先是以一个游子的情怀抒发自己对

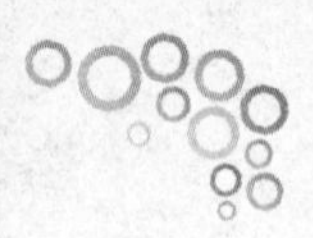

故乡家园，对母亲的绵绵思念；随着时光的演进，诗人最后把思念故乡、思念亲人的情感升华为思念故国、怀念祖国的伟大的民族情怀。由此突破了一般平庸狭窄的思乡局限，具有了厚重沧桑的历史和民族情怀。

台湾作家席慕容的那一首《乡愁》，也写得情意绵绵，意兴阑珊："故乡的歌 / 是一支清远的笛 / 总在有月亮的晚上 / 响起 / 故乡的面貌 / 却是一种模糊的怅惘 / 仿佛雾里的 / 挥手别离 / 离别后 / 乡愁是一棵没有年轮的树 / 永不老去。"

席慕容先写像笛子一样清新悠远的乡音，接着写乡情像迷雾一样让人留恋和怅惘，最后用"永不老去"来表达乡愁在游子心中的永恒。相比余光中的乡愁虽然看似单薄了一些，却依然写出了乡愁的深邃与悠远，写出了乡愁是每个游子心中不灭的惆怅情怀。

唐代诗人崔颢那首著名的《黄鹤楼》在余秋雨先生的散文名篇《乡关何处》中再次被提及："看来崔颢是在黄昏时分登上黄鹤楼的，孤零零一个人，突然产生了一种强烈的被遗弃感。"

这意境中的昔人、黄鹤、白云、萋萋芳草、日暮、烟波、江河，恰恰都是引来万端乡愁的情境，一位才华横溢的诗人，面临此情此景，就会产生这样的千古绝唱！

诗人从远古的传说开始，联想到千载飘荡的悠悠白云，看到隔江相望的汉阳城，目及江心小岛上的萋萋芳草，用吊古来思今，一个诗人游子的无边乡愁和失意情怀绵绵而来。

面对这样的杰作，李白也发出了"眼前有景道不得，崔颢题诗在上头"的感慨。

即使一个人一生没有离开过故乡，他的内心深处也依然有自己淡淡的乡愁，这种情怀会在一个不期而遇的黄昏，一个偶然的朋友聚会，一个淅淅沥沥的雨天蓦然来访。

而我们这些离开了故乡的人，更是难以拒绝绵绵不绝的乡愁。在我们失意、孤独的时候，它就会出现在眼前，给我们带来温暖，也给了我们无边的惆怅。

师徒盟约

漫画家、散文家丰子恺与恩师弘一法师的《护生画集》盟约，可以说是一个持续了几十年的师生佳话。丰子恺用毕生精力坚守的这个盟约，即使在已经过去了几十年之久的今天，依然让人怦然心动，心生敬仰。

丰子恺是我国新文化运动的启蒙者之一，是受人敬仰的漫画家、散文家。他的绘画作品、文章在几十年沧桑风雨中保持一贯的风格：雍容恬静，其漫画更是脍炙人口。早在20世纪20年代他就出版了《艺术概论》《音乐入门》《西洋名画巡礼》《丰子恺文集》《丰子恺散文集》等著作。一生出版的著作多达180多部。

1914年，丰子恺考上了浙江省立第一师范学校。在这所学校里，丰子恺结识了对他一生产生了重大影响的老师李叔同。李叔同不仅给予了丰子恺音乐和美术上的启蒙，也在为人处世上为他做了榜样。李叔同出家后，丰子恺也追随恩师皈依佛门，做了弘一法师的弟子。

李叔同是“二十文章惊海内”的大师，集诗、词、书画、篆刻、音乐、戏剧、文学之大成于一身，在多个领域开中华灿烂文化艺术之先河。1918年8月19日，李叔同在杭州虎跑寺剃度为僧，从此皈依佛门。

1928年，弘一法师50整寿。为了恭贺恩师寿诞，31岁的丰子恺别出心裁地想出一个点子，画50幅画组成《护生画集》，请恩师在每一页上题字。师生共同完成画集之后，他又对恩师说，自己还要画《护生画集》第二集，那将是60幅作品，祝贺恩师的60整寿；然后，每十年增加一集，第三集70

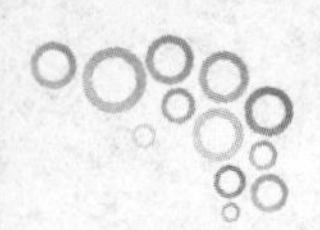

幅，祝贺恩师70大寿；第四集80幅，祝贺恩师80大寿；第五集90幅，祝贺恩师90高寿；第六集是100幅，祝贺恩师百岁！

也就是从1928年开始，在丰子恺的心中有了这个神圣无比的盟约，这是一个心灵的诺言，他以此向恩师，也向世人表达自己对恩师的尊敬与钦佩，这也是他请恩师指点的契机。

1931年冬天，弘一法师刚过50岁不久，敬师心切的丰子恺已经提前完成了第二集60幅作品的《护生画集》。弘一法师非常高兴，在每一幅作品上题了字。而《护生画集》也成为当时画坛的一时盛事。

可是，十多年后，当丰子恺准备要画第三集以为恩师提前庆贺70大寿的时候，让他敬仰的恩师却溘然长逝，享年63岁。

悲痛欲绝的丰子恺在痛悼恩师的同时，没有忘记那个盟约。他决定坚持画完当初约定的全部六集《护生画集》。因为恩师63岁便遽然离世，丰子恺的心中也隐隐多了一分担忧，他担心自己不能再按照原来十年画一集的计划按部就班地画了，要抓紧时间，趁自己身体还好的时候完成夙愿，不能给师生的盟约再留下遗憾。

弘一法师在世的时候，丰子恺把《护生画集》看成是送给恩师的寿礼；弘一法师圆寂之后，他把它看成是对恩师的怀念。丰子恺没有给自己和恩师留下遗憾，他提前画完了全部作品，在恩师百年冥寿的时候，人们不仅看到了100幅作品的第六集《护生画集》，还看到了全部六集作品。唯一的遗憾是，后来的四集没有了弘一法师的题字。而此时，丰子恺也已经离世四年了。

坚守一个盟约，贯穿了一个人的一生。这是常人无法企及的承诺，其中有生者的遗憾，有逝者的欣慰，更有万般的苍凉与辛酸。今天的我们看这个故事，得到的，是对生命苍凉与那份坚守的温暖的感慨。

义无反顾

我曾与诗人桑恒昌聊天。他对我说：一个杰出的诗人，就应该义无反顾地一头走到黑，然后继续再往黑处走。

我说：我也一直这样认为。我常常对青年朋友说：我一直以来都坚信自己是走在赶赴盛宴的路上，远方有一场盛宴正等待我的光临，我没有时间停下来半步，也没有时间旁顾左右，更没有时间等待他人的认可与赞同。

我们为观点的共鸣击掌而庆。

如果我们有一个远大的目标，面对世间的各种境遇，就应有一颗平静的心。世间总是有很多无可奈何的安排，总是有很多让我们措手不及的际遇，总是有很多令人心碎的结局，总是有人欢歌有人哭。

只是，我们要记住，不论处于什么境地，都别忘了细细端详那些我们经历过的欢喜与悲伤。因为，那些经历，都是命运给我们的宝贵财富，它们会伴随着我们一路前行，成为我们人生路上照亮前程的灯光。

每次单独驾车远行，一个人奔驰在苍茫辽阔的山川之间，总会不自觉地用一颗悲悯的心回忆过往。很多时候，那些突然而来的感伤会使我无法驾驶车辆继续前行，不得不停下来，伏在方向盘上让泪水尽情流淌。

那些美好的经历让我感动，那些悲伤的经历让我感伤，它们已经成为我温暖的力量。

甚至，那些曾经让我怅惘伤怀的别离，已经成为了一种美好的记忆，那些细节闪耀着动人的光泽。那些曾经让我痛苦不堪的挫折，都成为了生命中不可缺少的一部分，它们像挺拔的山峰，耸立在我人生的路上，指引着未来的方向。那些曾经让我愤恨恼怒的中伤，那些曾经让我耿耿于怀的失败，更是都成为了促使我获得成功的“财富”，不断指引我探索新的方向。它们都在

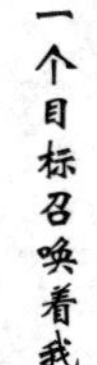

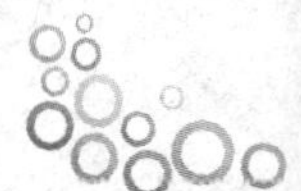

明媚的阳光下，欢快地沿着原野的小路，络绎不绝而来。

对于一个有远大抱负的人来说，最需要的是自信。这种自信非常重要，因为正是这种一往无前的自信，给你前行的力量，让你在遇到困境时无所畏惧。

可是，很多人总是犯低级错误，明明是正确的人生选择，却总想得到更多人的认可，甚至想得到所有人的认可，包括那些很平庸的人、对自己不怀好意的人的认可。所以，我们常常会在生活中看到这样的情形：某些人为了得到别人的认同，停下脚步，不厌其烦地向别人解释。

结果显而易见，不仅耽误了行程，也贻误了很多机会。很多人，不愿意相信你，无论你怎么努力解释，人家依然无动于衷。

其实，你自己选择的适合自己的人生道路，为什么非要得到他人的认可呢？难道他人的认可能够为你带来什么帮助吗？

一切都要依靠自己，没有人会为你拭去失望的泪水，也没有人会在关键的时刻助你一臂之力。同样，当你站上成功之巅的时刻，也没有人能够分享你成功的喜悦。

努力做一个思考者

我们要努力做一个会思考的人。

印度的伟大诗人泰戈尔与黎巴嫩诗人纪伯伦并称为“站在东西方文化桥梁的两位巨人”。泰戈尔这样告诫我们：“一心想增加自己力量的人，会忽视其他任何东西，和自己相比，世界上其他东西都是不真实的，因此，人类必须从个人的私欲的束缚中解脱出来，我们必须进行这种修炼，承担社会的义务，分担同胞的负担。”

对于一个人来说，谦逊和自知十分重要。杰斐逊是第三任美国总统，同时也是美国共和党的创始人。晚年，杰斐逊总结自己的一生时说，自己一辈子只做了三件有意义的事：弗吉尼亚州的宗教自由法案、《独立宣言》和创建了弗吉尼亚大学，对于创立共和党以及担任美国总统只字未提。他这样告诫人们："不要因为别人相信或者否定了什么东西，你也就去相信或者否定它。上帝赠与你一个用来判断真理和谬误的头脑，那你就去运用它吧。"杰弗逊的谦逊丝毫没有降低他在美国人民心目中的分量，林肯这样评价他："美国的每一个政党，都尊杰斐逊为它的导师。"

在我们这个世界上，成就之大如杰斐逊者并不多。面对这样一个谦逊的人，相信会让很多不遗余力地为自己树碑立传的人汗颜。

如果要成为一个杰出的人，你必须每日都不懈怠。德国哲学家尼采是西方现代哲学的开拓者，他的哲学思想深刻影响着一代代哲学家、思想家和艺术家。他总是这样告诫那些懈怠的人："每一个不曾起舞的日子，都是对生命的辜负！"

生活本来就是不公平的，有人出生在富贵之家，生下来就成为掌上明珠；有人出生在贫寒之家，生下来就伴随着饥饿。理解了这些之后，就要学会适应它，努力改变它，而不是一味地抱怨和责怪。

生活并不在意你的自尊，你必须在自我感觉良好之前取得足够的成就，你的自尊才会得到承认和赞同；否则，就是自讨苦吃的虚荣。

时刻都要善待那些让你讨厌的人，因为说不定哪一天你就有可能为这个人工作。世界上没有绝对的坏人，让你讨厌的事情和个性，也许正是人家的优点。我们都不真正了解自己，自己的很多缺点都被自己的习惯悄悄掩盖了。

机遇只给有准备的大脑，财富只给付出努力的双手。但是，在生活中，那些做白日梦的人总希望天上掉下金饼子砸到自己。

著作因其思想性而流行。现在有很多作家出了很多书，他们都希望自

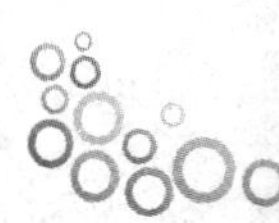

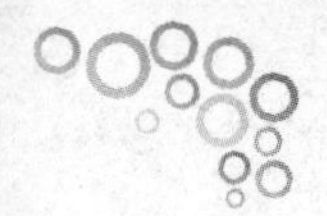

己的著作能够传世。其实，能够传世的，是思想。英国作家培根的著作并不多，但是，他薄薄的一本论人生的书却始终在全世界流传不衰。他说："在人类历史的长河中，真理因为像黄金一样重，总是沉于河底而很难被人发现。相反的，那些牛粪一样轻的谬误倒漂浮在上面到处泛滥。"

森林的神秘和美丽在于它的丰富多彩，它广博的包容性，百鸟争鸣，百花齐放。因此，我们的世界不能只有一种声音，不能只有一种色彩，这样不但会使我们的生活单调困乏，而且会扼杀很多极其宝贵的人类智慧和思想。这时，就应该有人站出来，担负起唤醒的责任。

引导一个民族进步的，永远是伟大的思考者。

漫不经心

生命中有很多十分贵重的东西，会因为我们的漫不经心而轻易丢失。

比如婚姻。婚姻是什么，婚姻其实就是一个男人与一个女人在漫长人生旅途中相伴而行。因为婚姻，人生有了殷殷的守望，有了难以割舍的依恋，有了生生死死的意义。可是，有的人因为种种思想的误区，一生都没有走进婚姻；有的人走进了婚姻，却把婚姻搞得乌烟瘴气，不久又离开了。

我们身边，大多数人都拥有一份婚姻。可是真正明白婚姻真谛的人并不多，不少人的婚姻成为了一种形式，甚至是一种负担。所以，每当提起婚姻的时候，总是唉声叹气，一副不堪重负的样子。

如果我们明白了婚姻的意义，心境或许就全然不同了。

有人说婚姻是一种责任，有人说是一种需要，这都不正确。婚姻是你人生旅途中的港湾，在人生路上给你温暖；是你困难时的帮手，在你孤单时供你依恋。

我有一次漫无目的地在街上闲逛，突然间看见了一个从远处慢慢走来的女人。她穿着很华丽，飘飘的衣袖，瀑布一样的长发，明媚的脸庞上有一双流连顾盼的眼睛。

我停下脚步注视了很久，直到她消失在街道的尽头。

世界上有很多不经意的风景，每一个女人，都有动人的地方。

每当一些相熟的朋友聊天的时候，总是会听见有这样的感悟：总算看透了，当初自己太幼稚了，当年怎么那样轻易就相信了呢？

其实，在年少的时光里，我们每一个人都曾经信仰过一些东西，曾经膜拜过一些东西，曾经为一种东西甚至可以抛头颅洒热血。

可是，那就错了吗？没有，那没有错。一个年轻的心灵，如果没有过英气勃发的冲动，没有过坚定不移的信仰，没有过赴汤蹈火的壮志，我们的世界会是什么样子呢？

而且，当我们年长以后，成熟起来了，这样的感觉仍然不应该轻易丢失。因为正是这样的感觉，当年才让我们的生活激情澎湃，才会让我们保持年轻的心态、旺盛的斗志。如果我们没有丢失这些东西，即使老了，我们也不会颓废，不会消沉，我们的生活依然还很有意思。

一次郊游的中午，我在路边看到了一位卖核桃的老太太。她穿着很随意，头上是几缕稀疏而散乱的白发，脸上爬满了皱纹，面色黝黑。她面前就一小筐核桃，大约十几斤的样子。

看到她，我想到了母亲。我想，她也许应该有儿子吧？那么，她儿子为什么让她在寒风阵阵的旷野路边卖核桃呢？也许没有儿子，或者也没有了老伴，就剩下她一个人孤苦无依。

我把车停下来，带孩子下车买核桃。我把核桃都买下来了，老人把她亲手编织的草木筐子也送给了我。

老人卖完了核桃，向附近山坡上的一个村子走去了，我开车继续自己的行程。

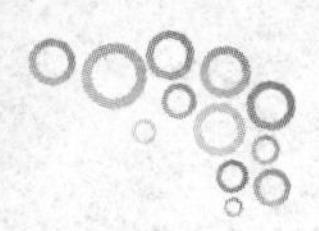

老人眼神中的沧桑和期待让我怦然心动，生活中很偶然的际遇都有生命的深意，老人家一定因为我买走了全部核桃而有了一个愉快的下午，而我们一家也因此有了一次完满且愉快的旅行。

无论富贵还是贫穷，我们都不能丢失善良。

时间像刻刀一样留在眼前

我的阳台前面就是一条繁华的街道，站在阳台上看过往的行人，总会引起我无边的遐想。有时看到一群群孩子嬉笑着追逐奔跑，有时看见一个年轻人匆匆前行，有时看见一对年老的夫妇相互扶持着慢慢走过。我总是用目光送他们远去，而心中却升起对时光的敬畏。这就是时间啊，时间并没有随风远去，而是就这样行走在我们的目光里。

时间消失在岁月深处了吗？没有，时间像刻刀一样，留在我们的记忆里，留在我们的眼前。

人到中年了，你还走在年轻时代选择的路上吗？你还在坚持最初的梦想吗？很多人放弃了，随波逐流。所以，在某一天，见到多年未见的朋友和故旧，看到人家取得了非凡的成就，光鲜地出现，被众星捧月，心里就会想：这些年没有见，人家怎么坚持下来的？

很简单，时间被你轻易地放逐了，多少年过去了，你依然两手空空；而人家却把时间镌刻成了永恒的风景。人总要有一种坚持。

小区内住了很多住户，大家都搬来很多年了，渐渐地就都互相熟悉起来了。有人家办喜事，也有人家办丧事。有的人家喜添子孙，也有的人家发了大财搬到附近的别墅区。有时楼上的人家半夜里突然传出来吵架摔东西的声音，也有的人家一直都安安静静的。

夜晚来临，华灯初上，空气中渐渐弥漫起夜来香的清香。

我常常想，世界的每个角落里时刻都在上演着不同的人生故事，每个窗口里都发生着不一样的喜剧或者悲剧，而这，就是我们的尘世，就是时刻行进着的时间啊。

傍晚的时候，一对白发苍苍的老人拿着一个很大的相框从街上回来。他们把相框给经过的人看。那是他们 50 年金婚的纪念照。他们得意扬扬地说，一辈子没有正式照过相，这个年龄了孩子们非要我们照相不可。他们的语气里，有怪罪孩子的意思，但更多的是情不自禁的喜悦。

我家里也有很多照片，有过去的老照片，也有很多现在的数码照片。有学生时代青春勃发的纪念，有到各地旅行的记录，也有各种特定场合的合影。

没有什么能比照片更确切真实地记录时间的痕迹了，在一张张不同时期的照片面前，时间无声地诉说着人生的成功和失败，诉说着人生的喜怒哀乐，也记录着生命的轨迹。

春节的时候，参加了几个朋友的家庭聚会。朋友家的儿子因为在外地上大学，接着又读硕士和博士，所以有七八年没有见了，他留给我的最后印象还是一个稚气未脱的少年。这次春节聚会他参加了，全然没有了我记忆中的模样，不仅已经完全长成一个成熟的男人，而且能够对国家时局、对人生未来侃侃而谈，常有真知灼见。

我以一种全新的目光看着他，认真地倾听他的话语，为孩子的成长和进步满心欢喜。

我的孩子已经 17 岁了，我把他各个年龄段的照片收集到一起。看着孩子从襁褓中的婴儿渐渐长成一个英俊帅气的大小伙子，我第一次感到，只要有心情，我们就可以让自己的记忆暂时停留在一个地方，让自己一次次享受生命的甘甜和美好。

而这一切，都是时间的恩赐。

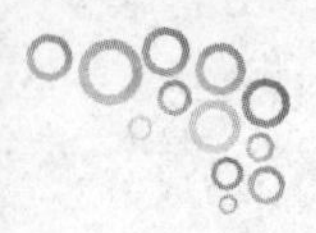

无论成功还是失败，多病还是健康，或者曾经历过多少坎坷与磨难，我们都应该以一种平静的心态，像观赏绽放的花朵一样欣赏自己的人生。时间像一把刻刀，把这些镌刻在了我们的生命中。

弥补自己的短板

我们总是过多地考虑别人心里在想什么，喜欢仔细地琢磨他人的感受，却很少关注自己的内心。

其实，一个人如果总在刻意地琢磨他人，想着迎合他人的爱好与感受，会把自己搞得十分疲惫。

这个世界上，每个人都是不同的，每个人都有自己独特的秉性，独特的爱好和兴趣，都有与别人不一样的专长。有的人善于交际，有的人喜欢谈论别人，有的人热衷于表面文章，有的人沉默寡言，有的人十分健谈。有的人忠于职守、善良热心；也有的人虚荣贪婪，忘恩负义。有的人总希望帮助别人，也有的人总是狗眼看人低。

每天清晨走出家门，都要面对形形色色的人，怎么去琢磨？对每个不同的人，难道都要花费心思去迎合他们吗？如果是这样的话，我们就会消失在他人的影子里，一会儿成为这个人的翻版，一会儿成为那个人的复制品，就像一个刻板的木偶道具。

也许有人会问，当见到那些取得了杰出成就又有着优秀品质的人时，难道不应该向他们学习吗？

是的，这毫无疑问。孔子说："见贤思齐焉，见不贤而内自省也。"孔子的意思是说，看见德行好或有才干的人就要想着向他学习，看见没有德行或才干的人就要反省是否有和他一样的错误。

其实，孔子说的"三人行，必有我师焉。择其善者而从之，其不善者而改之”也是这个意思。几个人同行，其中必定有我的老师。我选择他们好的方面向他们学习，看到他们的缺点，就对照自己进行反省，检视自身是否存在相同的问题。如果有，加以改正。

这是我们修身的根本所在，也是强调要关照内心的核心。思考自己，关照自己，发现自己的长处和短处，才能在看到那些杰出的人时学习人家，拿来弥补自己的不足。

不迎合他人，努力学习他人的长处，不断改进自己的短板，你就是一个独特而不断进步着的人了。

故乡的坑塘

带孩子在故乡度假。

有几个小孩从门口经过，带着小渔网，说是村北“翻坑”了。

在城市里长大的孩子不明白“翻坑”的意思是什么。其实，“翻坑”就是说坑塘里的水被抽干露底了，可以抓鱼去。

孩子从来没有见过这样的情景，我也是多年没有见过了。于是立刻带了一个小水桶，找了一个小网子，沿着街巷直奔村北。

村北的坑塘，是村里最大的一片坑塘，方圆有上千米，小时候是我们常去玩耍的地方，夏天洗澡游泳，冬天滑冰，而且印象中很少干坑过。记忆中，我在故乡生活的18年里，这片坑塘真正“翻坑”也就是三五次。因为面积大，水也深，每次都是用抽水机抽很多天才能把水抽干。快抽干的时候，鱼露出头来，村里组织人把大鱼逮上来之后，那些小鱼小虾就留给孩子们了。每当这样的时候，村里的孩子们都会到坑塘里去逮鱼，也经常会有一些大人逮剩下的大鱼被孩子们逮上来。

每当这样的时候，村里就像有盛大的节日一样热闹，中午和晚上，几乎

每个家庭都会飘出炖鱼的香味。

带孩子赶到的时候，坑塘里已经是满满的人了。这里基本还是我记忆中的样子，只是面积略小了一些。17 岁的孩子平生第一次见这样的情景，我看得出来，他几乎被眼前满坑塘黑压压的孩子们镇住了，孩子们不仅衣服上都是污泥，脸上、头发上也是污泥，看不出面容，都在那里低头捞鱼。不时有小孩子喊："逮住一条大的。"然后，就把鱼送到岸上来，交给自己的家人，随后再回到污泥里继续。

我们没有下去，一直看到天黑。

乡亲们送给我们一条大鱼和一些小鱼。回到家，孩子兴致勃勃地说："这么原生态的情景，真是难得。"

很多年了，我们已经见不到过去岁月里原生态式的生活场景，见不到四季流淌的河流，见不到这种原始的捕鱼方式了。

村前的小河已经干枯了，即便是雨季，水流也不是很大，完全没有小时候那种夏天可以游泳、冬天可以滑冰的情景了。

我们已经很久没有仔细聆听鸟鸣声、认真欣赏野花、倾听大风从树梢刮过的声音。我们已经习惯了那些看起来精致的人造景观，忘记了大自然给予我们的那些一直存在于我们记忆中的美好。

我很高兴故乡的土地上依然保留着这样一片童年记忆中的坑塘。村里人告诉我，因为坑塘在村北，而我们村这些年一直是往靠近公路的村南发展，所以这块坑塘就保留下来了。如果坑塘是在村南，恐怕早就被填平建房建厂了。

我去过很多地方，印象中原生态的大自然面貌少之又少。我想，不论社会发展到哪一步，我们都应该给后代留一座山，留一片水，留一条河，留一棵树，让子孙能看到大自然本来的面貌。

机　缘

我一直相信，人生总是会遇到很多机缘的。当心情极坏的时候，也许不久就会因为有了好运气而心花怒放。半途遇到了狂风暴雨，也许片刻之后就是风和日丽，鸟语花香。

我一直相信，在人生的路上，不论遇到什么情况，我们都与他人一样送别昨天，迎接明天。因此，我总是鼓励自己，一定要有一种坚持和期望，一定不能悲观。事实上，我总是发现，在经过的路上，时常会有一扇扇门轻轻开启，而那一扇扇门里，总是隐藏着烟云飘渺的小径，隐藏着修行高洁的人物，也隐藏着一个个人生的出口。甚至，不经意时，在弯曲的小路尽头，竟然是一片开阔而丰美的园林！所以，我总是劝告自己也劝告朋友，不要对已经过去的什么“挫折”与“失败”耿耿于怀，也不要对已经取得的所谓成就骄傲自得。

我一直相信，生命一定有一种意义，我们每个人绝对不会是偶然来到这个世界的。我们不能白来一趟，一定要给这个世界留下些什么。所以，我们要努力探究心灵深处的秘密，努力探究自然的秘密，以期能够从隐藏的秘密中领悟到生命和自然的真谛。

我一直相信，不管多么安静的湖泊，一定有汹涌澎湃的时候；不论多么平静的森林，一定有狂风怒吼的时候；不论多么温顺平和的人，也一定有暴怒的时候。所以，当面对表面的现象时，我总是想到事物的另一面。

我一直相信，每个人都可以成为诗人或艺术家。之所以大多数人最终成为了普通的人，或许是因为错过了很多人生的机缘。

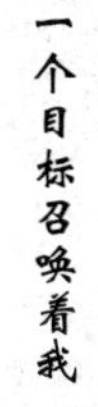

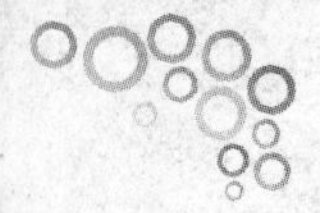

曙　光

河水清洗的苦瓜与圣水沐浴的苦瓜，是一样苦的。富人豪宴上的苦瓜与农夫餐桌上的苦瓜，也是一样苦的。

好的声望是永远找不开的钞票，坏的名声是永远挣不脱的枷锁。

农夫的本色就是耕作与收成，是没有贫富之分的；文学家的本色就是思考与写作，是没有高低之别的。

总想告诉天下人，灾难里总是孕育着希望的曙光。

最混乱、最秽浊的地方，会有鲜艳的花朵探出头来。

从平淡无奇的事物中窥见宽广的宇宙，你就是智者。

佛陀的智慧与菩萨的慈悲，使见到的人心眼具开，大彻大悟。

还有的人穷尽一生都在寻找海螺，渴望让海螺贴近人们的耳朵，让有缘的人听见大海的潮音。

当你感觉世界将要坍塌的时候，退一步，你就会发现，其实事情没有你想象得那样悲观。

谁都可以从尘世的悲喜中解脱，从此过上幸福快乐的日子。

有些鸟，喜欢在雨中飞翔；有些花，喜欢在黑夜里绽放；有些人，喜欢在尘世里逍遥。

树木，三年的时间，就渐渐成荫成林了。看着一棵棵茂盛挺拔的树，心中生起莫名的感动：树木成长起来，所有的风雨都变成了掌声，所有的冰雪都变成了永恒，开花结果都在一念之间，人世间的苍凉与繁华也变成了时光的从容……

康德，一个一生都没有离开过故乡的哲学家，在他去世后，全世界无数人飞越千山万水来瞻仰他。

有多少人，正在那雾霾覆盖的钢筋水泥壳子里争名逐利；而蓝天白云下的山岗上，是郁郁葱葱的森林。

每天下午，我都到山上去，站在山顶，仰望深远的苍穹，我知道深邃的苍穹上是超越时空的自由；我也从山顶眺望不远处的城市，我知道那里正上演着一幕幕悲剧和喜剧。

要能够让自己消失在如织的人海里，也能够在无边的旷野里与天地相照。

文学家的心灵，必定有一对美的翅翼！文学家的眼前，必定是无限的苍穹！

世界万籁俱寂，黑夜里，有一双明亮的眼睛。

即使长了一对翅膀，也未必能够飞离生命的迷宫。

当梦想实现了的时候，世界归于平静。

如果担心你离开这个世界之后的声誉，就努力让声誉在今天发扬光大。

世上没有陌生的人，也没有关闭的门户。

把你的负担，卸在那双能担当一切的手中吧！

沏上一杯茶，看茶叶在水中漂浮，就想到了山林的云气。

放慢脚步，品味生活的慢板。

我们的心里，有过美丽的蝴蝶，也有过密织的罗网。

山中每一条溪流里，都有温柔的水声。

巨匠的孤独

一百多年以来，诺贝尔文学奖让多少作家仰望，那是多么崇高的荣誉。可是，在 1964 年，当萨特从报纸上获悉，自己可能是当年的诺贝尔文学奖得主的时候，他立即写了一份声明寄给瑞典学院，并以作家声明的形式正式刊登在报纸上：“基于个人的原因，我不希望自己的名字出现在可能获奖的名单上。”

但是，瑞典学院没有理会他，他依然获得了当年的诺贝尔文学奖。得到消息后他非常气愤，拒绝前往领奖。

为什么呢？因为，在萨特看来，自己的作品水平如何，读者是最权威的评判者，用不着学术机构和官方认可，如果官方认可了，对作家来说反而是一种玷污。

世界上杰出的人几乎都是孤独的。

李白的孤独："大道如青天，我独不得出。"

杜甫的孤独："亲朋无一字，老病有孤舟。"

辛弃疾的孤独："把吴钩看了，栏干拍遍，无人会，登临意。"

鲁迅的孤独："在我的后园，可以看见墙外有两株树，一株是枣树，还有一株也是枣树。"

陈寅恪的孤独："一生负气成今日，四海无人对夕阳。"

莫言的孤独："我看到那个得奖人身上落满了花朵，也被掷上了石块，泼上了污水。"

村上春树的孤独："不错，人人都是孤独的。但不能因为孤独而切断同众人的联系，彻底把自己孤立起来，而应该深深挖洞。只要一个劲儿往下深挖，就会在某处同别人连在一起。"

茶　味

人的一生，应该像一杯清茶，一点一点地浸泡，慢慢地品尝，细细地回味，在氤氲的茶香中慢慢体会清香的悠远至味。

并不是所有的人都能够让心灵安静下来，做到处变不惊、从容淡定、物我两忘的。面对尘世的种种诱惑，很多人放弃了操守与品格，把自己送到了悬崖上。

其实，很多时候，你需要的，不是万千财富，而是一壶清茶。一个人，在雅致的茶海边，泡上一壶清茶，那清幽的茶香，会让你放下生活中的种种复杂，会让你慢慢思索和感悟，会洗去你心灵的尘埃。那袅袅的茶香，也一定会给你清澈的领悟，让你的那一刻变得生动而博大，更会让你变得轻松而旷远。

生命中没有永远的精彩，也没有永远的不幸，岁月之河在经过了大浪淘沙的波涛之后，一定会归于平静。生命轮回，春秋枯荣，这烟火人间里的至味，我们安静下来之后，自然能够参悟。而明白了这些之后，我们又有什么不能够放下?

如果能够邀请家人一起，或者邀请朋友一起，来品尝茶的滋味，那番情景，就不是一个温暖能形容的了。那份相守，那份瞩目，那份亲切，胜过多少冷静的承诺，胜过多少遥远的眺望。

对于我们来说，生活中绝大多数需求可以很简单地就得到满足，不同的是，我们是否可以以一颗平静淡定的心，从容看待人生的苦乐悲欢。

山水从不问人间恩怨，也不关心人世沉浮。

一壶清茶，自会带我们去山水之间，忘却尘世的云烟，放下人间的恩怨，享受自然的鸟语花香。

一壶清茶，能让我们笑看浮云流水，能让我们放下心中的块垒，更可以让我们走向山川，拥有广博的胸怀。

淡定与从容

苏东坡那句“人有悲欢离合，月有阴晴圆缺，此事古难全”，千百年来让多少人为之倾倒，为之惆怅。在我们心中，月就是有圆有缺的，每月的十五是满月，每月的初一是一弯新月，为此不知产生了多少美丽凄婉的

诗篇。

其实，月亮本身是没有任何变化的，它永远是圆的，我们之所以看到了它的圆缺，是因为我们所处的地球遮挡了它的身影，才让它失去了自己本来的容颜。

月亮没有变，是我们让它变了。

人类早已经登上了月球，那里是一个没有水，没有植物，没有生命的荒漠世界。但是，在我们人类的世界里，关于月亮有很多美丽的传说。

这些传说，在月亮上都没有发生，是我们一厢情愿地让它们发生了。

正如我们的人生，很多时候，世界本身没有变，生活本身没有变，别人也没有变，可是我们自己却把自己搞得惶恐不安，那是因为我们缺少了一份清醒，是虚妄遮挡了我们的眼睛。

世界与其本来面目之间总是隔着一层纱，如果我们有一双明亮的眼睛，就不会感到迷惘和困惑，并会在人生道路上，活出自己的淡定与从容。

秋　意

秋意浓了。

坐在窗前，端着一杯刚刚浸泡的茶，眺望着蓝天白云，享受着这深秋的阳光，让窗外的景色慢慢梳理繁杂的心绪。

是的，不论我们辉煌过还是失败过，时光一如江河的流水，不能倒流。如果陷入回忆，我们不过是撑一只竹筏，逆流而上，去岁月的河流里寻找那已经没有任何意义的曾经的快乐与忧伤。那些如烟的往事，早已经风化成时间的化石，在岁月的风尘里定格，不论我们怀着多少虔诚与不舍，它们都不会有改变丝毫。

我们唯一要做的，是放下，不要再让那些回忆固执地潜伏在心里。那些辉煌，是过去的成功；那些失败，也只能说明你过去没有做好，它们对于今天的你已经没有什么意义。我们要放下那颗纠结的心，让心灵清洁干净而轻松，以“人生无根蒂，飘如陌上尘”的境界，去人生的下一个路口。

“山重水复疑无路，柳暗花明又一村”，说得多好呀，古人一再提醒我们，总有下一个路口在等待着我们到达。我们的过去，不是因为我们没有追求，而是因为追求太多束缚了手脚。不是我们没有期望，而是因为欲望太多迷失了方向。

很多时候，我们因为出发得太久，忘记了目的地，让自己迷失在了行走的路上。如果是这样，就让我们整理心情，修正坐标，找对方向，去下一个路口吧。

下一个路口，就是人生的重新选择、重整旗鼓、重新再来。只要你怀抱必胜的信念，把烦恼放下，把遗憾放下，只要你记得自己曾经的失败，只要你不愿意输掉自己，你就不会重蹈覆辙。

下一个路口，是我们对自己神圣的期待，更是我们对生命庄严的承诺。只要我们调整好心态，放下人生的块垒，拂去眼前的浮尘，我们在下一个路口，就一定会收获人生的惊喜。

灾　难

一个因车祸截去了一条腿的人，终日沉浸在失去一条腿的痛苦之中。他每一刻都在自责，为什么在车祸发生的前一刻，自己没有及时躲开，如果躲开了，灾难就不会发生了。

他每天拄着拐杖，在居住的小区里徘徊，看到健康的人匆匆而过的身影，他就会痛不欲生。

这一天的傍晚，他下定决心不再留恋什么，要用同样的方式，去马路上

结束自己苟延残喘的生命。

他拄着拐杖正要拐过楼下的小花坛，看见了邻居家的孩子小海。小海6岁了，因为不小心，在玩射击游戏的时候被小朋友射瞎了右眼，他的父亲特意为他做了一只眼罩，装扮成海盗的形象。

此时，小海正专心地在花坛边的水池里玩着自己的船，那是一只海盗船模型，上面有尖尖的桅杆，甚至有一门火炮模型。小海真的像一个勇猛的海盗一样挥舞着手臂，指挥着自己的海盗船在水面航行。

他停下了脚步，过去问小海，缺了一只眼睛，怎么还能这样高兴。

小海似乎没有听懂他的话，大声告诉他："我没有缺少一只眼睛，我成了一个勇敢的海盗。"说完，小海又全神贯注地去指挥自己的船追击他想象中的目标了。

他突然领悟了：小海是一个多么乐观的孩子，是一个多么健康的孩子！面对这个孩子，自己是那么懦弱。

在小海的心中，自己失去了一只眼睛，但是，却变成了一个勇猛的海盗，海盗不都是这个形象吗？斜戴着一个黑色的眼罩，凶神恶煞。而失去一只眼睛的痛苦，都掩盖在勇猛的背后了。

他拍了拍这个正起劲地玩耍着的孩子，说："谢谢你，孩子。"

他走出小区，走到广场上，看到城市上空的蓝天白云，看到匆匆驶过的车辆，心中生出一种坚强，一种自信：我失去了一条腿，还有另一条腿，还有双手，还有双眼睛。别人可怜我，我自己不能可怜自己。我要珍惜自己拥有的，重新开始。

淡　泊

不管我们在红尘中经历了多少爱恨悲欢，最终都会化成茫茫云烟。

如果有了一颗淡泊的心，不管人生的云烟如何飘落，你就不会再有那纠结缠绕的心魔。你简单，世界就简单，用烦恼纠结的心看世界，你会无路可逃。

那就用一颗悠然的心看世界吧，等待你的，必定会是一片美丽的风景。

即便是寺院里每一天都在谈论玄妙理论的高僧，也离不开凡尘的烟火，他与我们一样要吃饭穿衣。所以，世界无可逃遁，你想让自己逃离到一个不食人间烟火的地方，都是白费心机。

我们要做的，就是让自己像欣赏天空飘忽的云烟一样看我们眼前的世界，培养一颗宽容豁达的心，让自己的心胸像山岳一样广博，像天空一样晴朗。

那些折磨你的痛苦是什么？是嫉妒和仇恨，是心胸狭隘，是自私自卑。而这些恰是人的弱点，这些弱点，每天折磨的不是别人，是你自己。它们每天都在无情地蹂躏着你的心，虐待着你的心智，遮蔽着你的眼睛。

我们计较什么呢？与谁较量？华丽背后，是岁月的苍凉，那就放下华丽，放下得失。

一个人，有了这样旷达的心胸，哪里还会有烦恼？

豁　达

不管是城市里的人还是乡村里的人，年轻人还是老年人，大家都感觉生活的节奏越来越快了，似乎我们身边的世界，正在疯了一样地向前奔跑。

难道世界变了吗？

每一年春夏秋冬四季轮回，每一天24小时分秒不差，我们的世界依然如故。天空的云彩依然，江河的流水依旧，树木花草一岁一枯荣，世界一直在这样有条不紊地运转着，没有丝毫的匆忙。是我们把自己搞得紧张了，是

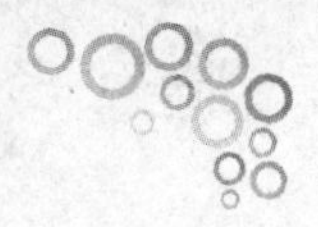

我们自己变得匆忙了。

在这样一个把自己搞得匆忙紧张的时代里，你缺少的，也许是内心的一份安宁，一份淡然，一份豁达。

既然来到了这个世界上，我们自然就不能回避生活中的爱恨情仇，就不能回避人生中的酸甜苦辣。如果你感觉到吃力和无奈，那一定是你天真的性情与世俗相遇，一份淡泊的心境足以让你释然。

人生没有完美，任何人的道路都不是平坦的，成功辉煌的背后是无数的磨难和坚持，所以，你遭遇人生的逆境时，就一定要认同这是一份难得的历练，是一个不可避免的过程。

当你走上坡路的时候，一定要低头，这样会走得稳健；当你走下坡路的时候，一定要昂头，这样才不致摔跤。无论上坡路还是下坡路，都是我们必须经历的，无论处于哪个阶段，我们需要的都是一份平静，一份安然。

世界从不匆忙，有了一颗淡定的心，你的生活自然会云淡风轻，自在从容。

生命是一种回声

生命是一种回声，我们没有任何理由要求别人必须对我们好，我们要做的，是看自己为他人做了什么。事实上，如果我们把最好的给予了别人，我们一定也会从别人那里得到最好的回报；我们帮助别人越多，得到的也会越多；越是吝啬，就越会一无所有。

在积极生活的人眼里，世界是阳光一片，到处都充满了美好与善良；而在消极生活的人眼里，世界是一片黑暗，到处都是仇恨与悲凉。如果你每天与积极的人在一起，你的人生必定是朝气蓬勃的；而你如果每天与一个怨声载道的人为伍，那么恐怕你的人生里除了忧愁就是悲观。

人生需要的是积极的豁达，是一往无前的锐气，是朝气蓬勃的努力，而不是怨天尤人的抱怨、仇视与指责。

春有百花秋有月，夏有凉风冬有雪。世界每时每刻都以它的博大无私给予着我们，我们唯一要做的，是不要辜负了自然的美好，用一颗感恩的心，祝福这一切。

怎么才能成为一个幸福的人？让心灵充满宽容与爱，以阳光的心态面对每一天，放下仇恨，温暖每一个平淡的日子，微笑着迎接每一天的日出，我们为什么不呢？

每个人都有许多故事，为什么让自己陷入过往的故事中不能自拔？而其他人，却早已经淡然一笑，以全新的自我迎接每一个崭新的日子。

让善良占据我们的心灵，让遗忘占据我们的心灵，让自信和坚持成为我们的品质和内涵，让给予成为我们人生的主流，用一颗广博的心去拥抱我们的世界。

如果你稍稍留意就会发现，生活虽然有很多无奈，但是，有那么多朋友在默默地为你祝福，有那么多人在默默地关心着你，你所谓的风雨沧桑，都是人生的风景。

你走过别人没有走过的路，你经历过别人没有经历过的苦难，你付出过别人没有付出过的辛苦，但是，你恰恰看到了别人没有看到过的风景，你也一定会得到别人得不到的收获。

这就是我们的世界，活出一片宽阔来，眼前，都是醉人的风景。

自由自在

每个人都可以有自由自在的人生。世界上有两样东西，一样是用眼睛看的，比如花草树木、山川河流、日月星光；还有一样是眼睛看不见的，比如

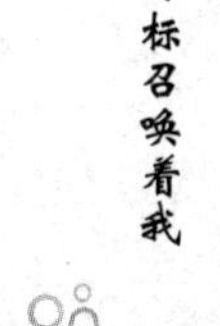

思想、智慧、情绪，需要用心才能看见。

人生的幸福，其实大多来自于那些看起来没有什么意义的细节。比如，看见一朵花开，看到一个儿童天真的笑脸，听到一位老人智慧的提醒，空中传来风铃的响声，湖水在微风中泛起涟漪……

袁枚在《随园诗话》里提到杨诚斋的话："从来天分低拙之人，好谈格调，而不解风趣，何也？格调是空架子，有腔口易描，风趣专写性灵，非天才不办。"能把去年的月光温到今年才下酒，这是需要几分性情和天分的。

有人以为，逃离了故乡，甚至逃离了祖国，就可以获得自由。其实，最大的不自由，是我们心灵的不自由。如果心灵没有达到自由的境界，到了哪里，也是不自由。

可怕的是看不透生活，可悲的是在失败的过往中不能自拔。而一个智者，是在认清生活的真相之后，依然热爱生活。

成熟的人不问过去，聪明的人不问现在，豁达的人不问未来。智慧的人，活在自己自由自在的心境里。

"雨中山果落，灯下草虫鸣。"人生一场，有几人懂你？又有几人知心？三五知心人，就已经是一生的福分。

发怒是用别人的错误惩罚自己；烦恼是用自己的过失折磨自己；后悔是用无奈的往事摧残自己；忧虑是用虚拟的风险惊吓自己；孤独是用自制的牢房禁锢自己；自卑是用别人的长处抵毁自己。

做事讲究的是"事来心应""事去心止"。"事来"，不论是好事还是坏事，都应从容应对。"事去"，则是只要事情做过了，不论好坏已成定论，再懊悔再悲伤已经无益，就应该做到"心止"，这是做事的大境界了。

当我们有了这样的心境，人生就是自由自在的了。

幸福的源泉

生活的真谛并不神秘，幸福的源泉大家也都知道，只是我们常常忘记。

当你身处逆境，开始埋怨命运不公的时候，就如同乌云指责天空的黑暗，却不知道正是自己遮蔽了阳光。其实，这个时候，你最应该做的不是抱怨，而是告诉自己：即使所有的人都否定我，我还有自己，没有必要在意别人的眼光，自己一个人依然可以活得精彩。

如果选择了抱怨，你的人生就会在怨恨中度过；如果选择了仇恨，你的人生必定充满了黑暗。这两种选择，都是通往万丈深渊的不归之路，也都必定让你陷于万劫不复之境。可是，如果你选择的是谅解，是宽容，是博爱，你的世界就必定会阳光灿烂，生机勃勃。

谁也给不了你想要的生活。那些仇视社会的人，那些敌视他人的人，那些每天都在怨天尤人的人，大多是要求别人、社会给他想要的生活而不得，最终走向了生活的另一面。

拿破仑说："一个活着的兵卒，比一个死了的皇帝更有价值。"明白了这句话，我们就会发现自己有多么重要。如果你的每一天都很有意义，你就会为自己的人生追求心潮澎湃。

气清如兰

回故乡闲居，见到了很多曾经的伙伴，有中小学的同学，还有早年在县里工作时的同事。从我离开故乡到现在，不过二十几年的光景，可是，这些人，这些似乎是昨天，或者前天还朝夕相处的故旧，都老了。当年朝气蓬勃的年轻人变成了步履沉稳的中年人，当年的中年人变成了满头银发的老人。还有一些当年熟悉的人，早已经过世了。我感慨万端，没有人能抵挡住时光

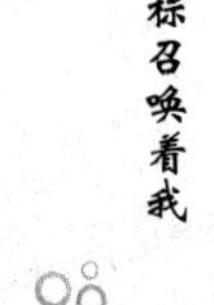

的车轮；你怎么拖延，也挽留不住岁月的脚步；我们怎么不情愿，老年都会如期而至。

但是，在看起来极速飞驰的时光里，我们可以放慢自己的生活节奏，隐居于自己的内心，引领自己进入更深刻的专注，在生活的慢板里享受时光的旋律。

我常常想起这样几个人：释迦牟尼何以能够放下王子的身份，撇下熟睡中的妻儿，出家成佛？跨进山门，成为弘一法师的李叔同，何以能够对山门之外孤苦无依的妻儿无动于衷？贝多芬何以能够在双耳失聪之后，在他周围的世界进入完全的寂静之后，创作出最伟大的乐章？米尔顿何以能够在双目失明之后，在他周围的世界进入完全的黑暗之后，创作出伟大的诗篇？

“一念嗔心起，百万障门开。”如果你把怨恨引入自己的心灵，百万扇黑暗的大门就已经为你打开，所有的光亮再也与你无关，你等于把自己沉没在了无边的黑暗之中。

我们最应该学会的，是于平常的日子里，安顿自己的身心。每一个人都可以成为圣人，为什么有的人却成为了恶魔？圣人与恶魔的差别只在一念之间。圣人无论身在何处，都能找到心灵的路径；而恶魔，却是把那颗嗔心装在了心里。

在湖岸山坡的凉亭里，我呼吸着雨后清爽的空气。我想，如果你有一颗气清如兰的心，薄薄的晨雾，也可以变成蝉羽一般透明的醍醐，让你陶醉。

芭蕉叶上无愁雨

“芭蕉叶上无愁雨，自是多情听断肠。”心中的爱恨情仇与喜悲，只是我们对世界的不同取舍。

“云自无心水自闲。”浮云之上，还有浮云；蓝天之上，还有蓝天；江河之外，还有江河。云，自有云的闲适与安逸，它飘向哪里，我们不知道，也与我们无关。水，自有水的柔美，它流去的方向，我们不知道，也与我们无关。

“千江有水千江月，万里无云万里天。”江河无心，月光自在，云朵从容，如果我们有了一颗广大高远的心，世界哪里无芳草，人间哪里有狭隘？

风本无心，却让烛火婆娑摇曳；烛火无心，却让黑暗的夜晚有了美丽梦幻的影子。

很多时候，我们不仅要向失败和挫折告别，也要向昨天告别，向世界道别，与成功说再见。辉煌的日子远去了，失败的日子远去了，丢开那梦呓般的守候，不要再期盼窗外的黄昏。

只有努力走出生命中黑暗的隧道，才有机会看到隧道尽头明媚的阳光。旅途的终点就是新的起点，将自己隐藏在世界的这一端，聆听大地上宁静的天籁，最坏的时刻就是最好的转机。

生老病死是人生的常态，没有人能青春永驻，也没有人能长生不老。你方唱罢我登场，各领风骚数百年，没有人能逃过岁月的利刃，也没有人能躲过时间的蚕食。

“青山遮不住，毕竟东流去。”春梦秋云，岁月枯荣，冷暖自知。有了这样的心态，世界自在浅笑之间，人生自在你的掌心。

要活得热气腾腾

人这一辈子，要活得热气腾腾，活得生机勃勃，活得诗意昂然，活得潇潇洒洒。这其实并不难，只要你不趋炎附势，不委屈自己，只要你遵从自己的内心。

想起顾城的诗：“黑夜给了我黑色的眼睛，我却用它寻找光明。”在宁静

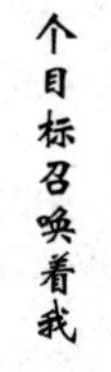

安详的黑夜里，谁在睁着明亮的眼睛仰望星空?

有的人总是喜欢做另类，其实，一个人永远不能与趋势为敌，必须努力让自己顺应趋势，适应潮流，只有这样才能心情愉快地一路顺风。总是叛逆，总是站在另一面，就不要抱怨自己为什么与社会格格不入了。

想改变世界是很难的，即使想改变我们身边的环境也不容易，但是，改变自己的心境，改变自己的人生态度却不难，即便我们是一片渺小的雪花。

一片雪花，它的生命那么短暂而渺小，但是它却向人间展示了自己最柔美洁白的品质，把自己的生命诠释得绚烂唯美，用最壮丽的形式，完成了自己作为一个生命的使命。

路边一株无名的野花，它不会因为富贵的牡丹而自卑，也不会因为荷花的高洁而惭愧，更不会羡慕花园里养尊处优的花团锦簇，而是默默地尽着自己作为一朵花的责任：努力地绽放，为大地增添一抹绚丽的颜色!

人生最美的风景就在眼前，就在当下，就在你能够把握的这一刻。你身边的那个人，正与你风雨同舟。我们要做的，是紧紧抓住当下的这一刻，让美丽的风景变成生命的永恒。

无欲则刚

无论处于什么样的境遇，我们都不能辜负了自己。我们的生命来自于父母，没有任何权利荒废，更没有任何资格放弃。我们唯一拥有的权利，就是让生命更加优秀，让人生大放异彩。

如果一个人没有了信仰和敬畏，不仅会迷失人生的方向，还会丧失廉耻。

林则徐说：“壁立千仞，无欲则刚。”如果我们摒弃了内心的贪婪、嫉妒、自私、狭隘，摒弃了那些虚无缥缈的不切实际，我们就是一个内心强大、从心所欲的人了。

秋风漫漫，落叶纷纷，令人万端伤怀。山间小径上稀疏的黄叶，那是岁月的痕迹，那是怀旧的味道。

山坡的菜地里，各种蔬菜都成熟了，满目青翠。站在山坡上眺望湖面，天高云阔。湖边钓鱼的人悠闲自在，湖面的野鸭子自由地嬉戏。这人世间的平凡里，藏着人生的至味。人生短暂，世事沧桑，那些心头的艰难都不值得我们挂碍。没有人知道何时刮风，也没有人知道何时下雨，我们唯一可以做主的，是自己的心情。

生活的快乐与烦恼，在于我们体味生活的深度。如果你认为自己是杰出的，那你承受生活更多的磨砺就没什么可奇怪的，就好比稀有金属都必然会经过千锤百炼。

人生的旅程最根本的就是对坚强与懦弱的抉择。如果你选择了坚强，就不要惧怕风雨。如果你选择了懦弱，也就不要羡慕成功者的光芒。

人生最重要的，不是你今天已经拥有了什么优势和成就，而是你的未来是否具有了一种向上的趋势。只有处于一种向上的良性趋势中，你的未来才能不可限量；如果你认为自己人生的高度已有定论，那未来就没有什么可期盼的了。

人生是一条一往无前不可逆转的河流，不论我们经历过什么顺境和逆境，它依旧匆匆向前。所以，不要去管什么炎凉冷暖，风云莫测，我们要点燃不灭的希望之火，去未来，去远方，去看人间最美的风景。

最美的风景

有梦想的人不会错过任何一个成功的机会。即使失败了一百次，依然会付出一百零一次的努力。在这样的奋斗者面前，生命闪耀着熠熠光辉。

李广从汉文帝开始，一直到景帝武帝，整整辅佐了三朝皇帝，与匈奴打

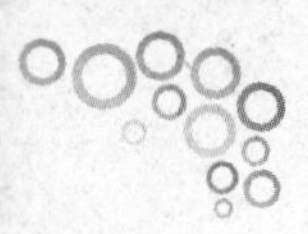

了大大小小七十场战争，但最终也没被封侯。初唐诗人王勃在《滕王阁序》谈及人生“时运不齐，命途多舛”时，开首一句便是“冯唐易老，李广难封”。但是，两千多年后的今天，李广封侯不封侯，已经没有意义，李广人生的光辉不亚于任何一个封侯的人。

人类都有难以根除的通病：自私、狭隘、贪婪、嫉妒、小气、自卑、绝望、撒谎、猜疑、忌恨等。一个伟大的人，就是会在自己的身上逐步去掉这些痼疾，最终成为一个宽容、豁达、无私的人。

延安时期，毛泽东接受美国记者斯诺采访时，回忆自己年轻时的激情与豪迈，说自己最喜欢一句诗“自信人生二百年，会当击水三千里”，这后半句出自《庄子》，意在告诫自己将来必能大展鲲鹏之志。斯诺把这段采访写进了自己的著作《西行漫记》中。毛泽东一生波澜壮阔，青年时代就已经树立了雄心壮志。

每个人的心中都有一株花，不同的是，有的人尽情绽放，向世间播撒美丽与清香；而有的人却关紧心扉，让花朵枯萎在了自己的心里。

人生道路苍茫，最美的风景，在努力的路上。

晴空一鹤排云上

冬天来了，湖水寂静，满地落叶。流逝的岁月，在逐渐改变着我们的容颜。人生在激情跌宕之后，渐渐归于简单与安静。所有经历过的苦乐悲欢都消失在了时光里，唯有这眼前的烟火人间，让我们从容，让我们安然。

“晴空一鹤排云上，便引诗情到碧霄。”立冬的清晨，吟唱这样的诗句，可以为自己壮行！

人间渺小，舍我其谁？人世苍茫，不问沉浮。世界广大，自在我心。问春问秋问苍穹，多少人迷茫不知归路？

喜欢一句话“颓废是要有物质文化底子的”。颓废与堕落，都要有资格，有很多人连颓废的资格都没有。

大约2000年前，古希腊人就把“认识你自己”作为铭文刻在阿波罗神庙的门柱上，可是，直到今天，很多人依然对自己一无所知。是什么原因让你命运多舛，一事无成？你以为是生活伤害了你？其实，是你自己抛弃了生活。

人不能总是给自己已经老了的心理暗示，应该让自己始终保持年轻的心态，保持激情昂扬一往无前的气质。年轻就是财富与力量，年轻就拥有美好的未来，年轻就依然拥有梦想。

生活只有在内心空虚的人眼里才平淡无味。繁华终会归于平静，但那是大浪淘沙之后的安详。不会所有的事情都如愿以偿，穿过人世的荣辱成败与恩怨情仇，让自己在生命的旅途中默默前行。

没有学会沉思的人，必将一事无成。苍茫的星空下，你的人生如此宽阔。如果我们对生活依旧抱有不灭的信念和渴望，在生活的最远处，就有似锦繁花等待着你去欣赏。

深邃的星空里，隐藏着生活的真谛。不论人间有多少黑暗，我们都可以让自己的心灵高贵。不论身边的人有多么丑陋，我们都可以选择善良。也许我们改变不了世界，但是却能让自己走出狭隘，生活在明媚的阳光里。

不论多么伟大的人，也难免迷失在欲望的丛林里，能否从丛林的泥泞中走出，就成为伟大与渺小的分野。

人生是一场接着一场的欢聚与离散，是一段接着一段的繁华与冷落，是一个接着一个的平坦与坎坷。也许你总是与幸运相伴，也许你总是与不幸为邻，你一定要坚信，生活在一刻不停地稳步向前，行色匆匆，一切都会被遗忘在时光里。

认识你自己，对岸就在眼前。

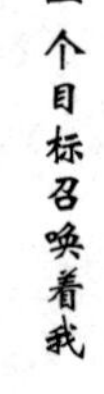

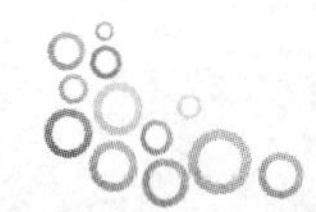

悠远的钟声

去寺院，最想听的是那苍凉浑厚的钟声。一声声悠远的钟声，有着不可思议的力量，似乎是来自遥远的天外，像一道道光芒，穿透黑暗，带来自由、光明与希望，让众生的心灵获得解脱。

向前跨出一步不难，难的是你是否有突破自我的胆量。人生就是在不断的突破中逐渐成熟起来的。

人生要不卑不亢，太在意别人的眼光和评价，你不仅会失去自我，且终将一事无成。坚持自己所坚持的，相信自己所相信的，你终将成为独特的风景。

其实人生本没有什么光明大道，我们的道路只是因为不断努力才变得光明。

常常碰见吹着口哨走路的人，这样的人一定是放下了生活中所有的包袱。也常常能够见到一脸悲苦、愁容满面的人，这样的人一定是把生活的包袱背在了身上。

人生不是用来较量的，不分高下，更不是征服，人生是我们意气风发地走在看风景的路上。茫茫人海，相遇就是一种缘分，相识是一种福分，而相知则是上苍的眷顾。

当走过了半生以后，我们会发现，生命中遇到的所有挫折、失败、弯路、陷害，都是帮助我们成长的。我们拒绝不了黑夜，躲避不了陷害，但是却可以拒绝眼泪。

当你向世界敞开自己的心扉，那一切的记忆，一切的悲苦，一切的伤痛，都在潇潇风雨中走远。一杯茶，品得出人生滋味，也品得出世态炎凉。再光明的前程，也要转身看看；再泥泞的路途，也有到头的时候。

如果有了不惧生死的超然情怀，有了穿越名利的淡然心境，心灵自然就没有了浮躁与困惑，就到达安静祥和的境界了。

人不能仅仅为一己之私活着，我们应该对国家对社会有责任与担当。前美国总统卡特曾经说：“当你要完成的任务与上千万人的性命相连时，你就没有失败的机会。成功源于责任，一个人肩负的责任有多大，战胜困难的决心就会有多大。”

世界不会永远春暖花开，正因为有夏天的炎热，有冬天的风雪，有秋天的苍凉，世界才多姿多彩。人生也不会有一世的繁华，有磨难，有崎岖，有平坦，有高峰，有低谷，才会更加精彩。

千帆过尽

细数眼前的岁月，还剩下多少可供我们犹豫不决，供我们彷徨，供我们忧虑思索?

赞美别人是一种力量，忍受讥讽与伤害也是一种力量，一往无前的精神意志和见贤思齐的修身态度，更是积极奋进的力量。

当我们经过了岁月的沟沟坎坎，坐在路旁的石凳上沉思，在那些过往的烟尘里，有多少聪明，多少算计，多少恩怨，多少得失，都早已随风飘散，消失在了那一个个沟壑里，只有一颗善良的心，如同海上的灯塔照亮着生命的前程。

不可能都像陶潜那样“临清流而赋诗”，如能相伴一溪流水，相约满目青山，坐看云起，也是一种大境界。

人生不会有持久的轰轰烈烈，不论经历了怎样的跌宕起伏，最终，生命都将归于平淡。所以，就让我们放下那些所谓的得失，所谓的繁华，把岁月握在手心，做一片了无挂碍的云。

流云过千山

流云过千山，人生就是脚下实实在在的路，重要的是给自己一个昂扬前行的理由。

在这个世界上，养活自己并不是什么难事，但若让自己生活得简朴，生活得明智而富有诗意，却并不容易。

人生的悲剧并不是事业的未竟或以平庸结束，而是人生信念的丧失。所以，坚持就不仅是一种勇气，更是一种信仰。其实，当你走近成功者的身边就会发现，他们每个人的身上，除了一往无前的坚持外，无不散发着信念的熠熠光辉。

我们总是拿自己与别人比较，与杰出的人比让自己惭愧，与失败的人比容易让自己骄傲。如果我们以欣赏的眼光看待他人呢？你会发现，每个人都有值得骄傲的优点，每个人的长处各有不同，大家因为方向不同才走在不同的路上。

世界上最珍贵的东西都是免费的，希望、信念、友谊、坚持，还有蓝天、空气、阳光，只要你想得到，就能得到，只是很多人对这免费的珍贵的东西视而不见，却去苦苦追求昂贵但并不需要的奢侈。

冬天来了，寒风如约而至，树叶飘零，花也败尽，接着就是一场一场的雪了。大地就没有希望了吗？不，漫天的雪花把大地装扮得是何等妖娆。凛冽的寒风里那挺拔的松柏，寒冬腊月里那怒放的梅花，没有严寒我们哪里能欣赏到这样奇美的风景？

风笛的声音

“为什么我的眼里常含泪水 / 因为我对这片土地爱得深沉。”每次读到艾青这句诗，我都禁不住想，诗人的情感世界里有着怎样的感动，而这些感动又是怎样一一化作澎湃的激情的？

有一天，俄罗斯著名的油画家列维坦独自一人到森林里去写生。当他沿着森林走到一处山崖边时，忽然看到山崖被初升的太阳照耀出他从来没有见过的绚烂美丽景色，他感动得泪如雨下。德国著名诗人歌德，每次听贝多芬的交响乐，都被感动得涕泪横流。而俄罗斯文学家托尔斯泰，每次听柴可夫斯基的《如歌的行板》，也是热泪盈眶。

还有普希金、惠特曼、徐志摩，以及许许多多的科学家艺术家，他们或被祖国的成就和苦难，或被自然界的神奇风景，或被热烈的爱情，或被自己偶然的发现，感动得忘乎所以，感动得激情燃烧，因而产生了伟大的科学发现或不朽的文学作品。

一个人必须有这样一种素质，一种能够被生活和许多常人习以为常的事情感动的素质。

有一种人一生都在努力保持自己童真般的感动，努力使自己的感动不因阅历的增加而减弱。因为事情是明摆着的，没有了感动，无疑就是没有了敏感，没有了灵性，没有了观察的敏锐和深邃，也就没有了奇异的发现和思考的独特。

如果你听到了风笛的声音而没有被感动，说明你对于音乐很迟钝。而一个人的生活中如果没有音乐，就如同没有甘泉的沙漠一样荒凉。如果你常常被这个世界感动着，也常常因自己的一些想法感动着，就一定会感动他人，也一定会感动这个世界。

简朴的生活

现今，简朴的生活距离我们越来越远了，奢侈正在成为社会的潮流和时

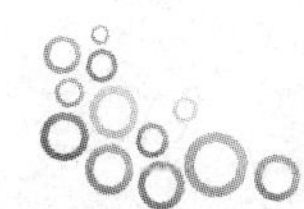

尚。因此，我们看到的都是为了奢侈而正在失去自由、失去快乐、失去幸福的人。一切奢侈，都不过是给自己提供了更多的不便。因为很显然，一个人的生活每增加一分奢侈，就是给自己套上了一个枷锁，自身也就失去了一分自由。

遇到那些成功的人，我会想，这些人是我的阶梯，我将拾级而上，超越他们，而不是仅仅做他们的听众，或者他们的邻居。

失之交臂是很难避免的，例如，与自己敬仰的人失之交臂，错过一件美丽的事情，眼看着一个大好的机遇从眼前流走。当我们有了一定的人生阅历之后，我们就会明白，这是人生的常态，有得到的欢欣和喜悦，也有失败的颓废和忧伤。人生有差之毫厘的遗憾，也有绝处逢生的惊喜。

经历过了，我们就会明白什么叫失望，什么叫绝望，什么叫无可挽回的超出绝望的无望。这个时候，我们应该做的，是重建自己的信心，编织新的理想，在新的理想之上，构建新的希望。一个人什么都可以放弃，就是不能放弃梦想。夜晚的气味，土地的气味，风的气味，阳光的气味，更有花朵的芬芳，你捕捉到了吗？它们让你感动，让你热泪盈眶，让你的心灵充满希望。

任何人都会有痛苦的经历和失败的颓丧。有些人常常会反省自己产生这些经历的原因，并在不断的反省中收获经验，使自己在后来的人生中避开失败；有些人就不同了，总是在相同的地方摔跤，总是跌倒在同一个地方。这其实就是智者和愚蠢的人最本质的区别。

生命的最大悲剧是不可重复，因此，我们不要对已经过去的事情耿耿于怀了。无论成功还是失败，过去了就永不再来。

去剧院里听音乐会不过是去凑个热闹，在那里，你欣赏不到真正的音乐，真正的音乐只适合独自聆听。

当我们让自己安静下来，享受宁静的时候，我们就走进了自己思想的灵田。

大济苍生

怀抱“大济苍生”之志入世的陶渊明，在屡次碰壁后，归隐田园。他一定没有想到，一篇记述自己闲适情怀的《饮酒》（其五）中，一句“采菊东篱下，悠然见南山”，不仅让他成为了山水田园诗的鼻祖，也成为了千年来文化人的梦想。

河流卷走了我们的时光，岁月苍老了我们的容颜。回首走过的年华，留下淡然的一笑，一切的得失与烦恼，尽在尘埃。

我们一路走来，只有放下往事，才能以一颗欣喜的心进入下一个风景。如果总是以忧伤仇恨填满自己的心房，你就亵渎了生命的美景，浪费了美丽的时光。

人生是一次不可逆的旅行，任何一点的懈怠，都会给生命留下缺憾。所以，我们要把自己的人生当作一场修行，无论春风得意还是坎坷多难，都应以一颗广博的心，与岁月一起变老。

海子有一句诗：“天空一无所有，为何给我安慰？”说得太悲观了。登高望远，澄澈的苍穹下，山川锦绣，大地辽阔。我们如果能用一颗纯净的心看世界，人间尽是美景，处处都是希望。

林则徐说：“壁立千仞，无欲则刚。”如果我们能抛弃心中的贪欲、自私、狭隘和傲慢，心怀广大，不染尘埃，自能在人世间闲庭信步！

成熟是一种不动声色的持重

成熟是一种不动声色的持重，是一种低沉浑厚的音响，是一种冷眼旁观的从容，是一种不事声张的淡定，是一种无需向周围证明的大气。

生活中总会遇到伤害和仇恨，当面临这样的境遇，就要有一颗宽容的

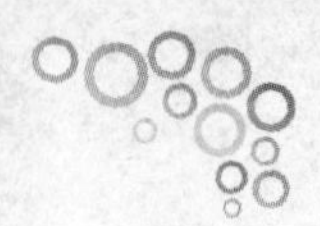

心，不要去探究是谁伤害了你，也不要去厘清仇恨的根源，而是在平静无言中回望走过的岁月，看看自己哪一步走错了，然后调整方向，重新上路出发。

一个人若没有经历过生活的磨难与沧桑，就不会走向成熟，就不会有悲悯心和同情心，也不会珍惜生活的恩赐，对人世的喧嚣与繁华，自然也不会有幡然的清醒与领悟。

当我们面对嘲讽、嫉妒、诋毁甚至陷害，能够从容、坚强、冷静，是一种成熟；而面对诚恳的道歉与忏悔，能够发自内心地以豁达的心态谅解甚至感动，则是另一种更深刻的成熟。

人生因为拥有梦想而精彩。如果选择了远方，你就一定要选择坚强，选择勇敢，选择一往无前的执着。

我们没有权力抱怨和挑剔生活，我们只能让眼前的生活更加美好。不论你是幸福的，还是处于苦难中，其实都不过是人生路上不同的一段境遇，就如大自然有黑天也有白天。我们的生命，就像山中的树木，不论经历了多少风霜雨雪，只要根还在，就会一直向蓝天竞发。

理想与抱负总是在遥远而模糊的远方，但是有一点是确定无疑的：只要你每天都在努力，命运就不会辜负你，你就一定距离理想的实现越来越近。

上苍只眷顾那些坚强勇敢又对未来一往无前的人；幸福与快乐，只属于那些乐观向上又满怀希望的人。

一树繁花

我发现一些朋友喜欢上了虚无的玄机，喜欢探讨《周易》，试图给自己找到一些答案，以解开人生中解决不了的迷惘。思索生命的意义没有错，但是，不要去追问生命的背后是否有什么可以开启成功之门的玄机。人生其实非常简单，只要你放下投机取巧的心理，只要你怀抱一颗善良的心灵，只要你每天的生活都实实在在没有虚度，你就会拥有整个春夏秋冬，自然也就收获了全部的人生，这就是所谓的人生玄机了。

“人问寒山道，寒山路不通。”在尘世的江湖里，我们能否放下人生的烦恼，追逐人生的自在，以一颗平静的心等待机会的光临？

人生有时是晓风残月，明丽而富有诗意；有时是一树繁花，富贵而妖娆；有时也会是一川烟雨，朦朦胧胧；有时又是风雨如晦，前途迷茫。但正因为有这不同的境遇，才使我们的生命跌宕起伏，饱满而鲜活。

如果我们能不断说服自己，就会成为一个理智的人；如果我们能不断征服自己，就不仅会使自己的心智不断得到超越，还会不断抬高自己生活的台阶，最终走进杰出者的殿堂。面临厄运、身陷逆境时能够忍住泪水，并不是真正的坚强；真正的坚强，是擦干泪水，昂首前行，继续向梦想出发。

人生可以看作是一场偶然的路过，但是，我们可以让这场路过变成善良的相遇、美丽的邂逅、奇异的风景，给世界留下自己的痕迹。

世界是公平的，就如阳光普照大地，你每天得到的阳光，与任何人相比都不差分毫，你与每个人一样每天在同一个时刻迎接黎明。世界不会给任何人提供特权和捷径，如果你暂时得到了一些所谓的特权，走了所谓的捷径，那用不了多久，生活就会加倍讨回，而你付出的，必定是惨痛的代价。

当你悔恨自己一事无成的时候，你应该看看自己的生命中是否缺少一个重要的词汇——勇敢。只有勇敢的人，才会充满活力，才会善于抓住机会，才能够从逆境中奋起。

对于一个强者来说，他的人生词典里没有失败，没有挫折，没有什么过不去的难关，有的只是一个接着一个的挑战，一次接着一次的经历，一段接着一段的不同境遇。

妒忌之心

妒忌是弱者的代名词。

妒忌之心，是人类共同的弱点，因此，克服了妒忌之心的人，就已经完成了心灵的自我超越与救赎，走向了宽广的世界。

心怀妒忌的人，总是会被自己仇恨的怒火所伤，因为折磨他的，不仅有他人的成功，还有自己的失败和所遭受的挫折。一个心怀妒忌的人，不仅丧失了欣赏他人成功的心胸和能力，也丧失了对自我尊严的认可与肯定。

念由心生。如果我们心胸狭窄，好比一杯茶，一两盐放进去也咸得不能饮用；如果我们心胸宽广，好比大海，纵然是成堆的盐放进去，水的咸度也不会有提升。

当我们克服了妒忌之心的时候，所有他人的成功，都成为我们眼前的风景，而我们自己，也必将因此产生一种无畏的力量。

一个人行走在漆黑的夜晚可能会胆怯。你也许没有意识到，那一刻并不是你一个人在独自行走，天空的星月，旷野的山峦树木，大地上淙淙的小溪，都在无声地陪伴着你。

当身处逆境感觉孤独无助的时候，故乡老屋里父母的形象就会浮现在你的眼前。父母目光里那殷殷的期待，必定会化为你战胜逆境的力量。那一刻，你再也不会感觉孤独，而且会惊喜地发现，无论走到哪里，父母温暖的目光都会陪伴着你，都在传递着支持的力量。

我们从来都不孤独。在风雨中借给我们雨伞的那个人，当我们取得了成就来向我们祝贺的人，在我们艰难爬坡的时刻助我们一臂之力的人，在困顿迷茫的时刻开导我们的人，都是我们人生里温暖的陪伴。

即使是我们的对手，那些对我们不怀好意的人，甚至我们的敌人，他们也是我们人生中的陪伴。他们甚至会给我们更大的力量。因为，他们使我们不敢有丝毫的懈怠，让我们时刻保持着前进的动力。

不论什么时候，都不能忘记陪伴我们的人。因为，今天所有的美好生活，都不是独自努力而得来的，那些无声的陪伴，从来都没有离开过我们。

取舍是一种智慧

取舍是一种智慧，放弃则是人生的勇气。

放弃了一段生活中不该发生的感情纠葛，你会神清气爽；放弃了一个个力不能及的欲望，你会如释重负；放弃了生命中那些不切实际的幻想，你会变得扎实；放弃了那些自寻烦恼的忧虑，你会变得胸怀坦荡；放弃了人生中的自私和虚伪，你会让自己变得高尚。还有很多东西我们都可以选择放弃：那些伤害过我们的仇恨，那些让我们耿耿于怀的过失，那些本来应该属于自己却没有兑现的利益。还有那些曾经的期许，曾经的留恋，曾经的遗憾，甚至曾经的记忆。

生活中有很多经历，过去的就过去了，不要再让它们残留在记忆里。不需要告别，也不需要铭记，我们只需要昂首前行。

放弃了之后，我们面对的就是豁然开朗的淡泊和坦然。所有的恩怨，都化为了天边的那一抹淡淡的云烟。而手中紧握的，是我们所有的美好，是珍贵的友谊，还有无私的善良。

这个时候，即便是那些曾经的伤害，曾经的仇恨，曾经的过失，所有的往事，我们都可以像遇见一段奇美的风景一样去玩味，去欣赏。

爱因斯坦说：“我多么希望世界上有一个小岛，上面居住的，全是智慧又善良的人们。”这个梦想，也许永远不会实现，但是，我们努力向往着。

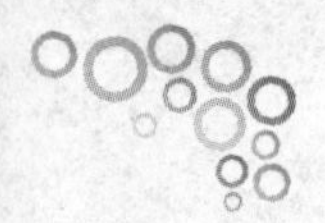

一念向善

当陶渊明“大济苍生”的壮志化为泡影，他毅然决然回到田园。“久在樊笼里，复得返自然”这句诗，表达了他对仕途功名的放下，对田园生活的亲近，不仅淋漓尽致地展现了他怡然自得的心境，也使他成为田园诗的开山鼻祖。

王阳明一生坎坷多难，最后在发配之地潜心思考，参悟天地玄机，最终龙场悟道：“天地虽大，但一念向善，心存良知，虽凡夫俗子，皆可为圣贤。”

世界对每个人都是公平的，每一个光芒万丈的身影背后，都必定有长期奋斗的经历。奋斗就是每一天都很难，可一年比一年容易。不奋斗就是每一天都很容易，可一年比一年难。假如你的人生没有过艰苦的奋斗，你的生活越来越难就毫不奇怪了。

所谓英雄本色，是指一个人在遭受了巨大的人生重创之后，如何抛弃失意与落魄，远离颓废与堕落，重新昂起头颅，建立尊严，踏步向前。

“青山遮不住，毕竟东流去。”大江东流，浩浩荡荡，势不可挡，人生必须具有这种胸怀，这种气度，无所羁绊，一往无前！

世界每时每刻都在变化，人生无常，因此我们要紧紧把握住当下的每一刻。如果时光匆匆掠过，到了明天，今天再好的机会，你纵然有再大的决心，成功也已经与你无关了。

并不是每一个黎明都有绚丽的日出，也不是每一个夜晚都星光灿烂，你身边也不是每个人都会给你送上真诚的祝福，你一生中的很多事情，也不会都如最初所愿，这就是我们的世界。明白了这些之后，我们就可以用一颗淡定平静的心，看我们的世界和人生。

止谤莫如自修

“止谤莫如自修。”当你的自我修养到了一定境界之后就不会把任何毁谤、中伤、忌恨或者赞美看在眼里，你就可以有一颗平静淡泊的心了。

“流光容易把人抛，红了樱桃，绿了芭蕉。”季节就这样一刻不停，时光就这样一去不返，我们要紧紧抓住当下。

人生最重要的是了解自己，然后设计一条适合自己的路。有人写了一辈子诗也没有成为诗人；有人写了一辈子文章也没有成为作家，有人做了一辈子生意最后依然两手空空；有人在仕途上追求了一辈子，最后还是籍籍无名。这些人并不是不努力，他们致命的错误，就是选择了一条自己并不擅长的路，而且不能迷途知返。

人生必须有高贵的事情让你投身，必须有歌有诗有彩虹，还必须在内心深藏坚定的信念。

在我们人生的路上，那些先知先觉的导师，那些成功的精英，给我们指明了人生的方向。但是，人生的很多机会，也是那些目光短浅、懈怠、自暴自弃、甘于平庸的人给予的，所以，当你身边有很多这种人时，你不要生气，而是应该感谢他们告诉了你哪条是死路，避开并独辟蹊径。

如果一脚踩在了污泥上，一天都不会有好心情；如果一脚踩在了玫瑰花上，一天余香不绝。同样，如果一天中遇见一位高人贤士，听一段智言慧语，你会如沐春风；如果遇见一个俗不可耐的人，则如吞了一只虫子！所以，在每一个普通寻常的日子里，我们要把握好每一步。

“宰相肚里能撑船。”我们必须准备好足够宽阔的胸襟，感谢那些绊倒你的人，要在宽容的胸怀里，绽放出芬芳的花朵。

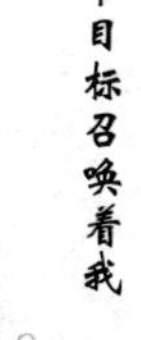

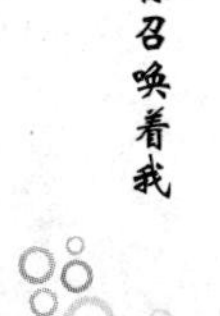

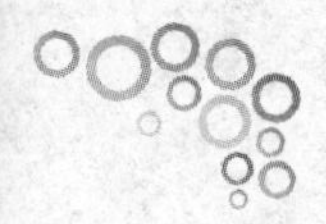

缺月挂疏桐

每一件事情都有不同的视觉。

“缺月挂疏桐，漏断人初静。时见幽人独往来，缥缈孤鸿影。惊起却回头，有恨无人省。拣尽寒枝不肯栖，寂寞沙洲冷。”

苏轼的这首《卜算子·黄州定慧院寓居作》，是被贬黄州后的作品。一个落魄的诗人，借月夜孤鸿这一形象托物咏怀，表达了自己孤高自许、孤独无助的心境，内心深处的幽独与寂寞显露无遗。

但是，如果撇开苏轼，单纯读这首词，我们完全可以有另外的解读。一个诗人行走在万籁俱寂的星空下，稀疏的桐树叶上方，一弯新月悬挂在寂静的星河，宛如一幅禅意隽雅的画，充满了诗情画意，这是何等诗意的夜晚。

选择一个不同的角度，人生与生活的际遇就全然不同，甚至会截然相反。

检验你的心智、胸襟和修养，就看你在面对他人，尤其是熟悉的人取得了杰出的成就，或者遭遇了灭顶之灾时的心态。看到人家的成功，你是由衷地祝福分享他的幸福，还是妒火中烧暗自诅咒？面对他人的厄运，你是落井下石幸灾乐祸，还是雪中送炭拔刀相助？

如果你刻意地让自己去适应所有人的眼光，幻想着换来所有人的赞赏，那你就错了。如果你这样做了，那么人到中年时你会发现，人生的路上，你不仅一无所获，还变成了一个目光短浅、一无所长、毫无见地的人。相反，一个杰出的人，必定目光如炬，锐气凛凛，无所畏惧。

所谓成长，就是我们面对各种不同声音时的心境。任何一只鲲鹏的展翅高飞，都必定伴随着乌鸦与麻雀的聒噪。成功时，你不要期盼着得到所有人的赞赏与祝福；受挫时，也不要期待着所有人都施以援手。如果你志在高远，你唯一要做的，就是沿着你自己选择的路，一往无前。

世上本无事

“世上本无事，庸人自扰之。”这句话本来很常用的，每一个人都理解它的内涵，但是，当自己真正面对的时候，就不一定那么超然了。

你成功了，不要期盼着所有的人都会给你掌声，你的成功与别人无关。你失败了，也不要期望着所有的人都给你同情，你的失败也与别人无关。

你就是你自己，没有人总是关注着你，时刻关注你生命进程的，只有你自己。明白了这一点之后，无论你面对成功还是面对失败，都要怀抱一颗淡定的心泰然处之。世界上什么事情也没有发生，江河依旧，岁月依旧，生活依旧。

天空并不总是晴空万里，也不总是阴云密布。也许，你抬头仰望的那一刻，天空恰巧是阴云密布，可是，你不能因此怀疑天空会有晴朗的时候，自暴自弃，不再仰望。既然上苍给了我们生活的机会，我们就不能放弃，只要坚定信念，总会有看到蓝天白云的时候，总会欣赏到属于自己的风景。

我们丢弃的，也许恰恰是自己最珍贵的。而我们努力渴望憧憬的，到头来却发现，我们并不需要。可是，人生没有假如，更没有重复的机会。我们唯一能做的，就是珍惜自己的每一秒，把握好自己当前的每一个细节，站立在无边的天空下，把岁月与流云收拢在一起，寄存在自己的记忆中。

所谓成熟

如果能学会用旁观者的眼光看自己，人生就会是另一番境界了。

一个年轻人，最重要的，是不要有市侩、世俗这些所谓成熟的东西。这些东西常常被一些成年人诱导为经验，实质上是平庸的代名词。年轻人，就是要朝气蓬勃，无所畏惧，一往无前，只有这样才能出类拔萃，闯荡出一片

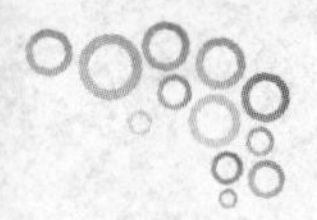

壮丽的世界。

其实，我们什么也不用担心，这个世界上只有回不去的时光，没有过不去的日子，更没有过不去的坎。

我们没有任何理由要求别人应该对我们怎么样，没有理由要求别人对我们好，更没有任何理由要求别人照顾我们的感觉与得失。

你以为自己一无是处吗？不对，任何一个人都有存在的价值，都有被他人需要的时候，也都是世界的一分子，只不过，大家被世界被他人需要的程度不同罢了。但是，你一定要相信，你是不可或缺的，你很重要。

我们看到的，往往是别人光鲜的一面，其实，每个人都有内心的苦，只不过，别人的苦藏在人家的心里，你不知道。

明白了这一点之后，就不要自弃自馁了，你有你的价值，有人比你更加不幸，你要注意的，是照看好自己，在人生的路途上多多担待自己。

照看好了自己之后，你会发现，世界是那么美好，你的一切，在未来的日子里都会更好。

如果一个人周身都散发着激情澎湃的正能量，你要成为他的朋友，追随着他的气息，你会不断获得让自己走向杰出的能量。如果一个人周身都是暮气沉沉、与世界格格不入的负能量，你一定要远离他，因为他会在不自觉中带着你成为一个另类叛逆，不断远离世界的主流。

对于一个有着远大抱负的跋涉者来说，每一天都是一个新的起点，每一天也都是对自己的一次超越。

退一步海阔天空

当一个人处于风口浪尖的时候，最重要的是什么？是懂得急流勇退，为自己留下一分余地。

当一个人心潮澎湃、意气风发、志得意满之时，最应该牢记的是什么？是人生自修，是心灵的归隐，是一分冷静的清醒，只有这样才会让成功的花朵开得饱满而艳丽。

宋朝的怀深禅师写过一首《退步偈》：“万事无如退步休，本来无证亦无修。明窗高挂菩提月，净莲深栽浊世中。”

世间似乎所有的人都在争名逐利，都唯恐落在别人后面，担心自己成为众生的异类。有谁能够急流勇退回头一步呢？

其实，当你感到力不从心，当你感觉困难重重，当你感觉希望渺茫的时候，如果你再一味强求，那么只能适得其反，徒添烦恼。

退一步海阔天空，如果那个遥远的目标无法达到，就转而去追求内心的安宁。这个时候，你会发现，眼前的世界顿时开阔了，你的内心也如生出一颗清净的莲花，烦恼殆尽，忧愁不再，你的周身都散发着人生觉悟了的芬芳。

弥勒菩萨的化身布袋高僧也写过这样的句子：“手把青秧插满田，低头便见水中天，心地清净方为道，退步原来是向前。”

在这里，退步，是为了更大的进步，是韬光养晦，是一张一弛。

培养自己豁达淡泊的心境吧，放下那些自己强迫自己背在肩上的沉重的负担，放下那些本来不属于你的欲望，不再执著于那些没有希望的执著，你就进入了人生的澄明之境。人生的前方，皆是开阔的世界。

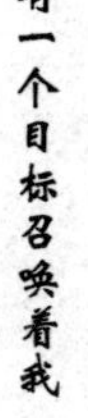

岁月的每一处皱褶里都自有深意

岁月的每一处皱褶里都自有深意

岁月流转，季节轮回，失望随处可见，我们总是难免那一份茫然，也不知何处是生命的彼岸，但是，我们却不孤单，人生的路上，总有大家同行。

只要你不把自己的心孤立起来，你就不是一个人在旅行。正如沿途的风景你要独自欣赏一样，人生中所有的风霜你要独自品尝，所有的苦难你也要独自去扛。

在人生的这场戏里，如果自己总是做主角，不仅太累，也不会总有精彩的高潮出现。故事会有松有紧，不妨试一试做观众吧，你会发现，世界是轻松而惬意的。

常常有读者问我这样的问题：老师，你的人生是那么精彩！可是，我的人生为什么总是那么平淡？我怎么才能有精彩的人生？

我告诉读者：你看到的只是我生活的一小部分，你一定不知道，我的大多数时间，是一个人孤独地默默耕耘着的，无论酷暑严寒。只不过，我在我的那一个个平淡的日子里，依然生活得快乐而富有诗意，从来没有感觉平凡的日子是枯燥无味的。因为我相信，幸福不会遗漏任何一个人，只要自己不放弃，精彩的日子一定会到来。

但是，这种坚持，一定是你特有的属于你自己的追求，那是你的特长和梦想，而不是你屈从于他人的眼光，使自己流俗。如果你以别人的满意和赞许为目标，最终一定是失去了自己的东西，使自己消失在凡俗尘世的河流里。

其实，人生的每一个转折处，岁月的每一处皱褶里，都自有深意，关键是我们是否能在那样的时刻，保持一颗警醒的心。如果我们能让自己时刻保持那样的清醒，坚持自己的初衷，坚守自己的梦想，那么眼前所有的诱惑就会变成稍纵即逝的云烟。

荷叶之心

我们是否能够做到“看只是看，听只是听，做只是做”？拥有一颗荷叶之心，不被污浊的环境浸染，顺随自然，独自芬芳？训练一颗坚守自我、不因环境的不同而轻易改变的心，是一个人一生应该去领悟的真谛。

很多人都幻想着生命能够重来一次，给自己的生命注入清新的泉流，避开那些曾经的错误与迷惘，选择正确的人生方向，不再重蹈覆辙。可是，反过来想，如果我们没有那曾经的忧伤、曾经的挫折，没有那些痛不欲生的失败，我们又怎么会领悟哪条道路是最近的，哪条道路更适合自己到达远方？又怎么会有今天的珍惜？

人生总是会有很多无法弥补的缺憾，总是会有力不能及的烦恼，也总是会有无法实现的梦想。

所以，自己的生命中一定不要有悔恨。悔恨，不仅否定了自己的过去，还否定了自己的未来。没有人有义务告诉你怎么走，所以不要抱怨他人。世界是多变的，从来没有一条道路是一成不变的，所以不要悔恨当初的选择。

对于他人来说，你所有的一切，不论是你的辉煌还是你的挫折，都不过是好玩的一场戏，看的是你人生的热闹而已，所以你一定不要把别人的眼光当回事。

所有生活的忧伤、辛酸、挫折、美好、欢心，都是人生的一部分，也都是人生的精彩。这些都经历过了，人生才是完美无缺的，缺少哪一个部分，人生都不完整。

世界就在那里，生活就在你身边，日出日落，暮鼓晨钟，一切如旧。

你就是你自己，自己就是最好的，你的人生很精彩。

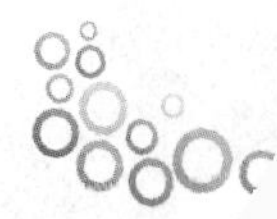

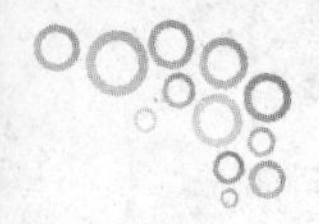

时间在一刻不停地飞逝

时间在一刻不停地飞逝。不论你喜欢还是不喜欢，也不论你承认还是不承认，它本来的面目，就是一去不回，不可逆转，无法弥补。它不会因为谁的地位崇高就多给谁一分，也不会因为谁的地位卑微就少给谁一秒。所以，谁尊重了时间，谁就会从时间那里得到尊重，谁浪费轻慢了时间，谁也必然会从时间那里受到惩罚。

人生中没有光明大道，你的未来因你的不断努力才逐渐变得光明。

你是否知道：你每天渴望得到并苦苦追求的，究竟是什么？你过去梦寐以求的、憧憬的，到头来发现是错的；而今天拥有的你感觉太过平常，却不知道正是应该珍爱的。岁月的河流川流不息，如果你能明白，你就是你，你就是最好的，把握好你当下的每一刻，你就一定是成功的。

很多时候，应该把命运和无奈交给时间，时间能够把一切都安排好。

生活中，就在我们的身边，有很多襟怀坦荡的人。你稍稍留心就一定能发现，不论人生的道路上有多少血雨腥风，那些襟怀坦荡的人，都受到了人们发自内心的尊敬，而他们的人生，也总是左右逢源。而那些心胸狭隘的人，不仅会失去朋友，还总是与大好的机会擦肩而过。

我们就是时间长河中的一个匆匆过客，很多人总想挽留住一些机会和一些事情，却不知道无论什么事情和机会，发生了，错过了，就永不会再来。所谓下一次的重逢，已经与原来的大相径庭，不可同日而语，也不会再重复过去的故事。

不论时间给你造成了多少误会，也不论时间给你带来了多少误解，很多时候你都没有必要急于去解释什么，你应该坚信时间会证明一切。如果学会了用无言的时间面对误会与误解，你不仅会得到朋友真诚的理解，还会得到更高的尊敬。

在时间的殿堂中闪耀的，是人性的光辉。

心眼俱开

文学家虽然手无寸铁，但他作品的力量对于一个民族的影响与启蒙，有时远胜于那一个个一度叱咤风云的豪杰枭雄。

佛陀的智慧与菩萨的慈悲无处不在，一个伟大的文学家，在万千尘世中，心眼俱开。

承认贫穷并不可耻，可耻与悲哀的是意识到了可耻而不思改变。所以，看到那些可怜的人，我从来也不同情，因为我知道他们有可恨之处。

有很多时候，我们会面临突破还是放弃的抉择。这个时候，杰出的成功者总是会找到无数的理由论证突破的可行性，而平庸的懦夫总是会找到一百个放弃的借口。

玄奘在大唐本已是成名的法师，可以每天在庄严的寺院接受信众的膜拜，但是，他却选择了穿越万里荒漠，经历八十一难，去印度取经。他自己也没有想到，这一去，竟然完成了一个千年壮举。我常常想，人生的很多奇迹正在这里。我们能决绝地放下，能勇敢地把自己逼入绝境吗?

朋友之间，说同生共死有点不实际，但是，同舟共济，却是朋友兄弟之间最庄严而真诚的承诺。

我们身边，永远是普通平凡平静的生活，但是，文学家则不同，他总能从平静的表象背后，发现生活的密码，开启成功之门，走进宽广的世界。

一个文学家，在用一生的力量寻找智慧的海螺，希望把海螺贴近每一个读者的耳边，让大家聆听大海的潮音。

文学家都是精神富足的人，他们的心灵之树结满了幸福的果实，然后慷

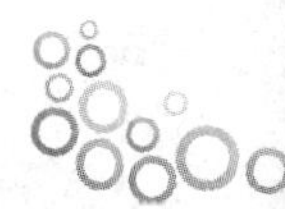

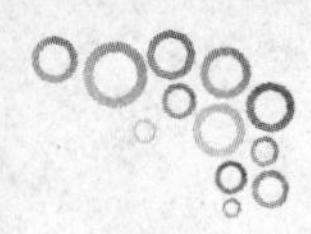

慨大方地送给天下人分享，希望所有人都能品尝到灵魂的芳香。

自然界的每一朵花，每一棵草，每一粒沙，每一片云，都自有深意，如果你对于这些视而不见，更没有触动心灵的感动，你就不可能进入澄明之境。

其实，一个伟大的人，他的伟大之处不在事功，而是他坚韧不拔的追寻。他一往无前的身影，才是留给世界的最美的风景。

山川无言

路边的每一棵小草，都结着晶莹的露珠。大地寂静，山川无言，穿过尘埃，就是辽阔无垠的苍穹。

一个年轻人，只有 28 岁，就自暴自弃。我问他：今天的傍晚太阳落下了，你坚信它明天早晨会准时升起码？他说：相信。我说：如果你坚信这一点，那你即便有一千个借口哭泣，也要有一千零一个理由坚强；即使只有万分之一的希望，也要紧紧抓住不放。

不论尘世多么险恶寂寞，只要有一颗美好向善的心，我们就能够相互照耀，让我们的世界温暖而明亮。

傍晚，沿着湖边小路散步的时候，我总想起康德。康德是德国哲学家，德国古典哲学的创始人，对近代西方哲学产生了巨大的影响。他在家乡的哥尼斯堡大学读书，终其一生，一直没有离开过家乡。但是，二百多年以来，全世界无数的人，越过千山万水，以虔诚之心，来感受他散步的小路散发的气息。

梁实秋先生从在青岛居住时开始翻译《莎士比亚全集》，每年两本，后来到福建，到台湾，一直随身携带文稿，从未间断，历时近半个世纪，直到 1967 年全部完成。梁先生穷一生之力完成宏愿，其坚韧之志，让人钦佩，令人敬仰。

大师们只是持续地做着喜欢的事情的普通人。但是，他们与普通人又不同，他们始终在用文字寻找着人类最终的幸福，甘愿为了照亮世界而燃烧自己。所以，大师们能忍受长夜黑暗的寂寞，带着微笑、诗意与感动，不断走向未来。

有些人注定会擦肩而过，有些事注定会成为故事，有些路注定会一个人走，但是，这一切，都注定会成为人生的回忆。

歌德说："小心你在年轻时许下的愿望，也许，中年以后真的会实现。"

一朝风月，万古长空

崇慧禅师说："万古长空，一朝风月。"人生，决不能因一朝风月昧却了万古长空。我始终相信，只要我能忍受常人不能忍受的寂寞，只要我能跋涉常人不肯跋涉的坎坷，只要我愿承担常人不愿承担的风雨，只要我用一生的努力去追求自己的梦想，生活就一定会在成功者的盛宴上为我留一个位置。

我常常想，若干年之后，在未知而遥远的深夜里，是否还有人会读着我的作品入睡？

人的弹性有多大呢？不论你陷入多么深重的灾难，也不论你感觉怎么走投无路，甚至你已经痛不欲生了，这时，假如你换一个思路，或者退回一步，或者抱着从头再来的心态，你的面前就一定是另一番景象了。

贝多芬双耳失聪之后，写出了最伟大的乐章《未完成》，也许正因为失聪，让他进入了完全的寂静吧？弥尔顿双目失明之后，写出了最伟大的诗篇《失乐园》与《复乐园》，也许正因为失明，让他走进了完全黑暗的心灵世界吧？

茶圣陆羽最著名的一句话"愧一事不尽其妙"，意思是他有一件事做不精也会感觉惭愧。也许正因为他是一个完美主义者，才会写出千古不朽的

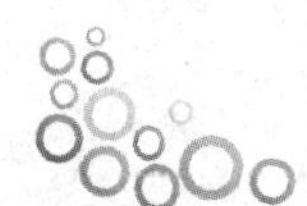

《茶经》吧?

哲学家卡莱尔说过:“不要过分关注远方模糊的东西,最重要的是每天做好手边的小事情。”事实上,当你每一天都把手边的一个个小事打理好的时候,也许不久之后,你的眼前已经是辽阔丰饶的世界了。

一百多年前的日本诗人宫泽贤治这样说过:“前方的路不管有多苦,只要走的方向正确,不管多么崎岖不平,都比站在原地更接近幸福。”

幸福就在不断追求远方的路上,因为那个远方,有你一生的期许。这对于那些一生都没有什么成就的人来说,是多么沉重的当头棒喝!你羡慕他人的成功,你嫉妒他人的成绩,你仰慕他人的幸福,原因就在这里了。你总是站在原地等待,你总是不能迈出第一步,你总是畏首畏尾、瞻前顾后,你的悲剧就不可避免了。

什么时候都不晚

“文以载道”,这向来是文人神圣的责任。其实,我以为,与人为善,坚持正义,勇于担当,更是一种教养。

每当想起“无可奈何花落去,似曾相识燕归来”,就对大自然心生敬畏。幼时老家的堂屋房梁上有个燕子窝,冬天的时候燕子走了,母亲说:“等着,春天的时候它们还会回来。”到了次年开春的时候,燕子果真就来了。我不明白,茫茫大地,千山万水,一只小小的燕子,怎么会认识回家的路?我一直在想,宇宙中隐藏着多少神秘的智慧呢?我们又知道多少呢?

每天傍晚,沿着湖畔的小路散步,目送夕阳西下的壮美,我自然想起李商隐的诗“向晚意不适,驱车登古原。夕阳无限好,只是近黄昏”。身体不适的诗人,到荒野上看到夕阳,引起人生无奈的惆怅与苍凉,才诞生了伟大的诗篇。今天的我们,面对夕阳,又有几许感怀呢?

清人张灿写了一首诗："书画琴棋诗酒花，当年件件不离他；而今七事都更变，柴米油盐酱醋茶。"世人年轻时一定都有过高尚高雅的人生追求吧？一定也都有过艺术的爱好与情怀吧？只是大多最后都随于俗流，泯然众人也。

有一个一直默默无闻地喜欢文学的朋友问我，自己过了中年了，想再创作，不太晚了吗？我回答他：如果创作的心开启了，什么时候都不晚。托尔斯泰写他的传世巨著《安娜·卡列尼娜》的时候已50多岁；海顿最好的作品是50岁以后写的，代表作《创世纪》创作于67岁；亨德尔56岁才写伟大的《弥赛亚》；瓦格纳创作《帕西法尔》的时候已经69岁。相比这些伟大的作家，我们哪里晚啊？

我发表了很多域外随笔，涉及很多国家，有人问我是否去过这些地方。我说：苏东坡的《赤壁赋》以荡气回肠的气势流传于世。可是，研究文学史的人都知道，苏轼所游的是黄州城外的赤鼻矶，而非当年周郎大胜曹操的赤壁之地。这就是文学家的奇异之处，托物言志，借题抒发自己的情怀。清人朱日浚曾说："赤壁何须问出处，东坡本是借山川。"这里，一个"借"字，文学的奥妙就不言自明了。

浅尝辄止

人生的幸福，并不是来自财富的获取，而是来自于自我心扉的豁然洞开。每一个庭院里都有清风明月，可悲的不是生活的困顿，而是于困境中失去人性的情怀与人格的尊严。

我们身边有两种人：一种是悲观主义者；一种是乐观主义者。后者似乎从来没有忧愁，再坏的情形也不会皱一下眉头。这样的人，每天都温暖如春，只要有他存在，就没有什么过不去的坎儿。他们对未来总是充满希望，

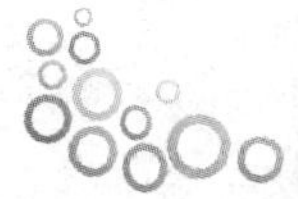

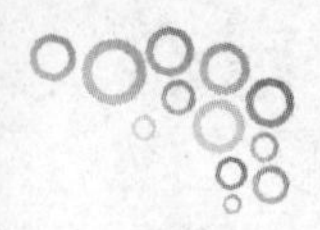

总是风趣幽默和乐观。一个悲观的人，总是把灰暗的一面展示给他人；乐观的人则不同，总是展示给人们阳光、温暖与欢笑，总是带给人们一往无前的希望，带给人们积极向上的正能量。

既然世界上存在这样的两种人，那我们就与乐观主义者为友，远离悲观主义者。因为，悲观主义者只会传染给你悲观的负能量；而乐观主义者传递给你的，都是积极进取的力量。

一个有追求且自信的人，不会相信什么奇迹与捷径，他们会依靠自己不懈的努力获得成功。清代文学家袁枚在他的《牍外余言》中说："以著作争胜负，故不喜赌钱；以吟咏当笙簧，故不爱听曲；居易以俟命，故不信风水阴阳；听其所止而休焉，故不屑求仙礼佛。"意思是，作家的文名靠的是作品的成就，所以作家不会去做赌钱这种不可靠的勾当；如果有自己的诗作可以吟咏，就不需要听别人的演奏；君子安身立命不贪图身外之物，当然不用指望风水先生指点迷津；一个人如果乐天知命，自然无须去寺院里拜菩萨以求恩惠了。

明代杭州人来斯行官至福建右布政使，曾经写过一部书《槎庵燕语》，其中有句话对今天的青少年依然有启迪意义："天下无不可化之人，但恐诚心未至。天下无不可为之事，只怕立志不坚。"放到今天来说，就是天下没有不能教化的人，如果有，那是因为你的诚心不够；天下也没有做不到的事情，如果有，那是因为你个人的意志不够坚定。

事实上，看看我们身边那些平庸无为、一事无成的人，他们之所以顽固不化没有成功，是因为自己毫无诚心，总是浅尝辄止，意志薄弱。

瓦尔登湖

写出了《瓦尔登湖》的美国作家梭罗居住在湖边，每天清晨呼吸清新空气的时候，都设想能把这清新的空气用瓶子装起来，卖给城市里那些迟起的人。我想，不只是那清新的空气，还有湛蓝的天空，洁白的云朵，透明的溪水，还有散淡的自由，愉悦的心情，都可以装起来，卖给缺少的人。

在希腊，几乎每个城市里都有古代剧场的废墟，它们因当年在这里演出“希腊悲剧”而闻名于世。每一次走进这些废墟，我都会想：不仅仅是希腊人，全世界的人们都喜欢看悲剧。为什么人类喜欢悲剧？

悲剧其实并不是发生在我们生活中的悲惨故事。剧中有一个英雄人物，他们不接受命运的安排，面对巨大的困难，不断抗争。虽然最后抗争失败，但是，剧情却向人们传达了一种崇高悲壮的情怀，给了人们这样的启示：自己人生中的困难与他们相比微不足道，他们不屈服于命运，自己为什么不能？这种启示，减少了我们人生中的恐惧与悲哀，安慰了我们的心灵，更捣碎了心中的块垒。

悲剧是人生中最艰难而崇高的美。亚里士多德说：“悲剧引起人的恐惧与哀怜，净化人的情欲而获得精神上的提高。”弘一法师临近圆寂时也曾经手书“悲欣交集”，这正是大师们对生命真谛的领悟。

我乡间的梅园建好四年了，花园里自然生长出很多花草树木，而且，有的树长势喜人，几年时间就穿过了房顶。每一次看着这些树木花草，我都不忍心修剪。有的树长在屋檐下，墙角边，而且很多是珍贵的榆树，也不舍得拔除。它们挺拔葳蕤，装点着庭院，给庭院带来勃勃生机。

可是如果不进行修剪和拔除，院子就真的长荒了。我还是决定忍痛对它们进行修剪、拔除，整理之后，庭院规矩整齐多了。

生命中我们总会有很多不舍，可是，即便再珍贵，该舍弃的还是要毫不犹豫地舍弃，因为舍弃之后，就腾出了更大更合理的发展空间，是为了更好地填充。

在湖边住了整整一年，每天在湖畔的小路上散步，恰恰走过了春夏秋

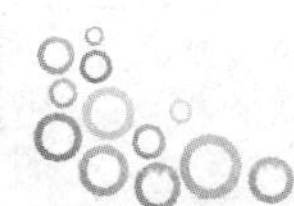

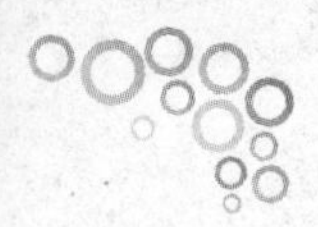

冬四季轮回。见证了春暖花开的春天，目睹了落叶萧萧的秋天，看过了冰雪覆盖的冬天，也拥抱了热烈繁华的夏天。自然与造化，就这样无声无息地走过，没有惊喜，也没有悲伤。

即使是净土中的莲花，依然也会飘落。那些伤春的诗人，那些悲秋的文学家，那些忧郁的歌者，何须去心灵中寻找解脱?

孤独是一种心境

孤独是一种心境，更是一种修炼。

没有人愿意孤独，所以人们总是把知音看得十分珍贵，渴望在人生的旅途上得到理解。

有的人精神空虚，往往错误地把空虚看成孤独。实际上，孤独与空虚有着本质的区别。孤独是生命旅途上暂时的寂寞，或者暂时的无助，是一种暂时的心境；而空虚则是信仰理想的缺失，是精神意志的薄弱，是巨大的人生失落，甚至是对人生追求的绝望。

常常有人说享受孤独，那是说要在那种短暂的心境中修炼自己的人生态度，锤炼自己的精神意志；但是，如果让自己长时间陷入孤独，就不是可取的人生态度了，因为孤独的状态不能是生命的主流，人生最重要的状态应该是阳光明媚，应该是不离不弃。

所以，人们总是赞美那些超越孤独、坚持理想、不断奋斗、一往无前的人。

我们的一生中，谁都会有孤独的时候，谁都会有寂寞的时光，所以，让自己的人生拥有坚强，拿得起放得下，不因孤独而放弃，更不因暂时的寂寞而绝望，就是人生的大智慧。

孤独的时候，最不应该有的，是抱怨，是放弃，是心伤。这样的时候，如果我们充满信心，打开心门，积极努力，意志坚强，前方就一定是无限风光。

能够战胜孤独的人，一定是内心强大的人。这样的人一定视野辽阔，志在千里，即便身处斗室，眼光却在深邃的苍穹。这样的人，不会挑剔生活，不会抱怨世界，生命中没有退缩，没有软弱，更不会用自制的牢笼囚禁自己。

英雄寂寞，曲高和寡，明白了这一点之后，我们的眼前，就会有风雨之后的鲜花与掌声。

春风几度来

在熙熙攘攘的尘世间，我们能否默默坚守自己的信念、率真与善良，不让自己最初的理想背井离乡？

有信仰的人，不论遭遇多少磨难，人生依然五光十色。因为他们坚信，只要自己意志不倒，就一定会到达梦想所在的远方。

春风几度来，只为换流年。最让人疲惫的，不是路途的遥远与坎坷，是心伤。把阳光写在脸上，心往哪里放，哪里就有力量。

如果我们的心中始终耸立着信念的旗帜，我们就一定能实现梦想。因为只要有信念在，即使身处逆境，也会扬起前进的风帆；即便遭遇厄运，也能重新鼓起生活的勇气；不论遇到多么大的不幸，也会保持崇高不屈的状态。

我的《幸福是游移不定的》出版之后，有读者问我：为什么起这样一个名字，你笔下的幸福又是什么？我说：真正的幸福，是我们从没有放弃过追求幸福，从没有怀疑过幸福在前方，我们永远在奔赴幸福生活的路上。

幸福就隐藏在我们的在意与不在意之间，不管我们多么迷茫，只要我们在意身边的呵护与温暖，只要我们不在意那些生活中的烦恼与纠缠，每一个明朗的日子，都足以让我们幸福。

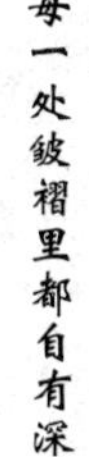

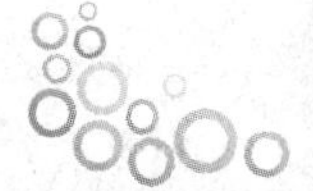

并不是攥紧拳头就能留住过往的岁月，也不是踮起脚尖就能够看到未来的风景。不论什么力量，都挽不回似水流年；不论你用什么技巧，也望不穿如烟尘世。唯一要做的，是原谅已经过去的那些破灭，那些遗憾，那些悲伤，以一个全新的状态过好现在，把握当下，那么，今天的步履不仅仅会成为明天的风景，更会温暖过去的故事。

不要把希望寄托在别人身上，唯一能帮助你成功的，只有你自己，你寄于别人的希望越多，失望就会越大，最终会变成一座奢望的巨石，把你的信念与未来彻底压垮。

没有人能许我们一世的春暖花开

事情只要没有到最后，就一定不是最好的结果。人生禁不住时光的打磨，一切最终都会归于平静与沉默。不论在一起有多么热烈，转身之间，也许就是永别。

时间会冲淡生活中所有的无可奈何，会稀释所有刻骨铭心的伤痕，一切的得意也会烟消云散。

守候在命运的旅途中，有了放下的心境，有了拾级而上、闲庭信步的从容，打开双手，世界就在你的手中。

奴役我们的，让我们痛苦的，并不是功名利禄，而是由于我们对功名利禄的渴望与迷恋太深。那些让我们烦恼的，并不是生活中的不如意，而是我们对于生活和他人的期望太高。

安放好你那颗躁动的心，你的世界，就会云淡风轻。

常常遇到这样的问题：那些成功的人，一定是遇到了大好的机遇，而自己之所以没有成功，是因为没有得到机遇的垂青。

其实，机遇对每一个人都是公平的，人的天赋也相差无几，关键是看谁下的功夫深。下功夫深的人，当机遇来临的时候，轻易地就抓住了；而下功夫浅的人，没有练就必需的本领，机遇来了，也会擦肩而过。

生活中的诱惑太多了，你能为了练就本领，把那些诱惑抵挡在大门之外，耐得住长期的寂寞吗？如果没有这种抵挡诱惑的自制力，想成大器，就是异想天开。

成功的人，有一个共性，就是选定了目标之后就一往无前，没有退缩，没有犹豫，总是为了实现目标依靠自己的力量而努力。失败的人也有一个共性，从来就没有一个明确的人生理想，做事总想着天上掉馅饼，总希望得到别人的帮助，遇到困难就怨天尤人。

你能心平气和地接受所有结果的时候，你的心智，才是真正成熟了。

失败者最无力的借口是没时间，没机会，没毅力。其实，恰恰这三种东西，是最公平的，人人都有。不同的是，成功者都握在了手里，失败者熟视无睹。

所有的风雨磨难，最终一定会成为雄浑的人生风景。

一缕云烟

最喜欢泰戈尔的那句诗："天空没留下翅膀的痕迹，但我已飞过。"

人生多少事，都化作一溪流水，一缕云烟，一粒尘埃。我们笑过，也哭过，有过热烈的喧嚣，也有过成功的欢欣，但是，最终，生活会归于寂静，会归于平淡。

如果我们接纳了这份平淡，就有了一份超然，也就拥有了一分淡薄，一分宁静，一分从容，也就拥有了一种辽阔的胸襟。

大地无言。日出日落，春夏秋冬。田园安静，树木葳蕤。无论狂风暴雨还是美丽的彩虹，都是短暂的风景，平淡，是最长久、最真实的生活。

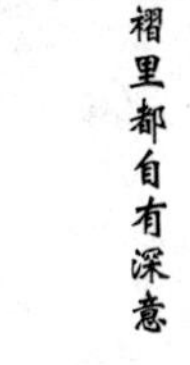

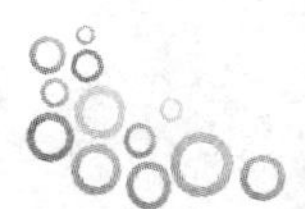

聚散是人生的常态，风雨是岁月的衣裳，坎坷是人生的步履，繁花总会落地为尘，归于大地青山。所有的爱恨情仇，所有的刻骨铭心，所有的难以忘怀，都必将化为温暖的记忆，珍藏心间。

也许你会后悔曾错过了机遇，也许你会遗憾自己曾经幼稚，也许你会痛恨自己性格的软弱，也许你会担心失去已有的东西。其实，这个世界上所有的东西都不属于我们，无论已经失去的还是得到的，都不过是我们自己的一厢情愿，是我们自己的一种主观感受。退一步，你就会发现，千辛万苦得到的未必是你的福音；让你万分惋惜而失去的，未必不是你的累赘。如果有了随缘的心境，回到真实，你的世界自然海阔天空。

其实，平淡是一种境界，是一种超脱的轻松，是一种简约的生活态度。不要强迫自己做力不能及的，不要强迫自己做什么大人物，不要苛责自己总是引颈高歌，回归到真实的自我，让自己的心灵安详，与本来的自己无缝对接。

沧海桑田，经历了人生的悲欢离合，走进平淡的人间烟火，你的世界，诗意盎然，满目清凉。

苏格拉底

苏格拉底长相的丑陋，与他的智慧一样享有盛名。这让我们想起这样一句话：“上帝赋予了他无与伦比的智慧，就要从他的长相中索取。”有趣的是，苏格拉底从来不介意自己的丑陋让大家难堪，而人们也从没有因为他的丑陋而否认他的智慧。

有一天，苏格拉底的学生柏拉图问苏格拉底：什么是爱情？

苏格拉底带领柏拉图到了一片麦田附近说：穿越这片稻田吧，去摘一株最大最黄的麦穗回来，但是不能走回头路，而且你只能摘一次。柏拉图去了，许久之后，他却空着双手回来了。

苏格拉底问他：怎么空手回来了？

柏拉图说道：当我走在田间的时候，曾看到过几株特别大特别灿烂的麦穗，可是，我总想着前面也许会有更大更好的，就没有摘；但是，我继续走的时候，看到的麦穗，总觉得还不如先前看到的好，所以我最后什么都没有摘到。

苏格拉底意味深长地说：这，就是爱情。

柏拉图又问苏格拉底：什么是婚姻？

苏格拉底带领柏拉图到了一片树林附近，说：我请你穿越这片树林，去砍一棵最粗最结实的树回来放在屋子里做圣诞树，但是有个规则：你不能走回头路，而且你只能砍一次。

柏拉图去做了。许久之后，他带了一棵并不高大粗壮却也不赖的树回来了。

苏格拉底问他：怎么只砍了这样一棵树回来？

柏拉图说道：当我穿越树林的时候，看到过几棵非常好的树，这次，我吸取了上次摘麦穗的教训，看到这棵树还不错，就选它了，我怕我不选它，就又会错过了砍树的机会而空手而归，尽管它并不是我碰见的最棒的一棵。

这时，苏格拉底意味深长地说：这，就是婚姻。

还有一次，柏拉图问苏格拉底：什么是幸福？

苏格拉底说：我请你穿越这片田野，去摘一朵最美丽的花，但是有个规则：你不能走回头路，而且你只能摘一次。

柏拉图去做了。许久之后，他捧着一朵比较美丽的花回来了。

苏格拉底问他：这就是最美丽的花了？

柏拉图说道：当我穿越田野的时候，我看到了这朵美丽的花，我就摘下了它，并认定了它是最美丽的，而且，当我后来又看见很多很美丽的花的

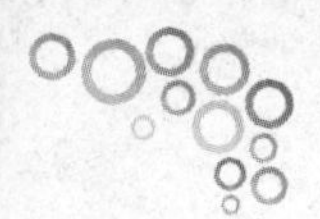

时候，我依然坚持着我这朵最美的信念而不再动摇。所以我把最美丽的花摘来了。

这时，苏格拉底意味深长地说：这，就是幸福。

柏拉图有一天又问老师苏格拉底什么是外遇。

苏格拉底还是叫他到树林走一次，但是，不同的是，可以来回走，在途中要取一支最好看的花。

柏拉图又充满信心地出去了。不久，他精神抖擞地带回了一支颜色艳丽但稍稍焉掉了的花。

苏格拉底问他：这就是最好的花吗？

柏拉图回答老师：我找了两小时，发现这是盛开得最美丽的花，但我采下带回来的路上，它就渐渐枯萎下来。

这时，苏格拉底告诉他：那就是外遇。

又有一天柏拉图又问老师苏格拉底什么是生活。

苏格拉底还是叫他到树林走一次，可以来回走，在途中要取一支最好看的花。

柏拉图有了以前的教训与经验，充满信心地出去了。

过了三天三夜，他也没有回来。

苏格拉底只好走进树林里去找他，最后发现柏拉图已在树林里安营扎寨。

苏格拉底问他：你找到最好看的花了吗？

柏拉图指着边上的一朵花说：这就是最好看的花。

苏格拉底问：为什么不把它带出去呢？

柏拉图回答老师：我如果把它摘下来，它马上就枯萎。即使我不摘它，它也迟早会枯萎。所以我就在它还盛开的时候，住在它边上。等它凋谢的时候，再找下一朵。这已经是我找着的第二朵最好看的花了。

这时，苏格拉底告诉他：你已经懂得生活的真谛了。

苏格拉底是在以这样的隐喻告诉世人，完美是不存在的，所以，期待完美的人，都是在等待的失望中度过的。欲望是无止境的，如果要脱离堕落的苦海，唯一的方法，是做一个有自制力的人。强大的自制力，会让你沐浴在理性的光芒之下，抵达崇高的彼岸。

我们从苏格拉底与柏拉图的充满智慧的对话中不难得到这样的启示：在别人的影子下活着，永远只能做他的影子。人云亦云地说话，永远不会有独到的主张。做真正的自己，用自己的意识来判断事物，才能建立自己的权威。

自　知

自知，就是要知道自己的能力有多大，自己能给他人带来多少幸福，自己能在世界上承担多少责任与使命。希腊德尔菲神庙门楣上的那句话“认识你自己”，2000 多年前就悬挂在那里了，可是，人类至今对自己又知道多少呢？

《中庸》中有一句话：“万物并育而不相害，道并行而不相悖。小德川流，大德敦化，此天地之所以为大也！”意思是说：万物一起生长而互不妨害，道路同时并行而互不冲突。小的德行如河水一样长流不息，大的德行使万物敦厚淳朴，这就是天地的伟大！

领悟了这句话，我们就不必崇拜哪些人，也不要鄙视哪些人，不要为自己的成就骄傲，也不要为自己地位的卑微而自惭形秽，因为，在我们这个世界上，每个人都有不可替代的位置，都有独到的价值，只不过大家所处的位置不同。

希腊哲学家第欧根尼曾经说：富有的人未必有钱，而有钱的人未必富有。苏格拉底的回答是：“做个聪明而又有用的人。”

金钱只是一种证明，证明你是一个有能力的人。但可悲的是，很多有钱

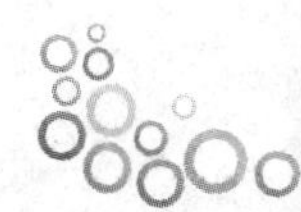

的人，以为拥有了金钱就拥有了世界。

当城市遭到进攻的时候，所有人都在忙着带上最值钱的东西逃命。可哲学家毕阿斯什么也没有带，两手空空最先到达了安全的地方。有人问他：你难道没有什么值钱的东西可以带吗？他回答：我把最值钱的东西带来了，就是我的生命，还有比健康的生命更值钱的东西吗？

当很多人为了带所谓值钱的财宝，而没有来得及出城遭到攻击死亡之后，人们明白了哲学家的智慧。

我们应该自知，知道我们哪些方面是愚蠢的。有些暂时的利益十分诱人，其实，善行是通往幸福的唯一道路。不论你拥有多少财富，都未必能赢得世人的尊敬，但是，如果以善行为己任，你会发现，何止是赠人玫瑰，手有余香，你得到的，是整个世界。

最优秀的人就是你自己！如果确信了这句话，就是自知的开始，也是拥有智慧的开端。然后，就是循着最佳的路径，点燃理想的火把，找到发挥自己能量的钥匙，开启属于你的世界之门。

人必须意识到自己的无知，然后抓住一切机会学习知识，使自己成为一个有着丰富学养的人。但是，同时还要拥有一个健康的体魄，不然，再丰厚的学养藏在羸弱的躯壳里，没有能力去施展才干，知识也就失去了光芒。

如果我们遇到了一个每天都在朝气蓬勃地追求梦想的人，一定要紧紧追随他的脚步，我们自己也会在他的感染下，放下生活中的琐碎，抛弃人生中的颓废与猥琐，变成一个意气风发的人。

心　态

“一遭被蛇咬，十年怕井绳。”这句话是对一个人谨慎心态的最好的表述。很多遭受了挫折的人，最后往往会彻底放弃努力，走向潦倒、颓废，以致一蹶不振。其实，这个时候，打倒他的，并不是挫折本身，而是心态。

心态，是我们可以掌控的东西，让自己快乐，还是让自己忧伤；让自己努力，还是让自己放弃；让自己宽容，还是让自己狭隘，都完全取决于我们自己的心境。

如果以玩世不恭、懒散的心态处世，你的人生必定是消极的，在这种心态下什么事情你都不会做好。相反，如果你以饱满的热情，以精益求精的态度做事，世界必定会以最高的报酬给你，你一定会成为最后的成功者。

有人总是沉湎在自己曾经失败的过往当中不能自拔。其实，如果这样想：你所有做过的事情，不论是成功的还是失败的，都是你人生的一段经历，都是你生命中不可缺少的重要的经验和财富，你的心境必然豁然开朗，世界所有的窗口都会为你打开。

如果我们仔细盘点一下自己可以随时支配的资源，你会发现，我们的资源，主要就是毅力、勇气、努力、精力、时间、经验，这些资源将决定我们的未来。其他的东西，金钱、财富、房产，差不多都是我们做事的累赘。所以，我们可以做这样的比较：自己与那些披着辉煌外衣的成功者相比，什么都不缺少，人家拥有的，自己同样拥有。如果，有了这样的认识，就必然会拥有健康的心态，一半的成功砝码就有了。

具有了这样的心态之后，你会发现，世界上最可靠的人，最可以依赖的人，就是你自己。而且，你自己，与那些原来你羡慕甚至崇拜的人，并无本质区别。你也完全可以依靠自己的力量到达理想的彼岸。

重要的是，这种健康的心态，不能是短暂的，不能只是一时的冲动，而应该一直延续在你的生命当中，成为你的秉性，成为你的习惯，不论什么时候，这种心态都牢牢地掌控在你的手中。

这个时候，你就是一个无坚不摧的人了。

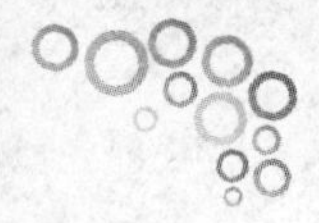

信誉与声望

人生最大的资本是什么？是信誉与声望。即使你什么都没有，这两点也足以让你东山再起。

一个人在进入社会之后，最重要的是建立自己的声誉。但是，令闻广誉不会凭空而来，它来自于你做人的诚恳、做事的扎实、执著的信念与不言败的精神意志。当你这样去做人做事的时候，也许暂时不会有什么起色，但是，一旦你的声誉建立起来，你就会拥有整个世界。

不断地自我贬损、总认为自己微不足道的人，在别人的眼里，一定也是一只可怜虫。你对自己的能力、地位、重要性和社会角色的评价，必然表现在你日常的生活中，传导给他人，并成为社会对你的定位。

没有什么比竭尽全力、意志坚定地完成自己的既定目标，更能赢得人们的钦佩与敬仰。事实上，一个人一旦树立了有毅力、有决心、有忍耐力、胸怀宽广的声誉，世界必将为他打开所有的成功之门。

马修说："我们降临于世，并不天生拥有强大的心灵力量。我们必须通过自己的努力，才能不断扩展自己的心灵疆域。"所以，我们必须经历生命中的一切：美好与欢乐、悲伤与痛苦、勇敢与恐惧。

一个人的品格，是日积月累的习惯养成的。而这种品格，正是获得声誉的基础。我们常常看到一些人，对于一些看起来无足轻重的琐事不严格要求。其实，恰恰是那些生活中的琐事，让人们相信，你是一个不可托之人。你的声誉扫地，就是不可避免的了。

一个有着良好声誉的人，也会很容易使自己的声誉破产。只要你言而无信一次，背信弃义一次，恶语伤人一次，占他人便宜一次，就已经足够。可以推断，我们应该把自己面对的每一个细节做好，因为任何一个细节的疏忽，都会导致我们美好声誉的破产。

有时，我们会从内心听到一种黄钟大吕般的声音，绵延而来，振聋发聩，泪流满面。那是我们掌握了知识之后，面对苍茫世界，思想的自语。

热　忱

热忱的力量，就是唤醒成功的力量。“热忱”这个词源自希腊语，意思是受了神的启示。一个人，如果总是有着饱满的热情和积极向上的精神，那么无论他的生活多么艰苦，都阻挡不住他成功的脚步。

在拿破仑的军队里，只要拿破仑在部队中，只要他做最后的战前动员，他的军队就必然士气高昂，战斗力倍增，所向无敌。拿破仑能把自己对胜利的渴望以及必胜的信念，迅速传导给他的每一个士兵。我们每个人如果像拿破仑那样迅速凝聚起自己的信念与力量，成就事业的可能性就比较大。

生活中最可悲的事情，是一个雄心勃勃的人本来满怀希望地出发，却因为满足于已有的一点成绩，在半路上停了下来，在百无聊赖的时光里，打发剩下的日子。

如果一个人满足于过平庸的生活，对于更伟大更美好的未来已经不感兴趣，不再追求，这样的人，等于生命已经提前结束。因此，我们可以这样说：有的人尽管已至耄耋，但因为他依然积极进取，我们认为他仍然身处壮年；有的人尽管只有四十多岁，但是却每天唉声叹气暮气沉沉，我们认为他其实已经老了。

美国作家爱默生说过：“有史以来，没有任何一项伟大的事业，不是因为热忱而成功的。”事实上，很多事业，开端的时候，并没有多大的差别，最后的结局却霄壤之别，一个关键的因素是热忱的不同。一个以饱满的热忱全身心投入的人，成功水到渠成。

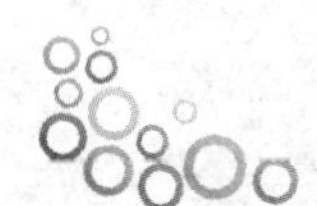

教 养

生活在人世间，教养很重要。

教养，是一个人立身处世的基本素质。拥有学养，是教养的重要途径，很多学识渊博的人都以高尚的品格受到尊敬。但是，也有很有学问的人，教养很差，为世人所不齿。

教养也是一个人对礼仪把握的程度。人的礼仪内涵，决定了外在的风度。这也是孔子为什么一再强调："文之以礼乐，亦可以为成人矣。"他的意思是说，懂得礼乐制度，是人成长的必要条件。毫无疑问，礼仪，是一个人教养的外在形式，是人生的素养和风度，会使一个人成为生活中彬彬有礼的人。

一个人的教养，更多地体现在与人的交往中：是心平气和，还是心浮气躁；是居高临下，还是谦恭含蓄；是不可一世，还是退让慈悲；是彬彬有礼，还是指桑骂槐；是责任担当，还是怨天尤人。当我们每天这样比较着自修的时候，教养就是我们生命中的素养了。

当认为对方的观点不对的时候，如果这样说："你的说法很有道理，但是，我还有另外一个想法，请你听听是否可以。"这个时候，交流进入和谐友好的气氛中，你的观点，自然会在不自觉中成为共识，而你也会因为你的优雅、你的风度、你的涵养，而成为一个受大家欢迎的人。

"文质彬彬，然后君子"，意思是说，质朴的内在道德和文雅的外表气质相一致，才是君子应有的风范。

敬畏之心，是一个人的信仰核心。孔子说"畏天命"，朱熹说"天命者，天所赋之正理也，知其可畏，则其戒谨恐惧，自有不能已者"。天命高悬，知道必须敬畏，自觉生出身心投入的忘我情景，信仰也就产生了。

看看那些栽倒在权力门槛上的人，不都是缺少一颗敬畏之心吗?

无论财富还是权力，如果你在欲望面前失去了自己，就一定会陷入万劫不复的深渊。因此，当一个人到达人生的一个更高层面之时，最紧要的不是继续，而是先完成人性的自我救赎。孔子到了五十岁的时候，突然明白了这个道理，得悟“五十而知天命”。

成年以后，我们面临两种力量的牵引：一种是事业与财富的力量，在把我们引向更加广阔世界的同时，也把我们不断引向欲望、危险、仇恨、纷争，最后直到肉体的毁灭；另一种力量是阅读与思考的力量，在让我们不断深刻淡泊的同时，也不断把我们引向宁静、平和、觉醒，最后直到超然物外，走进童真般的澄澈之境。

命　运

在一次笔会上，有一个年轻人向我抱怨，命运对他总是不公，困难一个接着一个，他几乎要被苦难压垮了。

我告诉他：实际上，人生中没有这些困难，就不是真实的人生了，那是美丽的童话。困境谁都不少，只是别人的困境你不知道罢了。

重要的是我们面对困境的态度。如果你把苦难当作历练，看作是必须的经历，当作是生活的考验，而且，遭遇的困难越多，越显示你的能力与担当，你的心情就会完全相反。

人的潜能，就如我们身边的空气，看不见它，也没有办法估量它的大小和能量。如果一个人充满自信，勇于担当，无所畏惧，潜能就会爆发出超乎寻常的力量。

当拿破仑的一位将军为没有攻陷目标而进行辩解时，拿破仑对他说：有

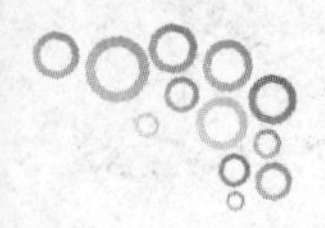

一个最重要的理由你没有说，就是你根本不相信你的军队能够攻陷它！

拿破仑的人生词典中只有“一往无前”，没有“不可能”和“犹豫”，更没有“胆怯与畏缩”。

一个有志青年，为了自己的前途，无论如何都要抵挡住不良的诱惑，在任何诱惑面前，都要坚定信心，不为所动。一个人的品格，是经由习惯渐渐形成的，开始的一次不经意，日积月累，就成为秉性。

有些人年轻时本来积极上进，品行优良，但是因为沾染上赌博、饮酒、打牌、游戏等嗜好，最后成为难以改掉的恶习，终日与酒鬼赌徒为伍，渐渐远离了品行优秀的人，再无出头之日。这样的人，到年老的时候，大都陷于懊悔之中，说“想不到当初随便玩玩，竟然成为一生难以改变的恶习，毁掉了自己的大好前程。”但是，这样的懊悔，又有何用呢？

惊　觉

面对着清晨喷勃欲出的霞光和傍晚灰蒙蒙的落日，我的心灵深处，常常有突然的“惊觉”，我知道，那是我与世界相对而视的心领神会，是宇宙给我的神秘的暗示。

人不能被失败所征服，应该从失败出发，昂起不屈的头颅，向着远方，悲壮前行！

我常常把自己作为对手，对自身进行观察、品评、调侃，进入自我的那一刻，我享受到世界的宁静、辽阔和深邃。

我们虽然无法驱逐屋子里的黑暗，但是，如果我们打开门窗，让光亮进来，黑暗便会自然消失。人生其实就是这么简单，不论我们遭遇了多么深重的苦难，只要我们让一丝光亮照进心扉，就可以让自己的世界阳光明媚。

一个思想深刻的人一旦有机会，就会努力把自己的智慧传达给别人，以排解孤独与寂寞。而且，他常常会采用叔本华所说的“最自然、最不兜圈子、最简易”的方式。

我常常会回到曾经让我忧伤的地方，那些曾经使我头破血流、差点丢失灵魂的地方，让我穿越尘世的浮云，领悟到生命的意义。我没有理由不原谅那些曾经阻碍我的人，他们有自己的无奈。我既然穿越了时间的隧道，到达了彼岸，那些记忆，就不再是无奈和痛苦，而成了人生壮美的风景。

既为大地之了，就应不停地耕耘自己的田园，生命的萌动和收获之美，尽隐藏在辛勤的耕耘之中。

英国思想家卡莱尔说：“未曾哭过长夜的人，不足以语人生。”我领悟这句话的含义，我常常在想，在我经历了无数次炼狱般的经历之后，我拥有独语人生的资格了吗？

丹麦哲学家、存在主义先驱克尔凯郭尔说：“你知道，我很喜欢自言自语。我发现，在我的相识者当中，最有意思的是我自己。”我们有多少人能常常与自己对话，拥有自己的语言，走进自己的心灵？很多人，不过是一只鹦鹉，一具傀儡，一个躯壳，一个不由自主的过客罢了。

每当面对钻石、翡翠、玛瑙这些闪耀着七彩光芒的物品时，我都有这样的领悟：生命的耀眼光芒，来自体内长年累月的积淀，积累越久，光芒越耀眼。

在既往与未来的合流之中，在永恒与现实之中，我总会看到一个“我”孤苦伶仃，四下巡行。每当想起泰戈尔的诗句，我就会想：我置身于世界的边缘，与众生共赴神秘的生命之旅，苍茫的宇宙中，我并不孤独。

小溪流向河流，江河流向大海，大海流向哪里？爱尔兰作家说：“漂流就是我的美学。”

世界在漂流者的脚下，世界的美，在漂流者的眼睛里。

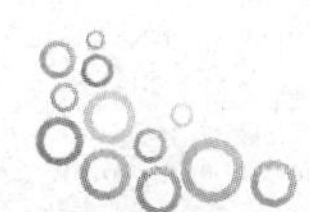

寂　静

书海寂静，我心怀一颗至诚之心，走进孔子、苏格拉底、康德，聆听先知们的诉说。他们深邃的独白与对话，他们深刻的思想与智慧，流入我的心田与血液。

孤独使人心神专注，更有助于静下心来，倾听自然、心灵与过去的诉说。

易卜生在他的《当我们这些死者苏醒的时候》中，让主人翁轻轻地问其中一个人物："玛雅，你听见寂静了吗？"我常常想回答易卜生的发问：我每天都在倾听寂静的大地，寂静的群山，还有寂静的星空！我从那寂静中，听到了绵延不绝的天籁。

天才的文学家和诗人都有聆听寂静的能力，那是上天的厚爱，是一种特别的天赋。贝多芬是个聋子，他在寂静的世界里聆听到了伟大的天籁，创作出了最杰出的韵律。

伏尔泰说："精心耕耘好自己的果园！"辛勤的耕耘，可以免除寂寞、恶习与贫穷。对于大多数人来说，自己的果园荒废得太久了。

既为大地之子，就应不停地耕耘自己的田园，生命的萌动和收获之美，都隐藏在辛勤的耕耘之中。

人间最深刻的对话，是孤独者与孤独者的对话。叔本华认为，思想者最好是个聋子，听不见世界上的噪声。处于尘世人群中的思想者，注定是一个寂寞的孤岛，独自守望着自己思想的果园。

自有人类艺术以来，没有人比梵高更加寂寞。他生前只卖出了一幅画《红色的葡萄园》，还是他做画商的弟弟为了安慰他而购买的。他一生创作出了八百幅油画和七百幅素描，可是个人画展是在他去世两年以后举办的。他活着的时候，人们说他是一个疯子；但是今天，他的画作成为昂贵的艺术品。

面对黑暗与不公，左拉发出这样的怒吼："我抗议！"冰心说："我请求！"

我一直在用自己的眼睛打量着眼前的世界，我知道，以我的力量，改变不了什么，但是，我可以这样选择："我拒绝。"在我看来，拒绝，起码可以让自己崇高。如果连拒绝的能力都没有，就意味着把自己的灵魂和良知交给了荒谬和野蛮。

如果你与一群矮子为伍，要求得到安全与认同，你就得也变成一个矮子，甚至比矮子还低。如果你高出一截，鹤立鸡群，你就得低下头。所以，如果你有高远宏伟的抱负，就必须脱离矮子的群体，去杰出者中间，见贤思齐，用不了多久，你就会成为他们中间不可或缺的一员。

爱因斯坦告诉我们：人只是宇宙中的一粒微尘，人在世上，是尘埃的偶然落定。他使我们知道自己在宇宙中的位置，摆脱掉盲目的自大自负和好高骛远。

心依然年轻

人到中年，沿着河岸散步，听水流潺潺、莺歌燕啼，看树影婆娑、百花绽放，我感觉自己被美好的生命围绕，心依然年轻。曙光把我的眼睛带到太阳面前，朝霞万丈，大地如此辽阔，我们有什么理由不拥抱热爱这样一个美丽的早晨?

当我进入艺术世界的时候，我总在提醒自己：生活，就在不远处。当我在尘世生活中的时候，我也不忘提醒自己：艺术，就在几步之外，就在我的内心。那是一枚落叶，一颗衰草，一缕阳光，一个眼神。

年轻的时候，我曾经被美丽的语言蒙蔽过眼睛，自己甚至幼稚、荒唐地把骗子奉为旗手。中年以后，我明白了，我用我一个个带血的文字，擦干自

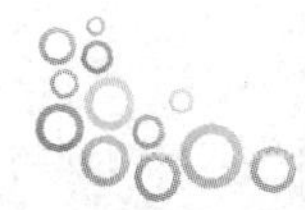

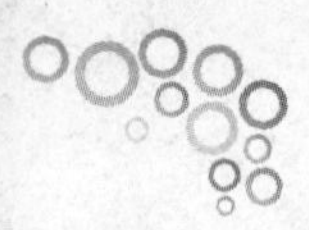

己的泪痕，发出来自灵魂深处的声音。

但丁的《神曲》中有这样一句诗："在我们人生的中途，我发现自己正处在黑暗的森林。"很久以来，我也都有身在森林的感觉，森林无边，没有路径，自己犹如迷途的羔羊。可是，当人过中年，当我经历了长期的寻找与摸索，我知道，自己的心灵，才是穿越森林的向导。

我一直在漂泊当中，四海为家，一卷书一支笔走天涯，但是太阳一直都像亲人一样跟随着我，给我光明，给我温暖，也给我方向。而且，我深深领悟，每一个黎明都不会是简单的重复，每一天的太阳都是新的，我每天都为壮丽的日出激动不已。

存在主义草创者萨特告诫人们："要爱挫折，爱自己的挫折。"经历挫折的时候，我们的身心，才是最真实地贴近大地，贴近尘世，不再生活在假象和浮华当中。挫折比成功给予我们的更多，而且，没有挫折，不会有成功。

每天，我都在书中看到许多美好的精灵。我每天还在大地、山川、河流、草丛中发现无数美好的精灵：蝴蝶、小鸟、秋蝉、蟋蟀，它们在大自然中快乐自由地飞翔鸣叫。我感觉自己时刻都被生机勃勃的精灵簇拥着，即使遭遇挫折，也找不到消沉和颓废的理由。

每当想到在茫茫宇宙当中，我们的人间有那么多如诗如画的山水可以登临，有那么多开满鲜花的景色可以欣赏，有那么多智慧的书卷可以阅读，有那么多神秘的宝藏可以探究，我就无法停止自己胸中澎湃的情思。这些，哪一种不值得我热烈而忘我地投身?

《庄子·田子方》有句："夫哀莫大于心死，而人死亦次之。"指最悲哀的事，莫过于思想顽钝，麻木不仁。经历过大劫难之后，依然对未来抱有信念，才是最可贵的；经历过大挫折之后，依然对人生充满信心，才是最可靠的。

信念在，信心在，一切就都不晚。

整个世界都是异乡

我越来越喜欢普希金那句诗“整个世界都是异乡”。在这个被称为省城的都市，我生活了接近四分之一个世纪了，所有的人都认为我是这个繁华都市的一分子，每年这个城市也把很多荣誉给予我。但是，我却始终不认为自己的生命属于这个城市，我始终认为自己是一个异乡人，我的根、我的血脉，在鲁西南的乡村，孤独、沧桑、惶恐、漂泊，这些词汇无时无刻不在我的身旁围绕。我用自己的笔，把我对故乡的记忆与怀念写成文字，我知道，这是我挥之不去的深深的乡愁。

历史学家顾颉刚说他之所以走上学问之路，是因为童年时代的好奇心。这话我也十分认同。我一向认为，如果一个人对于未知的世界没有好奇心，对于远方未来没有好奇的渴望，对于人世的秘密不充满好奇，以致对宇宙、科学、历史都没有好奇之心，那么成就、杰出、伟大、卓越这些词汇与你必定无缘。

读辛弃疾“千古兴亡，百年悲笑，一时登览”这样悲壮的诗句，顿生历史的苍凉感。

开创自己的世界，创造自己的生活，这一直是我给自己的命令与呼唤!

年轻的时候，我读了爱尔兰作家乔尹斯的著作《尤里西斯》，那是他流亡之后的作品。他说:“要想成功就得远走高飞。”事实上，很多伟大的人物都是如此，他们丢下了面子、名号、身份、地位这些累赘，在他乡广阔的世界里埋头苦干，他们的视野越来越宽，他们的眼睛越来越明亮，最终，成功之门向他们敞开。

古今很多流亡的作家，并非因国家或他人“逼上梁山”，更多的是自我放逐，因为世界太大，唯有漂泊，才能吸吮到世界文明的营养，催促启迪心

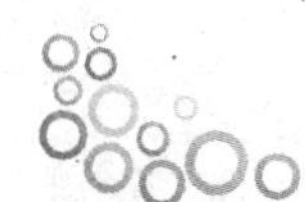

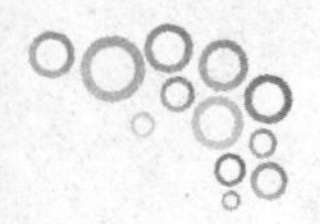

灵的觉醒。

俄国思想家舍斯托夫说："人们必须做极大的努力，然后才能醒来。"我知道，很多人一直都在努力，希望唤醒一个个麻木的灵魂。

我现在并不在乎自己的著作为多少人所知，我在乎的是我的每一个文字，是不是在发出我自己的声音，以及自己是否在通过文字寻找人生的意义。

文学巨匠的一个隐喻

俄罗斯作家托尔斯泰给人类留下了《复活》《战争与和平》《安娜·卡列尼娜》等不朽的文学遗产，但是，他同样给人类留下了晚年离家出走而不归，客死在远东荒野小站的遗憾。我一直在思索这件事，我相信，这是文学巨匠的一个隐喻，一个关于人类自我拯救的暗示，是比他的不朽巨著更加珍贵的遗产。

很多人问我：你的作品中几乎都是对人间美好的颂扬，大多是对人性情怀与山川河流的赞美，可是，古希腊的经典作品却很多是以悲剧的形式流传下来的。我告诉大家：我的作品是用人间的美好与人性的善良引导世道人心；而古希腊的悲剧是告诉人们，世间正发生着比你更加悲惨的人生苦难，相比而言，你是多么幸运。

每天，我都在向昨天挥手告别，渐渐远离自己，向新的原野靠近。我知道，很多人之所以没有走远，是因为把自己当作人质。

俄罗斯的天才诗人叶赛宁用这句话表达自己对文学的执著："一切都可以放弃，除了我的七弦琴。"他又说："我永远不能与自己讲和。"这种坚韧不拔的执著，让他在俄罗斯广袤的原野上一路前行，直到走向俄罗斯文学的高峰。看准目标就永不放弃，而且对付出不要打折扣，就这样一往无前，就没有什么可以阻挡你的脚步。

因为有生命，时间才有意义。在时间中，人生不断走向成熟。人生成熟的过程是什么？是看破红尘之后的淡定。

智慧来自幻灭

我常常想到旷野中的小鹿和野兔，它们身在无边无际的荒野，却没有能力抵御弱肉强食的残酷，没有能力选择生死，没有能力拒绝，所以，它们并不拥有自由。

楚怀王不会想到，他把那个不自量力的屈原放逐了，却使屈原走进了历史的圣殿，中国因此有了《离骚》这样的千古绝唱。他昏庸愚蠢的一个决定，成就了最伟大的放逐！

一位西方哲学家用“智慧来自幻灭”描述自己对世界的领悟。年轻的时候，我对这句话充满怀疑。当我经历了多次幻灭之后，终于理解哲学家的深意了。现在，我不再有简单的崇拜和盲从，会对一切看起来理所当然的理念和教条进行叩问与质疑，也敢于对那些大家都认为正常的价值观进行否定。

海明威说：“不幸的童年是作家的摇篮。”莫言在获得诺贝尔文学奖之后，对采访他的记者说，自己从事写作，是因为童年时代的饥饿。多年以来，我也常常对出生在贫寒之家的孩子说：这也许，恰恰是你的幸运！

法国思想家莫林告诉我们：“不是希望使人活着，而是活着产生希望。”这话说得太好了。我常常对读者说：只要活着，就有希望，你与别人一样迎接每天的黎明，一切都不算晚！

叶嘉莹说：“读诗和写诗是生命的本能。”我常常对年轻的作者说：一个文学家，七成是天赋，一成靠勤奋，一成靠学养，一成靠机缘！

每个人都有自己的国籍和故乡，但是，思想和艺术没有国界，孔子和苏

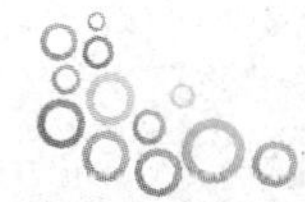

格拉底是人类世界共同的先驱。

读过《鲁滨逊漂流记》的读者，最深刻的领悟，应该是鲁滨逊脱离文明世界到一个荒岛，重建人类最原始粗糙文明的艰难与辛苦。一个小木屋，一只独木舟，都会遇到难以想象的困难。这个时候，我们应该感怀的是，我们身边所有这些看起来普通平常的事物，道路，房屋，工具，车辆，花园，是多么珍贵！我们除了自己要努力为文明贡献力量之外，重要的，是要对人类的文明充满感激！

柏拉图说："宁可与整个世界不和，也要与自我保持一致。"他是要遵从自己的心灵。我们有多少人像他那样，宁愿与天下人为敌，也不能背叛自己？我也在时刻叩问自己："我能做到与自我保持一致吗？"

犹太人有句警语："不要太靠近深渊，否则你会落水。"但是，我们又知道，天堂的座位有限，容不下所有的人都去那里。因此，人类世界里，就有了这样一些悲壮之士，他们说："我不下地狱，谁下地狱！"他们就是伟大的思想家与无畏的科学家们！

找到故乡

俄国诗人叶赛宁说："谁找到故乡，谁就是胜利者。"故乡的土地上，那弯弯的小河，那清亮的荷塘，那宁静的枣树林，那温暖的胡同街巷，那陈年的童谣故事，是作家写之不尽的宝藏。

我年幼的时候，每到麦收和秋收的时候，就去收获过的田地里捡拾遗漏的麦穗、豆粒、玉米等果实。这给我的人生启迪是：生活中常常会遗漏最成熟的果实，只要自己有一双眼睛，在生活的边角处，就能得到意外的惊喜。多年以来，在我的主流生活之余，我一直是一个拾穗者，我捡拾到的果实，有很多都成为了我下一个季节的种子。

我常常在寂静的深夜仰望星空，希望在深邃的时空中找到自己的位置。我知道康德当年在他的家乡每天都在这样做，他因此发现了道德律；鲁迅在那个民族危难的时代也从没有停止过仰望，他因此找到了民族劣根性的顽疾。

我常遇到那些谴责时代的人，他们总认为自己生活的时代亏待了他们。这样的时候，我总是毫不犹豫地避开，我担心他们身上的负能量污染了我的灵魂，以致我再也发不出真诚的声音。

每一天，从寂静的黎明到沉沉的深夜，我都在努力把自己的思索化为文字，把零零碎碎的时光化为文学作品，我希望自己的文字能传递给世界善和美。

我总会毫不迟疑地拒绝一些团体的邀请，我要独立面对世界，坚持自己的思索，得出自己的判断，发出自己的声音。我希望自己具有独立面对世界的力量。

我的每一篇文字，都力求忠诚于自己的内心。因为，在我看来，一个作家，只有忠实于自己才会忠实于读者。一个背叛自己心灵的人，不会写出真诚的文字。我无需取悦任何人，也无需遵从什么人的意志，我只唱属于自己的歌。

我一直在寻找自己在这个世界中的意义。我想努力成为一个昂首挺胸的人，一个总是抬头看世界的人，一个敢于迈出矫健的步伐走在自己选择的道路上的人，一个真实的充满人性情怀的人。

我告诉关心我的朋友：我感觉时间对我十分厚爱，我总有用不完的时间做自己喜欢的事。我从来没有过时间不够用的窘迫，只要我一往无前地前行，就会有大把大把的时光。

尽管我有很多朋友，我也常常在年轻人中间，但是，我依然常常陷入苍凉与孤寂的情绪里，常有抑制不住的悲凉绵绵而来。我知道，这不是因为我缺少了生命的激情，而是因为我走进了灵魂的家园。

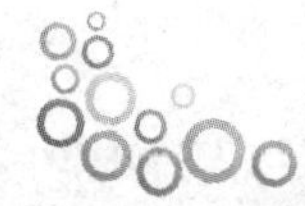

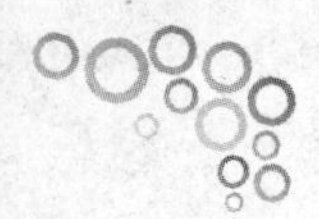

我一直在用心灵写作，每天都在聆听自然的天籁，在尘世的边缘玄想，希望能有一颗包容人类全部苦难的心。

秘鲁作家胡安说：“作家不可能成熟，他们应当永远追随孩子。”这话我完全认同，一位杰出的作家，永远都在书写纯真，如果有了狡黠、虚伪、世故这些所谓的成熟，就不可能有伟大的作品。

幸福是游移不定的

如果没有自恋自爱，生活常常是难以忍受的。我们不可避免地都会被烦恼纠缠，但是，智慧的人总是会尽快忘记烦恼，开启新的生活；而愚蠢的人，总想着自己的烦恼，不能自拔。

哲学家的妻子在街上听到很多对丈夫的议论，有赞美，也有诅咒。回到家里对丈夫说，有那么多对你不好的议论，甚至在谩骂你。哲学家微笑着对妻子说：“亲爱的，那是因为我的伟大，他们爱我，如果我是一个普通的农夫，议论就消失了。”

卢梭说：“幸福是游移不定的，上苍并没有让它永驻人间。世界上的一切都瞬息万变，不可能寻索到一种永恒。”理解了这一点之后，我们就会发现，生活中，真正幸福的人几乎没有，而心满意足之人却随处可见。

一个人的抱负，一定要远远超过自己的才智与能力，这样，今天的作为才会超过昨天的，而明天的作为，又会超越今天的，并且，每一天，都会是一脉相承的、水到渠成的！

其实，我们每个人拥有的时间是一样的，可是，同样的时间，为什么有人过得充实而又有巨大的成就建树；有人却光阴虚度又一事无成？因为时间是极有弹性与可塑的，有人抓紧利用一切时间，依靠有效利用弥补了时光的匆匆；有人却在松懈怠慢中，让时光在不经意间消失了。

一颗诗心

聪明人往往不能成功，因为聪明人往往自视聪明，下不了笨功夫，而没有笨功夫苦功夫，事情是做不成的。相反的是，一些资质一般的人，笨鸟先飞，扎实做事，最终成为了杰出的人。

古代拉丁有一句谚语：“一个城市如同一片旷野”。这是说，城市虽然人口密集，但是却缺乏真情和友谊。其实，当下的城市中，最缺少的，依然也是人与人之间的真诚和情怀。一个没有友情的社会，与荒凉的沙漠没有什么区别。无论是身处高位还是在生活底层，是腰缠万贯还是一贫如洗，友谊都是必不可少的。没有友谊的人，是可怜的孤独者；只有处在友谊当中，你才会体验到成功的快乐与欢欣。

一个人，可以不是诗人，但是却不能不读诗，不能没有一颗诗心。诗歌为我们勾画出另一个世界，它可以让我们拥有另一种人生，我们尽可以在那个世界里金戈铁马或东篱采菊。

有人常常抱怨自己总是没有机会，时运不济，其实，这是因为你停下了进取的脚步。在一个具有奋进意识的人面前，世界总是新的，眼前总是新的天地，机会自然也总是纷至沓来。

哲学家塞涅卡说过：“伟人既是脆弱的凡人，又是无畏的神人。”这句话说得太好了，任何一个杰出的人，首先是一个普通的人，有一般人的七情六欲，也有一般人的喜怒哀乐；但是，他们又有普通人往往没有的无畏、坚韧、勇气、刚强等品质，而正是这种品质，使他们凭着与普通人一样的血肉之躯，抵达了成功的彼岸！

每个人都想努力使自己变得重要，努力让自己的生活有意义，更有抱负的人则努力让自己不同凡响。其实，想实现这一目标并不难，就看你的努力

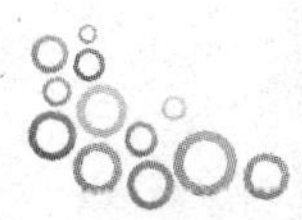

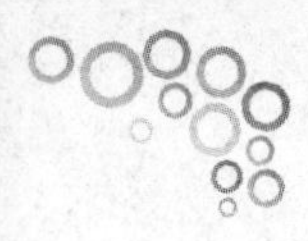

是否对他人的生活有帮助，是否对整个社会以至于全人类有贡献。

没有音乐的生活是一种悲哀

没有音乐的生活是一种悲哀，其实，幸福快乐的生活又需要多少呢？有时，就是一支风笛的声音。

人生的悖论困扰着无数人。孩童哭喊着长大成人，可是，每一个成年人又总是为失去天真的童年而叹息。我们每个人的头顶上都悬着一把痛苦之剑，它随时都会掉下来，击中愚蠢无知的灵魂。

我们身边，有多少本来普通的人，因为确立了远大的信念，而夜以继日地奋斗着，并最终踏进成功者的殿堂，得以享受人生的辉煌与荣光？没有什么秘密，因为他们都是抱定信念、不把失败放在心里、不达目的誓不罢休的人。

无论是取得了辉煌的成就，还是落魄潦倒，都源于他以前的思想和行为。勤勉努力是辉煌的摇篮；好逸恶劳是失败者的墓志铭。世界上的任何事，都是有原因的，不存在不劳而获，也不存在付出了艰辛而一无所得。

一个人的品性，其实就是其多年习惯的累积。当我们的行为反复多次以后，就会变成不由自主，渐渐演化成难以改变的秉性。所以，不要轻视你看起来无足轻重的第一次，或那些偶然，因为重复多次之后，就会成为生命中的必然了。

丘吉尔在国会演讲的时候出了错，引来对手一方的哄堂大笑。他沉静地对他们说："总有一天，你们会因为有机会听我演讲而倍感荣耀！"

思想和知识到达更高的境界之后，就不会再在意他人的眼光，不会再渴望他人的认可与赞同，渐渐走进了自己的内心，住进了心灵的家园，用博大的智慧，建立起自己的独立王国，纵使阅尽了尘世所有的苦难，幸福的曙光也永远照耀着心灵的窗口。

无论对人对事还是对整个尘世，当你抛开沉重的欲望，放下那些包袱一样的利益，你的心灵就获得了自由，心灵深处渐渐就会开放起喜悦宁静的幸福之花。

一个人一旦具有了深厚的知识学养，就渐渐具有了超强的自制力，就可以控制自己随时产生的冲动，从容驾驭自己的思想和意志，这个时候，你会发现，自己的内心已经聚集起巨大的能量，面对各种问题时都能游刃有余。

经过长期的思索和自我修养之后，你渐渐了解了人类世俗社会的成果，你的思想境界有了质的升华，你不会再羡慕获得了很高职位的人，也不会再羡慕那些拥有巨大财富的人。

光明永远照耀着我们的世界，黑暗必将是暂时的。同样，友善与美好永远是世界的主宰，邪恶不过是暂时的阴影。因此，我们没有任何理由对未来失去信心。

只有胸怀远大的抱负与梦想，才有可能去实现它们。文学家和音乐家、书画家、哲学家都是梦想家，他们就像天堂的建筑师，构建起未来世界的理想家园，然后通过一往无前的奋斗，最终成为圣殿的主人。

不要总是抱怨自己身份低微，重要的是努力培养自己高贵的品质。不要总是抱怨自己贫穷，而要努力创造财富。当你这样不断反省自己的时候，一个杰出的你，就在不远处等待你的光临。

如果看到野草丛生的土地上开出了艳丽的花朵，看到环境恶劣的深涧有兰花盛开，就应该相信，贫困和逆境能培育美好的品德，会让一个平凡的生命绽放出奇异的光彩。

未来在自己手中

伟大的印度诗人泰戈尔说：“每个婴孩的出生，都带来了上帝对人类并

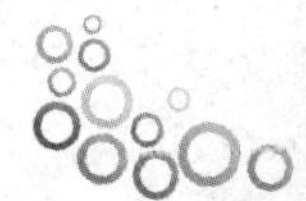

未失望的消息。”人类世界生生不息，每一个儿童澄澈的眼睛，都给了我们无边的启示与憧憬：一切都不晚，未来在自己的手中。

作家的心灵永远有着孩子一样的澄澈与天真。天才是永远学不会世故的人，因为没有世故的侵染，才永远拥有诗意的心灵。岁月让大多数人走向了成熟与世故，也让大多数人离天才越来越远。

如果你不被自己的事业陶醉，不能忘我地投身于自己的梦想，你就不要羡慕他人的辉煌，世界上没有不付出艰苦的奋斗得来的果实。

每个人都可以是生活的艺术家，找到自己爱做的事，选择对自己有意义的生活，然后全力以赴，你的人生必定大放异彩。

通常我们在做一件事情的时候，并没有仔细慎重地考虑这件事情对于自己是否有意义，是否是朝着梦想的方向。如果我们的理智是清醒的，注意身边的每一件事，选择真正有意义的事去做，用不了多久你会发现，你离开原来的自己已经非常遥远了。

我从很年轻的时候就坚信，只要坚定地付出，就一定会有意料之外的收获。在世界的中心，有一场伟大的盛宴，等待着奋斗者的光临。我拿着宴会的请帖，听到了那里传来的醉人的音乐。

我们必须承认，生活中的确存在着不可避免的痛苦和失望，没有人能够幸运地绕开它们。重要的是，当遭遇痛苦与失望时，你选择怎样的人生态度。

朋友，就是那种发现了你的优点而送上掌声，发现了你的缺点而无声包容的人。当我们用推己及人的态度去接纳别人，我们身上，就会闪耀起人性的光芒。

在我们的一生中，常常会遇到那些提醒我们应该怎么做，应该做什么的人，丝毫不用怀疑这些人的好意与诚恳。但是，如果你真的听从他们的忠告，你不仅会无所适从，而且有可能一事无成。人生最重要的，是你自己要做什么！

我们送给别人的最好的礼物，就是真实的自己，越是这样，世界越简单。千万不要尝试去扮演自己以外的角色，那样只会更累，而且会顾此失彼，漏洞百出。

“不积跬步，无以至千里；不积小溪，无以成江海。”我们的每一天，有多少轰轰烈烈的大事呢？其实，都是一些看起来无足轻重的小事甚至琐事，而且，做好这些小事，我们并不需要多么大的智慧与能力，大多是举手之劳。但恰恰是这每一天的无足轻重，决定着你的一生。把这些小事做得一丝不苟，最终累积成人生的大厦；而看不起这些小事，等待着大事大显身手的人，最终必定蹉跎一生，空手而归。

常常听到“谋事在人，成事在天”这句话。其实，这是一种对茫茫世界的无奈和对渺小自我的精神安慰。因为，即使穷尽一生，兢兢业业，也往往实现不了预期的目标，甚至半途而废。我从来不用这句话搪塞自己，我也从来不预测未来，我坚定不移地相信：每向前努力走一步，就离目标更近一步！

牛顿临终前告诉身边的人，他只是一个在大海边捡拾贝壳的孩子。他用自己的哲思给了我们这样的启示：学问的大海无穷无尽，我们掌握的，不过沧海一粟，再勤奋的人，学到的也不过是知识海洋边的几枚贝壳罢了。

唱着快乐的歌谣

中学的时候，我读到了加缪的这句话：“一刻的松懈，可能会导致一切的崩溃”。从那以后，这句话就成为我一生的座右铭。

人们回忆着自己乡村庭院里温暖的火炉，可是，又都争着奔向拥挤的城市。简单宁静的生活，是一种境界，更是一种能力。

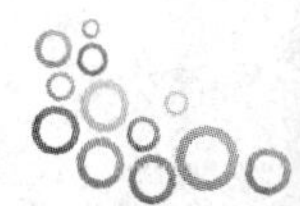

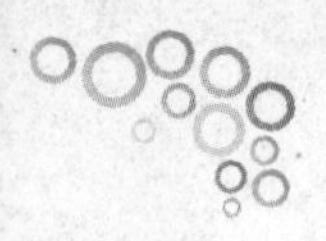

我总喜欢把痛苦与忧伤轻描淡写，因为我有能力一个人默默承受，不想让朋友分担；我总喜欢把幸福与欢乐加倍地渲染，因为我不愿意一个人独自品味，要让朋友们共同分享。

秦朝宰相李斯原是上蔡乡野的农民，位极人臣之后风光无限，几个儿子都娶了秦公主为妻，可是当他在宫廷斗争中败给赵高被腰斩咸阳之时，他对儿子说："我想与你一起再牵着当年我们家的那条黄狗，去上蔡东门外追野兔。"李斯临死时才领悟到了人生的意义，才领悟到人生的幸福与权力和财富无关，但是已经来不及了。当今之世，又有多少人依然痴迷于那条不归之路？

其实，我们完全可以放下那些没有意义的累赘，轻装上阵，唱着快乐的歌谣，走在赶赴梦想的路上。可是，大多数人的悲剧，是舍不下那些累赘，也意识不到那些东西都不过是负担。

歌德说："性格决定命运。"这话让人深思。看看生活中那些成功的人，他们的性格中几乎都闪耀着包容、善良、诚恳、勇敢等动人的光辉；而那些失败的人，性格中差不多都有乖戾、悭吝、自私、狭隘的毛病。所以，如果想改变命运，首先要改变性格。

罗曼·罗兰说："生活中真有价值的东西很少。"想想我们每一天，做的事情有多少是有意义的？有多少是对梦想的实现有帮助的？实际上，你做的很多事情，与你的目标背道而驰。所以，我们必须做一个智者，不断审视自己的行为与方向，不断修正自己的人生走向。

一位哲人说：每一个孩子都是天才。林语堂先生四十岁时说自己"一点童心犹未灭，半丝白鬓尚且无"。到了八十岁，在他几乎就要摘取诺贝尔文学奖的时候，依然坚定地认为"我以为自己就是一个到异地探险的孩子"。他一生天真烂漫，著作等身，他认为这些皆源于自己的童心。可是，世人一生大都以脱离童心走向世故为修养方向，把自己的才华都抛弃到了出生的地方。

承　诺

我一直在任性地走自己的路，因为在生命的前方，有我对自己的承诺。

我对璀璨的星空充满了渴望，跋涉在被鄙视者的尘埃遮蔽的小路上，因为我在少年时代就读到了“命运就在你自己的手上”这样一句格言。

我多年以前读到泰戈尔的诗句“让世界自己寻路向你走来”时，突然间热泪盈眶。那个时候，我对于自己的未来还很迷惘。这句诗让我醍醐灌顶。

其实，在这个世界上，我们每个人的经历，在每一天当中，都是普通而平凡的，即使那些后来成就了伟业的人，最初的经历也是平凡的。重要的是，你自己对自己的看法。这正是杰出者与普通人的区别。心灵的历程，决定了你平凡还是杰出。

被人理解、认同以至于赞誉，是每个人都追求的目标，但是，生活的哲学却又是这样的：在你成功之前，你不会得到，而且这个阶段往往是漫长的：漫长的寂寞，漫长的等待，甚至漫长的误解与讥讽。所以，我们赞美那些为实现自己的抱负一往无前、意志坚定、心无旁骛的人。

一个精神自足的人，不会羡慕别人的好运，也不会模仿别人的做派。我知道世界上必定有一个适合我的位置，必定有一条属于我的道路。我努力把握的是：要在生活的静与闹之间，选择一个比例，我不能让这个比例紊乱，因为太闹就会烦躁和漂浮，做不成什么大事，太静又容易忧郁孤独，离生活越来越远。

失败的人，总是把痛苦无限夸大，以为自己陷入了万劫不复的深渊。其实，这样的人是败给了自己。每天清晨，你与这个世界上所有的人一样，沐浴着崭新的太阳。

所有的浮华，终将消失，唯有自己洒下了辛劳的日子，在岁月的枝头，

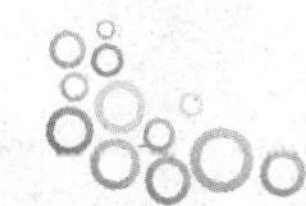

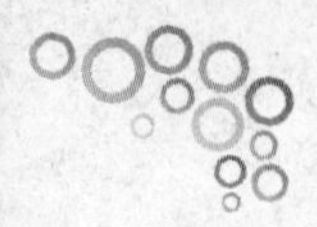

闪耀着熠熠的光芒。

“万古云霄一羽毛”，我始终记着泰戈尔的这句话。清晨和黄昏里，他诗句中在枝头鸣叫的飞鸟，也始终停留在我眼前。我从他的诗歌中，获得了绵绵不绝的力量。

人的痛苦，大多是追求完美而不得造成的。如果明白了世界上完美并不存在这个道理，所有的痛苦就都会烟消云散。人也是一样，不论多么伟大、多么崇高的人，都有瑕疵，所以，不要为自己身上的缺点自惭形秽。

“暧暧远人村，依依墟里烟。狗吠深巷中，鸡鸣桑树颠。”这样美好的田园生活，这样无我的世外桃源，在当代已经很难寻觅了。其实，我以为这种境界没有消失，它始终存在于文学家的心灵之境，始终存在于文学家的笔下，与自然界里的风物并不相干。